一〇一教室《イチマルイチキョウシツ》

似鳥鶏

Kei Nitadori

河出書房新社

一〇一教室

1

——松田《まつだ》先生は以前から、学校教育の質の低下を主張しておられましたが。

教師の質の低下は以前からありましたが、近年特に目立つようになってきました。学級崩壊なんてものは昔はなかったわけです。子供の集中力が低下し、どんどん我慢ができなくなってきています。今では小学一年生の子供が椅子に座っていられない。先生の話を黙って聞いていることができない。これは小学生だけではない。電車内を見れば、中学生や高校生が大声で喋っている。床に座り込んでいる。ズボンをずり下げただらしない恰好で平気。若い女性なども、電車内で平気で化粧をしています。私たちの頃は、そんなことは恥ずかしくてできなかった。恥の概念が消えているんです。

――今の若者は、マナーを守らないことが恥ずかしいと思わない。

今の若者にも、マナーというか同調圧力みたいな感覚はあるんですよ。だから皆同じような服を着て同じような化粧をする。仲間内では敏感に「空気を読む」。ですがその一方で、そういう注意力が仲間の輪の外には向かないんです。仲間内で外れていなければどんなふうに見られてもいい。社会公共のマナーなんて知らない。今自分が楽で面白ければいい。これがマナー違反にとどまっていたうちはただ不快なだけでしたが、昨今の治安の悪化、少年犯罪の増加を見るに、人間として最低限のルールすら守る気のない若者が大部分になってしまっている。ひどいケースでは、「注目を浴びたい」とか「人を殺してみたかった」とかいった、昔では考えられないような動機で人を殺《あや》める者まで出ている。

――そうなった原因が、学校の教育力の低下だと。

家庭と学校、双方の教育力が急速に低下しています。伝統的な日本教育は、現代ではすでに崩壊していると言ってもいい。以前から言われていることですが、今の若い親は家庭で子供を叱れない。我慢するということを教えず、子供が欲しがればすぐに何でも与えてしまう。

子供に嫌われるのが怖いんです。だからデパートやレストランで子供が走り回っていても無視してケータイをいじっていたりする。私は以前、そうしている子供に「走ってはいけないよ」と注意してやったことがあるのですが、母親には感謝されるどころか睨まれました。これでは周囲の大人が代わって教えてやることもできません。

昔はどこの地域にもおっかない「カミナリ親父」がいたもんです。悪さをする子供はよその家の子供でも容赦なく怒鳴りつけていたし、時には拳骨《げんこつ》も落とした。そうやって地域の大人が一つになって、公共心や長幼の序といった道徳を教えていたんです。今それをやるとすぐ体罰だ体罰だと騒ぎますし、場合によっては声かけ事案にされ、こちらが悪者にされてしまいます。その意味では地域の教育力の低下もあると言っていい。

学校の方はもっと深刻です。そもそも今の子供たちには、先生の言うことをきちんと聞かなければならない、先生を敬わなければならない、という感覚がない。教師の方も教師で、子供たちのご機嫌を窺ってばかりで、子供たちから渾名《あだな》で呼ばれて喜んでいるようなのまでいる。それで子供が叱れますか？　昔は教師というのは黙っていても尊敬される存在でした。教師は立派な職業であり、先生は畏れられると同時に敬われていた。それが今では、保護者からのクレームが怖くて子供の言いなりです。子供の機嫌を損ねたら保護者に告げ口され、学校にクレームが来るかもしれないからです。昔は悪いことをすると「先生に言いつけるぞ」と言っていました。今じゃ子供が気に入らない教師を「親に言いつけるぞ」と脅しています。こんな状態でまともな学校教育ができるはずがない。

——教師の立場が弱くなったことがまずい、と。

教師だけでなく、学校の立場も弱くなっています。わがままな子供と過保護な親だけが強くなっている。

——それに歯止めをかけるためには、どうすればいいとお考えですか。

まず現場の教師が、毅然とした態度を取り戻すことです。大人の言うことは聞くものであり、目上の人間はきちんと敬うものだということを、厳しくしつけなければならない。学校側も、非常識なクレームに対しては毅然とした対応をし、師魂《しこん》をもって教育にあたる数少ない教師たちが熱意を失わないよう、守らねばなりません。

——松田先生の学園では現在、具体的にどのような取り組みをされていますか。

うちでは単に勉強を教えるだけでなく、日本人の心を取り戻す「全人教育」を進めています。教育とは特定の何かを覚えさせることではなく、子供の全人格を望ましい方向に育てるという意識で行うべきだという理念です。当然、授業をすればよしということでなく、社会の構成員としての自覚を持った人間を育てるため、基本的な生活習慣、マナー、道徳教育にも力を入れています。幸い日本には、『葉隠』などに代表される武士道や、戦前まで続いていた修身といった立派な指導要領がすでにあります。これらに学ぶところは大きいですよ。

昔の日本男子は克己心に満ち、礼節を弁《わきま》え、公共のために滅私できる世界一の社会性を持ち合わせていました。女子も欧米人が驚くほど皆貞淑で、純潔教育が徹底されていた。それが日本は戦に負け、ＧＨＱの言いなりで日本人に合わない憲法を押し付けられ、人権人権と連呼され、日教組がそれに乗った。その結果どうなりましたか。道徳は失われ、子供はすぐキレるようになり、若者たちの間では危険ドラッグや無分別な性行為が蔓延している。それというのも、伝統的な道徳を教える人間がいなくなり、目指すべき人間像を抱けなくなったからです。だから皆、我慢することを知らず、目先の快楽のみ追求して、「自分さえ良ければいい」となる。行きすぎた個人主義に甘えて、やりたいことは何でもしていいと勘違いする。我々は現在の日本が危機にあるということをしっかり自覚しなければなりません。そして戦前までは確かに存在した日本人の心を、今こそ取り戻さねばなりません。

2

乾いた風が路地を吹きわたり、僕の鼻先をかすめて過ぎてゆく。軽いなあ、と思う。物理的にはおかしいのだが、風には重さと軽さがある。

なんとなく凝っている気がする首をこきりと鳴らしながら頭上を見上げると、広く開けた青空にぽつり、真っ白な月が浮かんでいた。周囲に何もなく、孤独にただぽかりと浮かんでいる昼間の月はどこか人工的に見える。あれは実は古代人類が打ち上げた人造衛星なのだ、と言われれば信じてしまう気がする。その月からはるか離れて、西の空には鰯雲《いわしぐも》が広がっていた。今夕にはあれが真上に来るのだろう。だが雨にはならなそうだ。僕の子供の頃と違って体育の日は必ずしも晴れの特異日ではなくなってしまったが、それでも運動会日和の晴天になることが多い。今日もいい日だ。

空から腕時計に視線を戻し、少し足を速める。昨夜、なんとなく論文のファイルを開いてできている部分の推敲を始めたらつい夢中になってしまい、そのおかげでだいぶ寝坊してしまった。咲子《さきこ》おばさんには「午前中のどこかで行きます」と言ってあるのだが、まもなく午後一時である。プログラムが午後何時まで続く予定なのかは知らないが、午後の部が始まってしまうと英人《ひでと》君とゆっくり話す機会がないかもしれない。あまり運動が得意でなかったはずの英人君が、プログラムの最後にある全校リレーや部活動対抗リレーに出場するとも考えにくいから、今から行っても、下手をすると彼の出る競技がすべて終わってしまっているかもしれないのだ。もっとも、運動会やら体育祭やらを親が見にくるのは普通小中学校までで、高校生になった英人君が僕や咲子おばさんの来訪を歓迎するかどうかは分からない。親戚といえども生徒のいる応援席には勝手に入れないし、昼食だって生徒は普段通り学食でとり、来校者も校内への飲食物の持ち込みは禁止で、昼食は校外でとるということだから、「親戚の子の運動会を見にいく」というより、スポーツ大会の観戦に行くような感覚である。それでも少し変な気分ではある。僕はまだ大学院生だが、自分が歳をとったかのようだ。

僕は大学院で経済学を専攻しており、現在の主な研究テーマは口コミやSNSによるマーケティングである。そのことを知った咲子おばさんが、息子の英人君を通わせている恭心《きょうしん》学園男子部の体育祭を見にこないか、と連絡をくれた。恭心学園はまさに「口コミとSNS」の評判により最近知名度を上げ、現在は入学希望者が殺到してすごい倍率になっている成功例だから、というのだ。正直なところ個々の学校経営の事例を見たところで今の論文のどこに書けばいいのか分からないのだが、せっかくの誘いであるし、マーケティングの実例を見るのは無駄ではないので、ありがたく招待を受けることにした。

実際、事前にネットで調べてみたところでは、恭心学園は話題の学校のようだった。十五年ほど前に男子校として創設され、創立十年で女子部を新設。中等部・高等部とも一クラス三十名で男子は各学年二クラスずつ、女子は一クラスずつの少人数教育。それ以外に男子部の高等部には各学年十五名ずつの「特進クラス」がある。資金と人員をたっぷりかけて手厚く、といったところだろうか。新設の私立校らしく宣伝にはかなり熱心なようで、HPには「全寮制の『全人教育』で生活習慣を徹底的に身につけさせます」「完全二学期制・七時間制の充実した学習プログラムで学習する習慣をつけさせます」といった宣伝文句が並んでいた。高等部からの編入の場合、指定校推薦で大半の生徒を採るため、入学してくる生徒には「それなりに優秀」という程度のレベルの子もいるようだが、おおむね偏差値は高い。成績や生活態度の優秀な生徒が集められる「特進クラス」はもとより、それ以外のクラスからも東大を始めとした一流大学への進学者が出ているようだったから、実際にかなりの進学実績といえた。生活面でも、ネット上では「娘の引きこもりが治った」「反抗期の息子が驚くほど素直になった」といった「喜びの声」があり、受験前にネット上の口コミで各校の情報を集め、学校見学に行く熱心な親たちの間では有名になっているらしかった。確かに、親にとって子供の進学はいわば大きな買い物であり、とりわけSNSを日常的に利用する母親層は、こうした商品の選択に際して「ネット上の口コミ」を参考にする率が高い。咲子おばさんの話に誇張はないようだ。

もっとも、今のところなんだか山に近付いていくだけで肝心の学校らしきものがまだ見えない。歩きながら、もしかして道を間違っているのではないかという不安にかられて周囲を見回す。恭心学園は私鉄の駅から徒歩十五分ほどらしく、地図を見た限りでは住宅地の中にあるようだ。実際に駅前から地図通りに路地に入っていくと、周囲のどちらを見ても戸建て、戸建ての建て込んだ地域である。背後の丘陵地に向かって緩やかな登りが続く路地に、大量生産のプラモデルのような建て売りの家がひたすら並び、周囲には店らしきものはない。こんなニュータウンの真ん中に高校など建てられるのかと訝しくなってくる。一般に、高校というのはもう少し開けた場所にあるものではなかったか。もっとも東京の、都心の高校などは皆こんなものであるし、学園長はこの地域の有力者の家系だというから、もともと家で持っていた土地なのかもしれない。

しかし路地を曲がると、恭心学園は突然出現した。

正確には灰色一色の巨大な壁が出現したのだった。携帯の地図と照らし合わせるとこの向こうが恭心学園のグラウンドなのだろうということは推測できたが、生活感にむせぶような住宅地の路地にいきなりこんな巨大な壁が出現するという状況は予想外で、その威圧感に僕は少し立ち止まった。左右を見ても壁に切れ目はない。四メートル以上の高さがある見上げるような壁で、壁面の上部に錆色《さびいろ》の太い棘《とげ》がびっしりと生えている。平坦な住宅地の端、丘陵地というか裏山を背にする場所のようで、壁の向こうには校舎の上部がわずかに見え、そのさらに向こうは山の斜面だった。だがなんとかここから見えるのはそれだけで、壁の向こうのものはほとんど見えないし気配も感じない。まるで町に直線を引いたようにそれまでの住宅地の風景を断絶する完璧な壁で、一直線に続くコンクリートの質感はダム壁を連想させた。向こうにあるのが学校だという感じが全くしなかったので、僕は結局、携帯の地図アプリを再び開いた。日差しで画面が見えにくいが、確かにこの壁の向こうは恭心学園の敷地である。それを確認したところで、腹に響く低音で太鼓の音が聞こえた。午後一時。休憩時間が終わってしまったらしい。

携帯の画面を参照しながら壁沿いに歩くと、角を曲がったところで校門が現れた。門の向こうは背の高い木が並んでいて、奥のグラウンドまでは見えない。学校の敷地は塀に囲まれていて、通りから出入りできる門はここだけのようなので間違えることはないが、壁同様に強固な不動性を感じさせる左右の門柱に挟まれ、黒光りする分厚い門扉が開かれている威容は、学校にしては随分と重厚に感じられる。傍らの立て看板には一切の装飾がなく、ただ白地に「恭心学園男子部　体育祭」の文字だけが達筆で書かれていた。門の中に見える瀟洒《しょうしゃ》な二階建てはなんだか高原の美術館といった雰囲気だし、きちんと刈り込まれた植え込みに挟まれて中へ続く道は綺麗に掃除された赤茶の石畳で、なんだか貴族の子弟が通う名門校のようだ。入ってすぐのところに「案内係」という札を載せた長机があり、その後ろに立っていた坊主頭の男子生徒二人は、僕の姿を見ると直立不動になり、完璧に揃ったタイミングで三十度の礼をした。

「ようこそいらっしゃいました」

そこまでをユニゾンで言い、片方が続きを言う。「ご父兄の方でいらっしゃいますか」

「あ、はい……どうも」

どうも完璧にマニュアル化されている上、相当訓練していると思われる安定した発声ではきはきと言われ、思わずこちらも気をつけをしてしまう。「藤本拓也《ふじもとたくや》です。高等部二年一組、藤本英人の従兄《いとこ》です」

片方が長机の上の名簿をさっとめくり、もう片方が僕の名前を示す。「確認しました。ありがとうございます」

結婚式場にでも来たかのようだ。管理棟というらしい建物のむこう、グラウンドの方では何かプログラムが始まったらしく、BGMの笛の音や掛け声に交じって低い足音が地鳴りのように響いてくるが、二人はそちらをちらりとも見ようとしなかった。さりとて来校者の僕に警戒しているような様子もないので、つまりこの二人は与えられた受付の仕事によほど集中しているのだろう。ここまできちんとされると逆にこちらが落ち着かず、会場内での注意事項を聞きながらああ、とかはい、としか応えられない自分の方が年下に思えてきてしまう。

「ご父兄の方の観覧席はこちらになります。ご案内いたします」

片方がはきはきと言い、先にたって歩き出す。

管理棟を回り込み、トラックとサッカー場のある第一グラウンドに入ると圧倒的な光景が広がった。よく日に焼けた男子生徒たちがばらばらと足音をたてて駆け足をし、一糸乱れぬ動きで二百数十人が左右二つにそれぞれ分かれ、サッカー場の青い芝生の上に巨大な固まりを作ったところだった。組体操らしい。体育祭だからもっと賑やかに盛り上がっているのかと思ったが、ＢＧＭは邦楽らしき笛の音だけであり、何か武道系の式典のような雰囲気である。組体操は高等部の全学年参加で、高等部の応援席が空になっているせいもあるのだろう。

――一段目、用意！

張り上げすぎて後半が半分かすれた声が響く。高校生にしては低い声だと思ったが、声の主はトラックの中央奥にいるジャージ姿の教師だった。教師の声に続き、トラックの奥側に「休め」の姿勢で整列している数名の生徒たちが、文字で表記しにくい独特の掛け声をあげた。それと同時に男子生徒たちが一斉に動き、最前列の者たちがほとんど同時に四つん這いになり土台を作る。どうやらそれが規則であるらしく、向こう側の応援席にいる中等部の生徒たちも含め、全員が坊主頭かスポーツ刈りであった。グラウンドの反対側には数十人ほど、同じ制服を着た女子部の生徒らしき女の子たちがいたが、こちらも全員同じデザインの制服で、スカートの丈はきっちり揃って膝下、髪型も全員がお下げという揃いぶりである。僕が「校則」という懐かしい単語を思い出している間に、僕を保護者観覧席に案内した生徒は「失礼します、ごゆっくりどうぞ」と言い、小走りで受付に戻っていった。結局、礼すらはっきり言いそびれた。

——二段目、用意！

観覧席のざわつきもBGMの笛の音もさしたる音量でもないのだからそこまで張り上げなくてもいいのではないか、と思うほどぱんぱんに張った号令が再び聞こえ、四つん這いの生徒たちの上に、二段目になる生徒たちが一斉に登り始めた。彼らの動きは迷いがなく速かった。裸足の足で、手で、膝で、同級生であろう土台の生徒たちを踏みつけ、背中の上を移動してゆく。同級生をまるで机か何かのように扱う容赦のなさだったが、土台の生徒の方はかすかに左右に揺らぐだけで、顔色一つ変えずに重さに耐えている。下を向いている生徒すら一人もいなかった。前を向いたままでいるよう指導されているのだろう。

笛の音が短く響き、トラックの外周に配置された教師たちがぱたぱたと手を挙げていく。中央の教師はそれを確認し、また声を張り上げた。

——三段目、用意！

ここからは難しいのではないかと思ったが、三段目の生徒たちも二段目同様の容赦のなさで下の生徒たちをよじ登る。ぐずぐずしていてはかえって危険だから当然と言えば当然なのだが、それにしても見事なまでに妥協のない揃い方だった。観覧席の保護者たちからはざわざわと声があがり始め、左右の三段目がほぼ同時に完成する。

——四段目、用意！

生徒たちは、そろそろ自分の身長に達する高さの土台に全く躊躇《ちゅうちょ》する様子も見せずによじ登っていく。周囲の保護者たちのざわめきが大きくなり、左右を見ると、すでに二人に一人は携帯やビデオで撮影を始めていた。

五段目、六段目。組み上がるピラミッドはあっという間に僕の背を超える。それでも土台の生徒は、個々に各部分がちらりちらりと揺れるだけで、ほとんどが歯を食いしばって微動だにしない。組体操は小・中学校ではすでに廃止する流れになっているが、高校の、しかも私立には特に規制がない。珍しくなったことを受け、かえって力を入れているのかもしれない。

「拓也君」

すぐ横から呼ばれて振り返ると、咲子おばさんの顔があった。この学校の雰囲気を知って合わせているのか、体育祭という場ながら彼女はきっちりとしたグレーのスーツとハイヒールであった。そのため腕に提げたバッグと手にしたデジカメの赤が妙に浮いて見える。

「ご無沙汰してます。今着きました。すみません遅くなって」

「すごいでしょう、これ」

咲子おばさんは関心が僕よりもトラック内にあることを明白にして、今は七段になった右側のピラミッドを指さす。「あっちのやつのどこかに英人がいるのよ。後ろの方みたいだから見えないけど」

指さされた方を見るが、白い体操服から日に焼けた手足を生やした坊主頭が並ぶばかりで、数年間会ってもいない従弟の英人君は見つけようがなかった。そもそも皆坊主になってしまっているから、仮に最前列にいても分かりはしないだろう。

「すごいですね」

「今年は十一段に挑戦するんだって。高校生だと体が大きいからすごい迫力よねえ」咲子おばさんは興奮した様子で言う。「ここの運動会、地元では評判なのよ。組体操がすごいって」

確かにすごい。今、トラック内では八段目になる生徒たちが土台をよじ登っているところであるが、出来上がっている二つのピラミッドはすでに見上げるほどの構造物になっていた。保護者の間からも「すごいね」「大きい」という声がちらほら聞こえてくる。よじ登る生徒はさすがに慎重になっており、一歩一歩、手で摑む場所や足を乗せる場所を選んでいるようだったが、そのゆっくりした動きと背後に流れる笛の音が緊張感を醸し出し、皆じっとピラミッドに見入っている。

「すごいわねえ。できるのかしら」咲子おばさんがほとんど無意識のような呟きを漏らす。

全体で二百人以上にも上る生徒たちは、誰がどこの位置を占め、どこを踏みどこに乗り、どこをよじ登ってどこに体重をかけるのか、完璧にマニュアルができているようだった。当然のように披露しているが、ここまでになるために一体どれほどの練習に耐えてきたのだろうか。

僕はさっきの生徒が戻っていった受付の方を振り返った。案内係の生徒も、大人でもなかなかこうはいかないというほどきちんとしていた。

「……随分訓練されているんですね。厳しい学校だとは聞いてましたけど」

そう感想を漏らすと、咲子おばさんは「そうなのよ」と言い、なぜか我が意を得たり、という顔で頷いた。

「ここ、すごく厳しいって評判なのよ。服装から生活態度まで、すごく熱心にしつけるの」トラックを指さす。「でもほら、ここの子たち、みんなすごくきちんとしてるでしょう？やっぱりここ入れて正解だったわ」

小学校時代の英人君の、細くて頼りないわりにすばしこそうな、やんちゃな顔を思い出した。実際にけっこう悪戯っ子だったように記憶している。

「英人君にはきつそうですけど、どうですか」

「入学前は厳しそうで嫌だなんて言ってたけどねえ。でも甘やかしちゃいけないと思って、三年頑張れば絶対きちんとした大人になれるって言って入れたのよ」咲子おばさんは満足そうに微笑んで言う。「英人はほら、わがままだから。なるべく厳しいところに入れた方がいいって思ったのよ。ここ、すごいのよ？　けっこうねえ、中学時代は不登校とか家庭内暴力とか、問題のある子も入ってくるらしいんだけど、卒業する頃には全員、親がびっくりするぐらいきちんとしたいい子になってるって」

驚きの教育効果というわけだ。本当だろうかと思うが、目の前で展開される組体操を見る限り、あながち誇大広告でもないらしい。「全寮制なんですよね。嫌がりませんでしたか」

「その方がいいって思ったのよ。この際、勉強だけじゃなくて生活習慣もしっかり身につけさせようって。そしたらすごいの。去年の夏休みに帰ってきた時、もう生まれ変わったみたいに礼儀正しくなってて」おばさんは口を押さえておかしそうに笑う。「私のこと『お母さん』って呼ぶのよ。それまで『あんた』とか『おばはん』とか言ってたくせに」

「すごいですね」

「学園長の松田先生がすごい人で、有名なのよ。全寮制にしてもっと厳しく、道徳の基本から全人教育をすべきだっていう方針でね、『教育再生の旗手』って呼ばれて期待されてるの。最初は反発もあったそうなんだけどね、生徒たちを見たらみんな納得したって。どんな子供でも、妥協なき厳しさで精神修養を徹底すれば必ず正しい人格に育つっていう」

どうも、この学校に入ってからの英人君の変わりようは、咲子おばさんによほどの感銘を与えたようである。おばさんは学園の広報係のごとく言う。実際の利用者による口コミ。なるほど、こういうふうに広がっていくのだ。

「子供はその国の社会を映す鏡だって言うけど、本当にそう。最近の若い子ってひどいでしょう？　でもここの子たち見てると、まだ日本に希望はあるって思えてくるわ。やっぱり厳しくしつけないと駄目よね。恭心《ここ》みたいなやり方がもっと他の学校にも広がればいいのに」

松田という名前は僕も聞いたことがある。フルネームは松田美昭《よしあき》とかいったはずで、教育関連の話題で論客としてテレビに出ていた記憶がある。たしか「教育再生」みたいなタイトルで、書店の店頭にも著書が置いてあった。僕は普段啓発本とか教育系の本は読まないのに覚えているということは、わりと売れている本なのだろう。要するに「今話題の教育界のカリスマ」といった感じの存在らしい。そういえば咲子おばさんはわりとミーハーだったから、そういう話題性とネームバリューでこの学校に興味を持ってもおかしくない。

十段目が組み上がり、ひときわ大きなざわめきがあがる。やった、という歓声と、さあこの次ができるのか、という緊張が混ざりあった、張りつめたざわめきだった。咲子おばさんを含め、周囲の保護者たちはもうピラミッドに釘づけになっている。

すごいものだな、と思う。ひとくちに生徒と言っても、その一人一人は違った人間なのだ。性格も頭脳も体力も、ものの見方もこれまでの家庭環境も育ってきた地域も皆違う。それがここまで均質にまとまっている。松田という学園長は一体どれほどのシステムを作り上げたのだろうか。

ポケットから体育祭のパンフレットを出して見ると、組体操の次は中等部の生徒たちによる騎馬戦があるらしい。これも盛り上がりそうだ。午前中に来られない保護者の都合を考え、見た目の映えるプログラムを午後に回しているのだろうか。

僕が漠然とそう思ったところで、ひび割れた拡声器の音声が聞こえた。

――いよいよピラミッドは、本校史上初の十一段に挑戦します。成功しましたら、ご来場の皆様、どうか大きな拍手をお願いいたします。

BGMの笛の音が止み、どどん、と太鼓の音が響くと、俊敏な駆け足でピラミッドの麓にとりついた最後の生徒が、級友たちの体を傾かせながらゆっくりとよじ登ってゆく。右の山も左の山もほぼ同時のペースで登っているのを見て、これは成功するな、と思った。

最上段に登る生徒が、左右にぐらつきながら十段目の生徒の背中によじ登る。保護者たちの視線を一身に受け、右に一人、左に一人、最上段の生徒が膝をつき、それからゆっくりと手を離して立ち上がる。右の生徒が少しふらつき、その余波を受けて十段目の数名が、さらに九段目と八段目までがぐらりとふらついた。保護者たちから悲鳴混じりのどよめきがあがる。

だが右の生徒はそこで持ちこたえ、それに呼応するように十段目、九段目や八段目の生徒たちも手足を突っ張って揺れを止めた。不安定に力を込められた七段目以下の生徒たちの顔に、初めて苦しそうな色が浮かぶ。これ以上もつのだろうかと思った瞬間、揺れがぴたりと止まった。最上段の生徒はすでに同じ高さに登っている左の生徒と数十メートルの距離を置いた目配せをしあうと、同時に背すじを伸ばして両手を広げた。

暴風のような歓声が上がった。拍手の音とフラッシュの洪水。甲高い声に驚いて隣を見ると、咲子おばさんがぴょんぴょん飛び跳ねながら子供のようにきゃあきゃあと言っていた。押さえた目頭にはうっすらと涙すら浮かべている。

誇らしげに前を向き、青空を背に両手を広げていた最上段の二人が、万雷の拍手を浴びながらゆっくりとまた膝をつく。僕は英人君の姿を探した。土台の後ろの方にいるのか、それともう顔が変わり過ぎていて気付かないのか、結局、彼の姿は見つけることができなかった。

3

――松田先生は、学校生活の規則は厳格に定めるべき、と以前から主張されていますね。

ルールは社会に必要なものですし、子供の頃は厳しければ厳しいほどいいんです。我々大人は十年後、二十年後の生活を考えて今我慢する、といった計算が働きますが、子供はそれができません。子供というのは常に今のことしか考えませんから、大人が監督・管理をしてやらなければ、際限なく楽な方に流れます。そして楽な方に流れるのが当たり前、という考えのまま大人になったら、もう矯正は不可能です。

――生徒からは恨まれそうですね。

もちろん恨まれます。ですが恨まれる覚悟をしてでも、子供のうちは厳しくするべきなのです。子供は今は反発していても、大人になってから、あの厳しさには意味があったのだと、ちゃんと理解するでしょう。厳しくしてくれてありがとう、となりますよ。

人間はまだ柔軟な若いうちになるべく辛い、苦しい思いをするべきなのです。なぜなら苦しめば苦しんだだけ、それに負けないように強くなろうと考えるからです。それをしないまま大人になってしまうと、ちょっとの困難ですぐ音をあげてしまうようになる。こうなってしまってからでは、もう鍛え直すことは不可能ですよ。最近の若い人はやれブラックだ、パワハラだと、何にでも名前をつけてすぐ騒ぐでしょう。我慢するということを知らない。精神がヘナチョコです。そうなってしまったのも、子供の頃に辛い思いをさせてくれる大人がいなかったからです。

――校則の中には、生徒から見れば理不尽なものもあるかもしれません。

それは当然です。全員が納得するようにしなければならないなら、ルールなど一つも作れなくなります。それよりも子供の頃に大事なのは、決められたルールを厳守する、という、社会の一員としてまず絶対に必要になる基本中の基本を覚えることです。

――校則の内容より、守ることそのものが大事。

そうです。社会に出れば、自分の気に入らないルールであっても守らなくてはならないことがいくらでもありますからね。それにもっと言えば、目上の者から理不尽な命令を受ける経験というのも、社会人としてはどこかで必要になるわけです。御存じのように、社会に出れば、理不尽なことなどいくらでもあります。勤め先の上司や先輩から理不尽な扱いを受けたとして、それですぐ仕事を辞められますか？　そうじゃないでしょう。そこで耐える強さを子供の頃に身につけさせておかなければならないんです。だから、校則の中には理不尽なものも交じっていた方が実はいい。納得のいくものもいかないものも、等しくルールとして遵守する。まずこれができないと何もできない。

だから本校では、ルール厳守ができるようになるまで徹底的に指導します。もちろん子供のことですから、手を緩めるといくらでもズルをしようとする。そういう場合、うちでは体罰も辞しません。

――松田先生はいわゆる体罰問題に関しても御意見をお持ちのようですが。

まず私の見解をはっきり申し上げておきますと、教育に体罰は絶対必要です。体罰は教師の熱意の表れであり、直接体が触れあうことで相手に体温が伝わる行為です。それはつまり教師の本気度が伝わるということです。お為ごかしで叱っているのではない、本気でお前のために叱っているのだ、ということは、やはり体温の伝わる方法でないといけません。そもそも一部の体罰反対論者が言うように、どんな場合でも体罰は絶対禁止、などということになったら、教育は成立しませんよ。体罰と暴力は違います。彼らはそこを一緒くたにしている。

——体罰反対の立場からは、体罰がなくても根気よく諭せばいいという主張がありますが。

理想論です。現実を見ていません。「殴られないと分からない」ことは現実にありますし、子供というのは、何をしても絶対に殴られない、と分かると、際限なく増長するものです。すぐ体罰だ体罰だと騒ぐ最近の風潮のせいで、熱心な教師ほど手足を縛られ、力を発揮できなくなっている。教育崩壊を自分たちで進めてどうするんですか。

——生徒自身にも「殴らなくても分かるのに」と思われるかもしれません。

子供はいつもそう言います。でもね、そう言う子供ほど言って聞かせるだけでは理解しないものなんです。これは実際に現場に立つ教育者なら誰もが感じていることですがね。

私たちの世代なんてみんな、子供の頃はよく殴られましたよ。弁解なんてさせてもらえなかったし、親や教師の機嫌が悪いと理由も何もなく殴られた。でもそのおかげで、殴られてすぐ逃げ出すのではなく、こんなことは何でもないんだ、普通のことなんだ、と耐え、逃げずに踏みとどまることができるようになりました。戦中の日本人なら当たり前に持っていた堅忍不抜《けんにんふばつ》の精神を、私たちの世代はそこで学んだ。でも今の子供はその機会すらないんです。

それをなんとかしてやらなければならない。

4

「……同じ形が後にもう一回出てくる。『入り給ひし』と後の『入り給ひぬ』。これは前回やった通りだから、覚えておくように」

古文の平出《ひらいで》がそこまで喋るとほぼ同時に、チャイムがジリジリジリと、殴りつけるような大音量でアナログな音を響かせた。火災報知器と同じような音なので入学当初は鳴るたびにぎょっとしていた。もう二年生の後期だが、実は今でもぎょっとしている。慣れないのだ。恭心に入《こ》る前、「娑婆《しやば》」の中学にいた頃は、チャイムはもっと優しい、短いメロディだった。教室によってはPC端末やプロジェクターを完備し設備が充実しているのに、床の木目や柱の彫刻などに所々レトロ調の交じるちぐはぐな校舎であり、チャイムの音が昭和を感じさせる古めかしいベル音であるのも何らかの意図的な演出、あるいは学園長の好みなのかと思う。

確かに「メロディのような甘っちょろいものは不必要。チャイムは聞くたびに身が引き締まるような音響でなければならない」というようなことはうちの学園長なら言いそうであるし、実際にこの音は、怒鳴りつけられているような威圧感で問答無用に時間厳守を叩き込んでくるのだ。あるいはこれは俺たちのいる男子部教室棟だけで、女子部や、特進クラスのいる建物は違うのだろうか。

恭心の「時間厳守」の規則に忠実な平出はチャイムが鳴り続けている間に教科書を閉じ、鳴り終わると同時に気をつけの姿勢になった。それを見た最前列の級長が「起立」の号令をする。教室内の生徒が一斉に起立して気をつけの姿勢になる。椅子を引く音をむやみにたててはいけないと指導されているため、音響は一瞬で止む。俺はチャイムの音に驚いた分だけ出遅れたが、俺より立つタイミングが遅い者が少なくとも三名はいたことを目の端で捉えていた。よほど運が悪くない限り怒鳴られることはないだろう。

「礼」

級長の号令に合わせて全員が、直立不動から四十五度の礼をする。入学時に叩き込まれた通りたっぷり二秒間で姿勢を戻すと、こちらに背中を向けて黒板方向に礼をしていた平出の背中も伸びる。俺たち生徒の礼は授業をして下さる先生に対してのものでもあるが、教師の礼は黒板の上に貼られた校旗と日章旗に対してのものである。俺たち生徒が勉学に励むこの時間は国家と社会と両親と教師に与えていただいているものであり、そのことへの感謝を示さなければならない。新入生の頃、そういうことを何度も言われた。

平出がこちらを振り返る瞬間、俺は授業終了時四、五回に一回の割合で訪れる嫌な予感を覚えていた。俺の他にも同様の直感を得た者がいたらしく、隣の佐々木《ささき》もわずかに身じろぎしたようである。次の七時間目が体育で更衣と移動が必要であることと、教壇にいるのが平出であることを考え合わせると、その直感は八割がた間違いのないものと思われた。

「整容指導」

案の定、平出が声を張り上げた。はいはい来ましたよ、と心の中で呟く。生徒たちは全員、急いで椅子をしまい、各自机の後ろに直立不動になる。

恭心学園では朝の起床時と夜の消灯前以外に、抜き打ちで整容指導――つまり教師による身だしなみのチェックが入るのが特徴だった。大抵は授業終了後の十分間休憩にであったが、時には廊下で教師とすれ違った瞬間や授業中、場合によっては食事中や入浴後の自由時間にも突然教師が入ってきて始まることがあった。教師が「整容指導」を宣言した場合、視界内の生徒はただちに直立不動にならなければならない。そしてその姿勢のまま髪型から服装の乱れ、姿勢や顔色などを全身くまなく点検されるのである。時にはポケットやズボンの中なども点検されるため、万歳をしたり靴を脱いで足を上げたりという恥ずかしいポーズをとらなければならないこともある。廊下などで整容指導を宣言されるのは嫌だったが、教室では生徒同士お互い様であり、いくぶん気が楽である。

整容指導が始まるタイミングは常に教師の一存で決まり、中には挨拶や委員の仕事の報告の際に、明らかに今思いついたと思われる調子でいきなり始められることもあった。だが一年生はともかく、俺たちのように上級生になると教師ごとの癖や好みを把握しているため、この先生ならこのタイミングで来るかもしれない、とある程度の予測をたてることができる。授業終了後、それも時間に余裕のない教室移動の前に宣言するのが平出のやり方であり、それだけに半ば予想済みの生徒たちは、授業中にこっそり服装その他の乱れを直している。

両隣の教室から足音と椅子が床にこすれる音が響いてくる中、俺たち二年二組の生徒は直立不動で前を見ている。整容指導の間は教師に視線を返さずまっすぐ前を見るべしという規則があるから俺もそうしているが、それでも教壇上から生徒たちに向け、窓側から廊下側、廊下側から窓側、と舐めるように視線を動かしつつ移動している平出の現在位置は嫌でも意識させられた。そろそろ来るな、と思う。平出の視線に晒《さら》されている間はサーチライトで照らされている脱獄囚のような気分になるのだが、視線が無事に自分のところを通り過ぎても油断はできなかった。平出は視線をそらした次の瞬間にさっと戻してきて、油断していた生徒に「指導」を食らわせたりするのだ。

平出の足音がこつこつと響く。授業中か否かを問わず、常に何かに苛ついているような仏頂面の平出は表情から内心が読めない。したがって今回の整容指導が何分で終わるか、何人がやられて終わるかは予想ができなかった。だがなんとなく、今回は多いだろうな、と思った。

「四列二番。三つ目のボタンが外れているぞ」

平出が首筋に血管を浮き立たせて怒鳴り、俺の二つ左側にいる「四列二番」の席の池田《いけだ》がぎくりとして学生服の前に手をやった。俺は横目でそれを見る。確かにボタンが外れているようで、池田は無意識なのか、右手で急いでそれを留めていた。

「今頃直してどうする。ごまかすな」

平出が続けて怒鳴る。馬鹿な奴だ、と思った。学生服のボタンが外れているなどという大きなミスに気付かないままだったのも馬鹿だが、言われて反射的に直したのはもっと馬鹿だ。この場合一番いいのは「申し訳ありません」。二組三番池田は学生服のボタンが外れておりました。直させていただきます」と宣言した後に直すことで、とっさにそこまで出なかったとしても、せめて「申し訳ありません」と叫ぶべきだったのだ。何も言わずに直せば教師はまず間違いなく「ごまかそうとしている」と解釈する。池田はここしばらく「指導」が当たった様子がないから、油断していたのだろう。

「も、申し訳ありません」

慌てた池田が裏返る声でそう言うがもう遅い。平出は大股で池田の前まで来ると、びち、と中途半端な音をたてて池田の頬を張りとばした。池田が痛みに耐えながら無言で直立不動に戻ると、平出はもう一度張りとばした。二発目は受ける準備ができていたのか、一発目ほど池田の体勢は崩れなかった。百八十センチはある池田と比べると二十センチ近く身長の低い平出は無言のまま相手を見上げ、もう一度張りとばした。張られた池田の頬が赤くなっている。池田が殴られた左の目をかすかに細めると、平出は今度は反対側から張りとばした。これは予想外だったようで、池田は大きくふらついて椅子に脛《すね》をぶつけた。

平出のビンタはそこで終わった。それを見て取った池田が半ばやけくそのような顔で天井を仰ぎ「ありがとうございました」と叫ぶ。平出はさっさと動き出し、手を後ろに組んでころもちそっくり返った姿勢で六列と五列の間をゆっくりと歩き出す。表情は相変わらず仏頂面のままだが、視線はゆっくりと右、左、右、と両側の列を舐め回している。

池田が四発で済んだのは四発目のおかげだろう、と思った。四発目が反対側から来ることは池田にとって予想外で、だから平出の腕力でも池田は大きくふらついた。それがよかったのだ。そもそも殴る方は相手にダメージを与えるために殴るのであって、いくら平出が非力でも、受ける方は平然と立っていてはいけないのだ。

生徒たちの間で、いつも中途半端な音しかしない平出のビンタはかなり「嫌な方」に分類されていた。非力な上に下手なのできちんと頬に当たらず、しばしば目に指が入ったり耳に当たったりするためかえって痛いのである。これが体育の目黒《めぐろ》や中島《なかじま》になると見事なもので、彼らは実に的確に頬の中心を狙い、派手に、高々と、美しい音をたてて生徒を張りとばす。体育教師は体格も腕力も恐ろしいものがある。彼らの分厚い掌がぶつかった瞬間は鈍器で殴られたような衝撃があり、かなり大柄な生徒でも体勢を崩してふらつく。だがその一方で、体育教師のビンタは平均して数が少なく、一発きりで終わることもしばしばあった。平出は、自分が彼らのように強く美しく生徒を殴れないことに不満を抱いているに違いなかった。だから生徒がふらつくか、痛みを顔に出すまで満足せず、何発でも殴り続けるのだ。かといってわざと痛がったりよろけるふりをすれば、目端《めはし》のきく平出は必ず演技を見抜いて激昂する。その場合「殴られるのが嫌で芝居をした」ということになるから、場合によってはそれだけで懲罰点がつく可能性すらあった。懲罰点はたった一点であっても奉仕活動の加増や外出許可の取り消しといった馬鹿にならない不利益がつく以上、自らそんなリスクを冒す生徒はいない。犯行の程度が重大だと見做されたりすれば隔離されて「集中指導」を受けることになるし、生徒の間では、短期間に多くの懲罰点がついたり、集中指導を受けた直後にまた懲罰点がついた者は「一〇一教室」行きになるという噂が信じられていた。何より特進クラスへの昇級競争で一点分後れをとるような愚行など、わざわざ犯す生徒は恭心学園にいるはずがなかった。

直立不動で首を動かさないまま、視線だけを窓の外にやる。二階のいつもの窓からは、いつもの中等部教室棟とそのむこうの植木、そしてその隙間から塀が見える。塀のむこうは背の高い植木のせいでほとんど見えない。見ても別に楽しいところのないいつもの風景なので、俺は数秒で視線を前に戻した。

平出が教室後方まで歩き、今度は五列と四列の間をゆっくりと歩いてくる。後頭部にその気配を感じながら直立不動を維持する俺は、さてあと何人だろうか、と考えた。この時間に整容指導を入れてきたとなると、あと一人か二人で終わるとは考えにくかった。次の体育は第一グラウンドだから、教室棟からだと移動に時間がかかる。その分、大急ぎで着替えても遅刻する可能性が大きかった。たとえどんな理由があろうと、一人でも授業に遅れる者が出れば連帯責任で全員が指導対象になる。それも体育教師にだ。それは生徒なら誰もが恐れていることで、だからこのタイミングで「指導」が入り続けると、どうしてもそわそわと落ち着かなくなる。すると姿勢が乱れ、また「指導」になる。クラスの何割が把握しているかは分からなかったが、俺は最近、気付き始めていた。平出はどうやらそれを狙って、意図的に指導に間をもたせている。だから今回も、少なくともあと三人はやられるだろう。せめて俺自身がその三人の中に入らないように、と祈るのみだった。

「五列四番。貴様、フラフラ立つんじゃない」

平出の怒声の後、やはり中途半端な、びち、という音が斜め後方から聞こえてきた。五列四番というと菊池《きくち》だ。おそらく足の位置を直したか何かだろう。生徒に求められるのは直立「不動」である。

二発、三発と平出のビンタの音が聞こえてくる。教室の目のあたりの高さに少しずつ、菊池を非難する空気が貯留されてゆくのを感じた。へまをするな、遅れるじゃないか——続いて菊池の前の草薙《くさなぎ》が洟《はな》をすすりこんでしまい、菊池に続いて殴られ始めた。菊池の「ありがとうございました」が、草薙の殴られる音にかぶさって響く。

俺は強張《こわば》った全身をほぐすため、長めのまばたきをした。

とんでもない学校に入ってしまった。今さらながらにそう思う。よその学校がどうなのかは知らない。だが少なくともここほどではないはずだ。どうしてこんな学校に来る羽目になってしまったのか。

親が俺の進学先としてこの学校を選んだ理由なら分かる。学校内では携帯はおろかネットも禁止、テレビも寮の談話室にあるものしか見られないので今もそうなのかは分からないが、少なくとも俺が受験した当時は、恭心学園は話題の学校だった。東大を始めとする一流大学への進学率の高さ。「徹底した生活指導」により子供の態度がよくなったという評判。そして学園長の松田美昭は当時、教育評論家として本が売れており、テレビにも出ていた。親という生き物はそういう情報に弱い。

俺は中学の頃を思い出す。うちの親もそれでこの学校を選んだのだろうなと思う。

当時の俺は二年の二学期から一年以上、不登校を続けていた。いじめられていた友人を庇っていじめた奴と口喧嘩をしたら、今度は自分がターゲットになるという、話に聞いていたパターンがまさに俺に起こった。学校はクソだった。勉強や運動は優秀でも人格は最低で、常に「自分の一味」を作って取り巻きとだけつるんでいる羽場《はば》みたいな奴が「クラス一の人気者」として尊敬されるほどクソな空間だった。あんな場所の腐った空気をこれ以上嗅ぐと肺が溶け落ちそうだったし、「また嫌な思いをしにいくのか」「どうして嫌がらせをされるために毎朝、起きなくてはならないのか」と思うと憂鬱さと怒りで脳がぱんぱんになった。それがある日頭痛に変わった。どこが痛いのか曖昧だが、頭の中で小さな機械がネジを巻くようにじいぃー……と鳴り続ける頭痛は、それ以来毎日襲ってきた。ずっと続くわけではなく、学校を休んで薄暗い部屋でごろごろしていると昼過ぎには腹が減ってきて、いつもその頃に治まるのだ。その時間には母が昼食をダイニングに置いてパートに出かけるので、俺は一階に下りてそれにありつく。そうしているうちに学校の方は放課後になり、「今から行っても無駄」という時間帯になる。そういう生活パターンがすぐに定着し、俺は世間的に言ういわゆる「引きこもり」とか「不登校」になった。もちろん最初の頃は母に泣かれたし、キレ気味の父には二、三回、「根性なし」「落伍者」「甘ったれ」とありったけの言葉で罵られ、一回は殴られた。ひたすら「頭が痛い」の一点張りでその嵐をやり過ごしているうち、俺には自由が与えられた。羽場一味が「みんなの人気者」扱いされる腐った学校に行かなくてもいい自由だった。

最初はただ部屋で携帯をいじったり、もう何度も読んだ本棚の漫画を読んだりしていた。だがいいかげん退屈になっていたし、同い年の他の奴らが勉強しているのに、自分だけ「何もしないで遊んでいる」というのが、どんどん遅れていくようで落ち着かなかった。何より、母の顔色が見るたびに悪くなっていくので申し訳ない気持ちになった。なので俺は、午後になると服を着替えて外に出かけ、小遣いで買った参考書を広げて近所の図書館で勉強をするようになった。まだ学校のある時間帯だったが、図書館の人は特に何も言わないで放っておいてくれた。家に帰ると母が「どこに行っていたのか」と訊いてきたから、手に持っていた参考書を開いて見せ「図書館で勉強」と答えた。

図書館に行くようになってからは、母が部屋の前に来て、泣きながら「いつになったら学校に行ってくれるの」と恨みがましく訴える回数はぐっと減った。だが父はもう、俺のことを虫けらだと思うことに決めたようだった。毎日会社に行って、疲れているのに夜遅くまで毎日我慢して働いている父からすれば、「何か嫌なことがあったくらいで」学校をサボる俺は屑に映っているに違いなかった。ダイニングで父と母がしている会話が漏れ聞こえてくることもあったが、引きこもりになってからは父が俺のことを名前で呼ぶことは一度もなく、常に「あれ」と呼んでいた。父によれば俺は「穀潰し」の「ろくでなし」であるとのことで、いつまでも「荷物」を片付けることのできない母もまた「母親としての適性が疑われる」らしかった。俺自身は何を言われてもその通りなので別によかったが、母が非難されるのは辛かった。ダイニングでそういう会話があった夜には必ず、母が俺の部屋の前に座り込み、何を言うでもなくただしくしくと泣き声を聞かせてくるのだった。

そして父の親戚たちにとっても、その認識は同じらしかった。中三の正月、大昔に一度会ったことがあるかないかの親戚のじじいがうちを訪ねてきて、父と母に向かって「不登校の子供がいるなんてみっともなくてたまらない」「小川家《おがわ》の恥だ」「早くなんとかしろ」と責めたてた。それから二階にどかどか上がってきて俺の部屋のドアを叩き、「出てこいこの甘ったれが」とわめき散らした。

追いつめられていた母が、俺を恭心学園に入れることを決めたのはそのすぐ後だった。いつものように図書館と本屋の立ち読みから帰って自室に直行しようとすると、母に呼び止められたのだ。またいつもと同じ「学校にはどうして行かないのか」の説教だと思っていたが、ダイニングのテーブルにおとなしくついた俺の前に、高そうな紙で印刷されたパンフレットが置かれたのだ。母親はいつものように溜め息混じりの病的な声で「高校、ここにしなさいね。単願にすれば行けるかもしれないから」と言った。俺も母には罪悪感を覚えていたので、「別にいいよ」とだけ答えた。青空をバックに洒落た校舎のそびえる表紙はいかにも爽やかで希望に溢れていそうだったし、実際にその時は「高校に行けるならどこでもいい」と思っていたから、俺はパンフレットをろくに開きもしなかった。パンフレットには充実した設備をアピールする写真付きで「授業は一日七時間以上」「夕食後に夜間学習」「休日もしっかりと個人学習」という「売り文句」はちゃんと書かれていたし、整容指導も体罰も教師への絶対服従も、「規則厳守を徹底させ」「厳格な指導で」という極めて婉曲な言い方で示されていたのだから、ちゃんと読んでいれば「きつそうだな」程度には思っていたはずである。だが何も悪くないのに父一家から責められる母に勧められては断りようがなかったし、父も「ここにしろ」と言っていたので逆らうことはできなかった。

それでも、今思えば拒否するべきだったと思う。

一年の夏休み、入学後初めて家に帰った俺を見て母は感動で泣き崩れたし、それほどまでに追いつめられていたのかとあらためて思った。父は再び俺を名前で呼ぶようになった。だがそれでも、拒否するべきだったと思う。母は俺の不登校を「世界一不幸な難病」であるかのようにとらえ、「治療」してくれた恭心学園にしきりに感謝していたが、そもそも、高校にさえ進学できれば俺は普通に学校に行くつもりだった。羽場一味さえいなければいいのだから。だが当時の俺は流されるままで、気付けばこんなところに入れられていた。

頬を打つ音が止む。

草薙がひと通り殴られると平出は列の前まで歩き、その背中を見る生徒たちの間に「これで打ち止めか」という安堵がかすかに広がった。無論そんなはずはなかった。平出はくるりと回れ右をすると仏頂面のまま、直立不動の生徒たちを睥睨《へいげい》し、最前列の持田《もちだ》に怒鳴った。

「貴様、目が死んどるぞ」

おそらく油断していただろう持田が、右の頬を張られて大きくぐらつく。教室内には暗澹《あんたん》たる空気が流れ始める。時間的にそろそろ次の体育に間に合わせるのが難しくなってきた。

整容指導は表向きは「服装その他の乱れを直すため」とされているが、実のところ指導理由は何でもよく、誰に指導を入れるかは、常に教師が自由に決めていた。服装にわずかな乱れもない上に常時完璧な直立不動を保てる生徒はそういないし、仮に外見上、完璧な直立不動をしていたなら「目が死んでいる」と言えばよかったのだ。整容指導で必要なのは生徒が緊張することであり、理由なしに殴られることであり、それに耐えることだった。その事実は特に隠されている様子はなく、一度か二度、教師の誰かが実際にその旨を口にしたことがある。これは旧帝国陸軍や海軍でもされていたことで、昔はそうやって日本男児の不屈の精神を醸成していたと、たしかそういう話だった。女子部の方はどうなのだろうと思ったこともあったが、男子部と女子部は教室や寮からグラウンド・管理棟に至るまで完全に別の敷地にあり、双方の敷地は外周と同じ高さの塀で仕切られ管理棟横の職員通用門でしか行き来ができない。異性同士はお互いに話しかけたりすることはもちろん、視線をやりとりするだけでも「不純異性交遊の疑い」で重大な懲罰点がつくので、男子部の生徒にとって女子というものは休日の外出時に街で遠目に見る程度の存在でしかなく、女子の生活や整容指導がいかなるものであるかは、想像する材料すらあまりない。だが遠目に見る限り、全員全く同じ昭和めいたお下げにしている女子の整容指導が、男子より緩いとは思えなかった。

持田が七発、ゆっくり時間をかけて殴られたところで整容指導は終わり、平出は後ろ手に組んだ姿勢で宣言した。

「五戒」

俺は左胸に掌を当てて心臓の鼓動を感じるという「五戒」詠唱時の姿勢を正確に守り、他の者とタイミングがずれないように注意しながら声を発した。

一、私たちは社会のルールを遵守し、違反するものには、毅然とした態度で臨みます。

一、私たちは自分の利益より社会全体のことを考え、行きすぎた個人主義を憎みます。

一、私たちは親に感謝し、先生方に感謝し、社会に感謝し、与えて頂いた日々の生活を喜びます。

一、私たちは学級の秩序を守り、クラス全員が仲良く協調します。

一、私たちは常に反省し、甘えようとする自分や、怠けようとする自分を自分で罰します。

「五戒」は生徒たちが守るべき最低限であると同時に理想であるとされていた。服装、生活態度、持ち物や挨拶の作法に至るまで詳細に定められた校則はすべてこの五戒を体現するためのものであり、理論上、教師が生徒に対して与える罰はすべて、この五戒のいずれかに反することが理由とされていた。確かに突き詰めていけばそうなるのだった。さっきの池田のボタンが外れていたのは「学生服はボタンを外したまま着用してはいけない」という学園の、つまり社会のルールを遵守していないことであるし、先生方への感謝の不足であるとも、好きな恰好で授業を受けていいはずだ、という行きすぎた個人主義の発露であるとも言えた。持田の「目が死んでいる」でさえ、目に生気がないのは心が怠けているからであり、怠けようとする自分を自分で罰していないためだと言うことができた。したがって平出を含むあらゆる教師の指導は五戒に基づく明確な理由があるものであり、生徒たちがそれを疑うことは許されなかった。そもそも、目上の者からありがたくも指導を頂いていながらそれに対して疑問を抱くということ自体が「目上の者に従うべし」という社会のルールに対する重大な違反であった。自分がなぜ指導されたのかは生徒が自分で考え、反省しなければ成長はありえないとされており、したがって恭心学園では、教師が生徒に対し、なぜ指導の必要があったのかという説明をすること自体、極めて稀だった。

五戒を唱え、教室を出る平出を最敬礼で送り出すと、俺たちは無言のまま教室後方のロッカーに走り、争うように体操服袋を引っぱり出して着替え始めた。第一グラウンドまで移動し整列していなければならないのに、休憩時間はあと四分しか残っていなかった。

「急げ」

級長がそう怒鳴るが、彼自身もまだ上はシャツである。

「おいグズ松《まつ》。遅えよ」

俺の隣でシャツを脱いでいた石松《いしまつ》が、裸の背中を思いきり平手で張られてのけぞった。澄んだ音が響き、石松は「いいい」と日本語にならない悲鳴をあげて眼鏡を落とす。いつも一人の石松を庇う奴はいない。というより、そもそも「他人を庇う」余裕など生徒たちにはない。

ジャージに着替え終えていた俺は石松の眼鏡を拾い、ついでにジャージの上着を取って頭からかぶせた。袖を通すのを手伝ってやる。「急げ」

石松は頷こうとしてきちんと穿いていないジャージの裾を踏みつけてふらつく。体が弱い上に万事不器用で遅い石松は言うなれば二組のボトルネックであり、こういう状況でしばしば生徒たちの苛立ちをぶつけられる。連帯責任で同じ組の者全員に累が及ぶからだ。だがそれでも、彼を手伝う奴は他にいない。

早い者はすでに廊下に飛び出していた。俺も石松に最後までかまう余裕がなく、廊下に出る。廊下は生徒が歩いていい動線が厳密に決められていたし、当然走ることも禁止されている。休憩時間はどこにいても必ず教師の目があるから、ほんの一瞬でも駆け足になることはできなかった。しかもこういう時に限って教師とすれ違う。階段を下りようとしたところで英語の国友《くにとも》が上ってきたため、俺は内心で舌打ちをしながら直立不動になり、壁に背中をつけて道を譲ると、頭を下げたまま国友が通り過ぎるのを待った。礼儀に厳しい恭心では、生徒は教師とすれ違う時にそうすべきものと校則で定められていた。国友のサンダルが、ずるぺた、ずるぺた、と、もどかしい速度で通り過ぎてゆくのを視界の端で捉えながら、これはもう間に合わんかもしれんな、と覚悟を決めた。体育は目黒だ。授業開始後十分は指導の時間になるかもしれない。

階段を下り、昇降口で外履きに履き替えてガラスドアを開けると、真冬の風がまともに顔に当たってきた。硬質に乾いた冷気が襟元だけでなく足首から、さらにはズボンの生地を透過して体の熱を奪ってゆく。俺は腕をさすりながら外に出た。ジャージの上に何かを着ることはもちろん、手を引っ込めて袖口に入れることも規則で禁じられている。

トラックに囲まれた第二グラウンドの隅ではジャージ姿の中等部の生徒たちが整列させられていた。胸に手を当て五戒の詠唱をしている。この時期になれば一年生でも見事に揃った詠唱を見せるようになる。だが走りながら横目で見ていると、そのうちの一人が怒鳴りつけられた。

「貴様。手の位置がずれているぞ。手は心臓の上だ」

「はい。承知しております。しかし」

遠くで聞いていた俺は一瞬ぎくりとして立ち止まってしまった。しかし、とは何だ。

だが怒鳴られている一年生は大声で続ける。

「自分は先頃、医師から言われました。自分の場合、心臓が通常より右寄りについているそうです。詠唱時姿勢は心臓の鼓動を感じるためということでしたので、自分の場合は左胸よりこちらの方が、より正確に」

ぱちん、という大きな音が響いた。教師の怒号がそれに続く。「口答えをするな」

「し、しかしこの姿勢の趣旨は」

「口答えをするな」

教師は再び一年生を張りとばした。かなり力がこもっていたようで、小柄な一年生は半ば吹き飛ばされて地面に膝をついた。

教師が怒鳴る。「言い訳をするな。位置がずれていると言ってるんだ」

「あの」

「黙れ」教師は、立ち上がった一年生を一喝する。「心臓は左胸だ。手はここだ。貴様の心臓はここだ」

左胸を握り拳で殴られ、一年生は再び膝をついて激しく咳き込んだ。もはや何か言えるような状態でないようだ。

俺は驚いていた。中等部の一年生とはいえ、二月にもなってまだこんな馬鹿をやる奴がいるのだ。きっとあいつは最近、医者に行って話を聞き、では自分はこうした方が受けがいいなと勝手に考え、得意顔で皆と違う姿勢をとったのだろう。そして教師に問われたらその理由を得々と説明し、自分が詠唱時姿勢の意味を他の者より理解していることをアピールするつもりだったのだ。なんて馬鹿な、と思う。教師が求めているのは全員が寸分違《たが》わぬ姿勢で揃うことであって、理由だの何だのを勝手に考えることではない。そのくらい空気を読んで分からなかったのだろうか。そもそも協調性が第一とされる学級内にあって、「自分だけが人と違うことをしてやろう」などと考えること自体が五戒の四に反しているし、それ以前に、教師の指導中に口答えするなどもっての外なのだ。俺たち生徒に求められるのは何を措いてもまず「目上の人間に従うこと」なのだから。

あいつは懲罰だな、と俺は確信した。懲罰点も一点や二点ではないだろう。ただの外面的な違反ではなく、ルールに対する根本的な無理解が透けて見える違反であるし、それも「自分一人で勝手に考える」という、最もまずい方向への無理解だ。経験上、こういう方向の無理解に対して教師がいかに敏感で、峻烈な処罰を加えるかはよく知っていた。懲罰五点。あるいは六点。集中指導だろうし、しばらくは反省室暮らしだということも間違いない。だがあいつはまだ一年生だ。今回の懲罰で理解しないままだと、卒業までに確実に「一〇一教室」行きだった。

「おい小川。何やってるんだよ。急げ」

後ろから背中をどやされて気付く。いつの間にか足が止まっていた。声をかけてきた菊池はそのまま走っていった。その背中を見て「まずい遅れる」と思った瞬間に、ジリジリジリ、とチャイムが鳴った。

遅刻。……馬鹿は、俺もだった。懲罰点がつくかどうかは分からないが、指導は決定である。この寒さの中、グラウンドに立たされての体育教師の指導、というだけでぞっとするが、それ以外に、教師に目をつけられるかもしれないという不安があった。目をつけられ、常に「何か不適当な思考を持っていないか」を注視される立場にはなりたくない。

俺は暗澹たる気持ちで、すでに着いている者たちが整列している第一グラウンドへ走る。

5

　母から電話を受けた時は、はっきり言われたにもかかわらず半信半疑だった。礼服にもなるからという理由で黒にした一張羅のスーツに、買ったままカラーボックスの奥に眠っていたため皺のくっきりついた黒ネクタイを締め、数珠がないことに気付いてどこかで買うか買わないかをひとしきり迷い、電車を乗り継いで駅の出口に立ち、「藤本家」と墨で書かれた立て看板を見た。そして会場に着くと、会館の玄関脇にやはり「故藤本英人儀　告別式場」という立て看板が大真面目に置かれているのを見た。一日葬というやつで、通夜を行わず告別式のみらしい。この「藤本家」というのがよその藤本さんではなくうちのことだということは間違いなかったが、それでもまだ四割程度は納得できないままだった。英人君の葬式だという。何かの冗談ではないか。彼はまだ十六か七のはずだ。結局姿を見つけられなかったものの、つい先月、彼の通う高校の体育祭に行ったのだ。しかし駅を出たところにも、この会場の玄関脇にも、確かに立て看板が用意されている。これはちゃんとした葬儀屋が用意したものだ。さすがに業者まで一緒になって間違いや悪戯はしないだろう。だとすれば本当に英人君が死んだのか。とにかく真偽を確かめるためにも、会場に入らなければならない。

僕は硬い素材の黒ネクタイがきちんと締まっているかを確かめると、自動ドアを開けて会館に入った。十一月になったばかりのわりに外は寒かったが、会館内は暖房がきいているせいか少し暑く、喪服の厚い生地では暑そうだ。「藤本英人」の式場は二階ということだったが、入ってすぐのところのエレベーター前には別の会場に行くらしい見知らぬ集団が溜まっている。ざっくりした分厚そうな黒をまとった見知らぬ遺族の群れ。おそらく大往生なのだろう。あちらの集団は何か陽気だった。それを横目に見ながら傍らの階段を上る。今度は避けようもなく「故藤本英人」の文字があり、会場になっている部屋の入口付近では真っ黒なスカートから太い脚を生やした女性が二人、水底のようなひそやかさで言葉を交わしている。どこの誰だったか思い出せないが、見覚えのある顔なので親戚だろうということは分かった。

それでもまだ会場に踏み込むのは気おくれする。ここにきて思い出したのだ。会場内で僕はどんな顔をすればいいのだろうか。英人君とは彼が小学生の時に会って以来ほとんど交流はない。入口付近で頭を下げているのが英人君の父親の浩二《こうじ》叔父さんだが、あの人が泣いても取り乱してもいない以上、それより先にわっと泣くことはできない。かといって全く平常通りでいいのか。そもそもまだ半信半疑なので、本当に悲しんでいいのかも分からない。

会場に入れず突っ立っていると、横で僕同様に迷っていたらしい女性から声をかけられた。

「拓也さん……ですよね？」

若い女性だった。喪服のスーツを着ているが、着慣れている感じはあまりなく、おそらく年下である。さて親戚にこんな年代の女の子がいただろうかと首をかしげ、母方の方の従妹の存在を思い出した。

「……もしかして、沙雪《さゆき》ちゃん？」

女性ははいと言って頷いた。「私、たまたま一時帰国中で」

はいと頷いたというのに、目の前にいる女性が従妹の沙雪ちゃんだというのもまだ信じられなかった。なにしろ母方の篠田《しのだ》家は十年以上前から家族でマレーシアに移住しており、沙雪ちゃんと最後に会った時、彼女はまだ小学校の三年か四年生だった。

「……マジか」

「ご無沙汰してます」

女性は二、三年会わないうちに別人のようになるのでそこは納得しているが、声も違うし、もう完全に大人の雰囲気になっている。前回会った時には好きなキャラクターと学校の友達の話しかせず、僕と「お嬢様をエスコートごっこ」で遊んでいた沙雪ちゃんが、「ご無沙汰してます」ときた。

「……大きくなったね。全然分かんなかった」

出てくる言葉のこの平凡さはどうだろう。だが思わず笑顔になりそうなのを口角の動きだけにとどめたところは正解だったはずである。笑っていい場所ではない。何しろ「英人君の葬式」なのだ。

「もう大学生ですから」沙雪ちゃんは会場の中にさっと視線をやり、僕同様に出かけた笑みを引っ込めた。「……それより、私、びっくりしたんですけど」

「うん」

現在の自分の気持ちをどの言葉に集約させればいいのか分からなかったのだが、その言葉を聞いて納得した。「驚いた」でいいのだ。彼女のおかげである。

声をひそめて訊く。「……僕は『亡くなった』っていうことしか聞いてないんだけど」

「私も、『心臓麻痺』とは聞きましたけど……」沙雪ちゃんの表情が厳しくなる。こんな顔をするようになったのだなと思う。「でも、人間が死……亡くなる時は必ず心臓が止まりますよね。だから実質、何も言ってないのとおんなじだと思うんです。ただ……」

言いかけた沙雪ちゃんがふっと言葉を切って後ろを振り返る。会場の入口にいて頭を下げていた浩二叔父さんがこちらに来ていた。

「拓也君、それに……」叔父さんは僕の隣にいる女性が誰なのか分からなかったらしく、無表情のまま言葉を切る。

「篠田沙雪です。この度は、その……」沙雪ちゃんがきちんと手を揃えてお辞儀をする。

「あの、うちは今マレーシアなので、一時帰国中の私が代表で」

「ああ、篠田さんのところの。……ありがとう」

僕は悔やみの言葉に続け、父もすぐに来るはずだということを伝えたが、叔父さんはやはり無表情であり、泣いたような痕もない。

「咲子は今、ちょっと出てこれるような感じじゃなくてね。控室にいる。まあ、夏子さんは忙しい人だからな」叔父さんは僕の母を名前で呼んで会場内を振り返る。「二人とも、詰めなくていいから会場に入って好きなところに座っててくれ。沙雪ちゃんは一人だし、拓也君と一緒の方がいいだろう」

ああはい、と頷きはしたのだが、叔父さんの口調には少し驚いてもいた。まるで平静そのものだ。まだ高校生だった息子の告別式なのに、こちらにまで随分と気を回してくれる。

その平静さに対しどういう考えを抱けばよいのだろうかと迷ったが、沙雪ちゃんの方はそうでもなかったらしい。あの、と言って叔父さんに訊く。「英人君、心臓麻痺って聞きましたけど、それって……」

彼女は気にしている様子だったし、僕も気になっていた。しかし親に対してよく訊けるものだ。そう思ったが、叔父さんは特に表情を変えず、答えた。

「ああ。虚血性心疾患、と言うらしい。もともと体の強い子じゃなかったからね」ちらりと中を振り返る。会場中央奥に安置されている棺を見たのだと分かった。「残念だ」
同じようなタイミングで会場に着いた人が多かったのか、僕たちが後ろの方の席に座ると、じきに参列者が増え始めて式が始まった。母親である咲子おばさんの方は叔父さんに支えられるようにして出てきたが、ずっと口許をハンカチで覆ったまま肩を震わせていて、焼香の間に何度か、不意に嗚咽《おえつ》が聞こえてきた。最初は皆、痛ましさに顔を伏せるだけだったが、それが続くうち、つられて声をあげる人も出てきた。

――「残念だ」

膝の上で拳を握り、読経《どきょう》を聞きながら考える。叔父さんの言葉をどう解釈すればよいのか分からない。自分の息子なのだ。なのにまるで他人事ではないか。無論、喪主としては落ち着いていて立派であるし、取り乱さないから情がない、などという話にはならない。悲しみ方は人それぞれだ。……だが。

棺を見る。会場に入った直後も一度、英人君の顔を見ようとあの前まで行ったのだ。だが棺の顔の部分についている小窓は閉められたままだった。ここまでずっとそうだ。そのせいで僕は、未だにあの中にいるのが英人君だと信じられずにいる。あるいは浩二叔父さんもそうなのだろうか。だがうちの実家に訃報を送ってきたのは叔父さんだ。隣の席をちらりと見る。沙雪ちゃんは膝の上で手を揃えてきちんと背筋を伸ばし、じっと棺を見ている。うちの父はいつの間にか来ていて斜め前の席にいたが、表情は見えなかった。

――では参列者の皆様に、喪主より御挨拶がございます。

司会の声は「溢れ出る感情を抑えている」かのように聞こえる業者特有のしめやかなそれだったが、叔父さんは無表情のまま前に出ると、マイクを取って普通にお辞儀をした。

「本日、皆様方には公私ともご多忙のところ、故藤本英人の告別式に御出席頂きまして……」

英人、の名前が出た瞬間、咲子おばさんの嗚咽が高くなって会場に響く。

叔父さんはそちらをちらりと見て少しの間中断すると、また続きを始めた。

「……誠にありがとうございました。故人もさぞかし喜んでいることと存じます。御承知のように、全く突然のことで、私どももただ呆然とするばかりでございます……」

夫婦のこの差は何だろう。それともやはり叔父さんは、普通にきちんと対応する、ということだけで心の中を一杯にして、息子の死という事実を見ないように努めているのだろうか。

挨拶が済み、叔父さんが泣き崩れる咲子おばさんの隣に座ると、司会があくまでしめやかな声で言った。

「では、これより出棺となります。準備のため少々のお時間を頂きますが、出棺の際、男性の方は何名かお手伝いをいただきたく……」

火葬場へ向かうマイクロバスは派手にエンジンを振動させていた。ガソリンが揮発し、ピストンが往復し、排気する。その力強い動きに、父親の車に乗った時の感触を思い出した。

リアルな振動だと思う。英人君の告別式とか、咲子おばさんの嗚咽とか、あるいは隣に乗ってきた沙雪ちゃんの無表情なんかより、座席から伝わってくるエンジンの振動の方がよほどリアルだ。

結局、式が終わっても現実味はないままだった。出棺には父と一緒に手を貸したが、最後まで、棺の中で寝ているはずの英人君の顔を見ていない。だから僕は悲しむよりどうしても考えてしまう。葬式には詳しくないのだが。

「……献花がありませんでしたね」

囁き声がした。そちらを見ると、隣の席の沙雪ちゃんが、前の席の背もたれを凝視したまま言っている。「……それに出棺前には普通、故人と参列者との最後の別れの時間がとられるものだと思うんですけど」

沙雪ちゃんは周囲の親戚を気にしてか、少し声を落として顔を寄せてきた。「すみません。事務的すぎるのは分かってるんですけど」

「いや、気にしなくていいと思う。僕も気になってたし」僕も囁き声にする。「……それに確かに、何か妙だ。どうして一度も英人君の顔を見られないんだろう」

僕が疑問を口にすると、沙雪ちゃんはぎらりと目を光らせて迫ってくる。「ですよね。妙ですよね」

「もうちょい声、落として」

「すみません。でも、妙ですよね」

どうも、ずっと頭の中に疑問を溜め続けてぱんぱんになっていた様子である。沙雪ちゃんは弾けたように早口になった。

「本当に死因が『虚血性心疾患』なら、死体は綺麗なはずです。電車への飛び込みみたいなのと違って……」

「声、声」

「すみません」

今度は「死体」と言ってしまっているが、僕自身も正直なところ、あまり実感を持てないままなので、彼女を咎める気はない。

「……見えると咲子おばさんが取り乱すから、だと思ったけど」

沙雪ちゃんが反対の意を露骨に示す顔で眉をひそめたので、僕は続けた。「でも、それでもも参列者に見せることぐらいはすると思う」

沙雪ちゃんは僕の言葉を聞いて、一瞬、何かを図るように視線を落とすと、小声で言った。

「さっき業者の方に頼んでみたんです。少しでいいから顔を見せてくれないか、って。私は生前仲が良かったし、このままお別れは辛い。顔を見ないと信じられない、と言いました」

篠田家と英人君はそれほどつきあいがないし、まして沙雪ちゃんと生前の英人君は、法事の時に何回か顔を合わせただけのはずだ。こんな時によくそんな嘘を、と思ったが、僕も似たようなことを頼もうかと考えていた。

「で?」

「断られました。喪主の意向で、棺は開けないことになっている、と」

沙雪ちゃんはどうやら、僕のことを同じ疑問を抱く「仲間」だと認識したらしい。口調が滑らかになり、会場ではまだ少し見せていた痛ましげな表情が完全に消えていた。「死……遺体を見せられない何らかの事情があるんです。だとすれば、英人君は『心臓麻痺』で死んだんじゃない気がします。しかも喪主が何か隠してる」

浩二叔父さんの無表情が浮かぶ。結局最後まで、あの人は涙を見せることもなければ、声を震わせることもなかった。

「『虚血性心疾患』……つまり心筋梗塞や動脈硬化などが、十七歳の男の子に起こらないとは言えません。でも普通、そういった場合は死ぬ前にも何らかの兆候を見せていたはずですし、学校に行っていたなら毎年の健康診断で何か出ているはずです。さっきの挨拶で、浩二さんは『突然のこと』って言いましたよね。それも変じゃないですか?」

随分具体的に言う。医学部なのだろうか。

沙雪ちゃんは遠慮がちに僕の表情を覗き見ている。僕の反応が気がかりなのだろうが、もうそこは気にしなくていいと思った。僕も同じ口調になって応える。

「そうだね。それにもう一つある」マイクロバスが動き出す。窓の外を見ると、会館の玄関では、別の家の遺族たちが何人か出入りしていた。「……告別式に学校の先生とか、友達の姿が全然なかった。……普通、高校生がいきなり死んだら、学生服の姿が参列者の中に一つ二つはあるものだよ」

僕が同意したので、沙雪ちゃんは緊張を緩めた様子だった。不謹慎だと言われるのを気にしていたのだろう。

「……じゃあ、何かあったんでしょうか。学校で」

「人に言えないような何かかもしれない。英人君はそれで死んだ」

死んだ。……いや、本当に「死んだ」のだろうか。ここまで徹底的に隠すべき何かがあったというなら、英人君は何か人為的なものが関係して「殺された」のではないかということすら考え得る。たとえば、いじめを苦にして自殺した、といった可能性はどうなのか。死因別に統計を取ると、たしか十代は「病死」より「自殺」と「事故死」が圧倒的に多いはずだ。

「……このままで、いいんでしょうか」

沙雪ちゃんが言う。「このまま終わったら、もしかしたら、何かの犯罪があった事実に蓋をしてしまうことになると思いませんか? 英人君がうやむやのまま、ただ死んだ、ということで片付けられていいんでしょうか」

確かに、そんな気がする。そうなってしまったら取り返しがつかない。だが僕は、親戚とはいえ家族ではない。沙雪ちゃんに至っては血族ですらない。

しかし彼女は、僕を見て言った。

「拓也さん。……少しだけ、調べてみませんか。たとえば英人君の学校なんかを」

6

——恭心学園の進学実績を見ると、かなりのものでした。

当然です。ですがこれについては「全人教育」の当然の帰結であって、そのために何か特別なことをしていたわけではありません。生徒の精神力さえ鍛えれば、頭の良し悪しにかかわらず、受験競争である程度の結果を出すことはそう難しくありません。

——進学実績をあげる、と言っても、実際に達成するのはとても難しいと思いますが。

私から見ればそうでもないんですよ。ようはやる気を出させればいいんです。やる気さえあれば、特にややこしい指導をしなくても、子供の成績は面白いように伸びます。

ところがね、現代の親や教師はこの、やる気を出させる、ということに関して根本的に間違っているんです。簡単に言うと「足し算」でやる気を出そうとしている。つまり、勉強しなさい勉強しなさいと、口うるさく言うわけですね。これは効果がありません。それよりもまず、やる気が出るような環境を作らなければなりません。そのためには「引き算」の工夫が必要になります。

つまり、勉強しなさいと言うのではなく、勉強以外のことをしなくなるような環境にすればいいわけです。子供部屋を見直してみてください。携帯、ゲーム機、テレビに漫画。子供が勉強よりそちらに行ってしまうようなものがたくさん置いたままでしょう。受験に不要な、それどころかはっきりと有害なものをどうして置いたままにしておくのか、私には理解できません。受験に不要なものはどんどん引き算で捨てていけばいいんですよ。携帯もゲーム機もなくなり、不純異性交遊の相手や悪影響を与えてくる友人を一つ一つ取り除いてゆけば、残ったものは勉強だけじゃないですか。そうすれば、子供は自然と勉強に目を向けます。勉強しろ勉強しろと怒鳴る必要もない。子供が自発的に勉強を始めるわけですから、能率も違います。

その点では、全寮制は受験向きですね。起床から就寝までの一日全部を管理できますし、自宅学習の時間も豊富にとれます。ゲームや漫画といった受験に不要なものから生徒を切り離し、全エネルギーを勉強に集中させられる環境を作ることもそれほど難しくありません。受験生は全員、寮に入るべきですよ。その方が友人関係の管理もしやすいですしね。

先程の引き算ですが、一番難しいのが「遊んでしまう友人」をどう取り除くかなんです。物理的に切り離そうとすれば、子供をどこかに閉じ込めておくことになってしまう。ですから、友人は「遊ぶ相手」ではなく「競争相手」だと認識させることが大事です。実際に、受験は食うか食われるかの競争ですから。競争相手だと認識しさえすれば、相手の誘いに乗って遊びに出かけていく、なんてことはできなくなりますよ。そうしている間にどんどん出し抜かれる。その不安がありますからね。

――生徒間で競争をさせる？

そうです。現在の学園でもそうしていますが、なるべく生徒間で競争をするようにし、緊張感のある空気を作ることがまず第一です。気を緩めていると追い抜かれる。その事実を実感することで、生徒から気の抜けた表情が消えます。

7

This might have lasted half a minute, or a minute. But it (ア)＿＿＿＿ an hour. The bells ceased (イ)＿＿＿＿ they had begun, together. They were succeeded (ウ)＿＿＿＿ a clanking noise, deep down below, as if some person were dragging……

ふっと意識が薄れ、頭ががくりと落ちたところで驚いて姿勢を戻す。数秒前から問題文を読めてなどおらず、英語の文字列がただの模様の並びになっていたことに気付き、急いで頭から読み直す。だが一文が長くて構文の構造がなかなか理解できない。知らない単語も出てくる。シャープペンシルを握り直す。頭がぼうっとして集中力が出ないのだ。だが時間がない。まだ終わらないでくれという気持ちと、疲れたからもう早く終わってくれという気持ちが交互にやってきて、そのうち自分がどちらを願っているのか判然としなくなってくる。

顔を上げて時刻を確認する。午後九時四十八分。つまりテスト時間はあと七分しかない。まだ大問六がまるまる残っているから、これが全部空欄になってしまうと点数的にまずい。せっかく数学と物理はBプラスとAで通過して、今回で総合順位がA級に届くかもしれなかったのに、最後の英語がボロボロだった。この分では俺は来月もB級のままだろう。問題文を訳す作業から離れてそんなことを考え始めてしまうのがそもそも、体力切れでギブアップしている証拠だった。今の俺は、本音では「クラスも成績もどうでもいいから今日はもう布団に入って眠りたい」という動物的な欲求しかないのだ。眠い。疲れている。ここまでだって、ちょっと気を抜くとぼうっとずれ始める視界を叩いて直し、叩いて直しして大問五までやってきたのだ。もう充分ではないか。

鉛筆の芯が解答用紙を叩くかつかつという音が自習室に充満している。周囲の同級生たちは一心不乱に問題を解いているように見える。だが斜め前の菊池がもぞもぞと目をこすったのが、俺の席からでも見えた。奴だって眠いのだ。いや、この部屋にいる生徒全員がそうであるはずだった。

今ではそれが普通になってしまったが、恭心学園の日常生活は勉強漬けだった。朝七時前に起床して部活の朝練と七時間の授業を終え、午後の部活動をみっちりやり、夕食をかっこみ、ほんのわずかな入浴・休憩時間の間にも、日によっては昼間の授業で出された課題をやらなければならない。そして夜八時半から十時半までの二時間は教室棟に戻って行う「夜間学習」である。前半の一時間はまだいいが、後半の一時間が疲労や睡魔との戦いであることは、恭心学園の生徒全員の共通認識だった。だが、サボる奴はいない。夜間学習は基本的に自習の時間だったが、複数の教師が常に教室を巡回し、気の抜けている奴はつまみ出されて廊下で指導になるし、そもそも毎月行われる級位分けテストで生徒たちは細かく順位付けされ、A級、さらに上の特進クラスを目指すよう、常に競争させられている。下の級になれば同級生間での立場が弱くなり、上の級になれば強くなる。さらに特進クラスになれば教室棟どころか寮まで違い、生活上様々な恩恵が受けられるので、競争を諦める奴はほとんどいなかった。

だが今回の英語はこれで限界のようだ。a clanking noise, deep down below。もう問題文が頭に入らないし頭から読んでいる時間もない。せめて選択問題の記号だけを山勘で書いて、あとの空欄には〝with〟とか〝from〟とか、解答としてありそうな単語を適当に入れておこう――そう判断した瞬間にチャイムが鳴り、「そこまで」の号令が部屋に響いた。俺は急いでシャープペンシルを走らせ、空欄にとにかく「a」と書いていくことにする。

「小川。終わりだ。鉛筆を置け」

監督の教師に怒鳴られ、俺はシャープペンシルを捨てるように置いて背筋を伸ばす。隣の山本が「ズルしてんじゃねえよ」という目で睨んできた。生徒間のこういうところはお互い容赦がない。成績だけでなく日常の生活点についても、皆が同級生の規則違反を見つけようと常に目を光らせている。当然だ。一学年の人数は特進クラスを入れてもたったの七十五人。誰かが昇級するということは自分が引きずり下ろされるということかもしれないのだし、誰かを引きずり下ろせばその分自分が上に行けるということだ。だから毎月のこのテストでは皆が殺気立っている。

結局「a」は最初の三つにしか書けなかった。監督役の教師が解答用紙を回収して前に戻ると、生徒たちは一斉に筆記用具をしまう。教師がそれを確認すると号令が出る。

「起立」

「礼」

「ありがとうございました」

頭を下げる生徒たちの声が揃う。それに続いて直立不動で五戒の唱和があり、教師が「夜間学習、終わり」の号令を飛ばす。それでようやく生徒たちの肩から力が抜ける。これで今日は寝られる。歯を磨いて、就寝前の点呼と整容指導の間、寝落ちせずに耐えれば、寮の部屋の、暖かい自分のベッドにもぐり込める。だが頭のまだ活動している部分では、英語の失敗とそれによる減点分が総合得点にどれだけ響くかについて、何度も何度も無意味な勘定が繰り返されている。

寝られる。だが明日もある。明後日もある。まだ火曜日だから、あと三回これを繰り返して、ようやく土曜日だ。だが土曜日も部活と学習時間はある。日曜日もある。それでも平日よりはまだ長い自由時間がある。土曜日か日曜日に何か、突発的な楽しいことがあるだろうか。次に楽しいことがやってくるのは、こんな一週間を何回越えた後だろうか。

一列に並び、生徒たちは整然と歩いて自習室を出る。群れて動く生徒たちの揃いのジャージと様々な形の坊主頭を見ながら、羊のようだと思う。俺たちは一体、何のためにこの生活をしているのか。

だが不満は言えない。言えば反抗と見做され指導対象になる。言わなくても不満げな顔をすれば指導対象になる。だが何もしないでいるとそれもそれで指導対象になるのだ。常に克己し、精進し、教師たちの求める理想の生徒像に近付く努力をしていなければならない。そうでないと「気力が足りない」ということになる。それは五戒の五に反する。

どうしてここまでしなければならないのかと、そう思うことはある。逃げ出すことを本気で考えたことも一度や二度ではなかった。だがいつも、指導の恐怖がそのちっぽけな不満をすぐに圧殺するのだ。中等部の奴らはもちろんのこと、俺たち高等部からの編入組も、教師には絶対に逆らうことができないように教育されていた。日々の指導のせいもあるし、教師に逆らえば教師以前にまず周囲の同級生全員が敵になり、学校社会で孤立するという認識のせいでもある。だがおそらく最大の理由は、入学直後のあの四日間、富士山麓の合宿所に移動して過ごしたあの「新入生合宿」の四日間のせいだった。

思い出したくはない。だが今でもしばしば思い出してしまう。「外の」中学から恭心学園に入った「一般人」の俺が、「恭心学園の生徒」に染められるための四日間だった。

8

——学園では、現在も富士での「新入生合宿」が続いていますね。

やはり最初が肝心ですから、新入生合宿は外せません。入学してくる子供たちは皆、自我がふわふわしていて、自分が何者なのかを分かっていない。それに対して「学園の生徒」だという自覚を持たせるところからスタートします。

——挨拶や礼節についてなど、相当厳しいという話ですね。

まずきちんと挨拶ができること。礼儀作法をきちんと身につけ、社会の構成員としての

「形」ができること。これが実は重要だからです。形をきっちり整えれば、不思議と精神もそれに追いつこうとして成長する。

　新入生合宿は確かに、意図的に厳しくしています。うちでは新入生をまず徹底的に追い込む。そして追い込まれた状態になると、人間は生の本能が目覚めます。すると、これまでは「できない」と決めつけていたことが、実は限界よりずっと手前だったことが分かる。最初は辛いですが、これに一回耐えれば、自分はもっと耐えられるのだということが分かる。だから新入生合宿では、精神も肉体も、あらゆる方向からまず追い込みます。精神を追い込めば、辛い状況に音をあげてしまわない精神力がつきますし、理不尽に追い込めば追い込むほど、社会に出てから理不尽に耐えるストレス耐性がつきます。肉体的に追い込むことで体力がつきますし、体も強くなります。

　そして極限まで追い込まれた状態になって初めて、その新入生の素の心が出てくるわけです。そこには甘えがあり、怠けがあり、自己中心性があります。そういった自分の弱さ、狡《ずる》さをまずさらけ出して、自覚するということがすべての始まりです。そして自分がいかに駄目かを理解すると、これまで自分がいかに周囲に与えられ、許されてきたかも分かります。つまり感謝の心が出てくるわけです。これが重要なんです。感謝の心を持つことは正しい精神の基本です。

——途中で脱落してしまう生徒はいませんか。

これまで脱落者は一人も出ていません。脱落しそうな生徒に対しては教師が一対一でついて手厚くサポートしますし、何より周囲には友人たちがいるわけです。それなのに「お前だけ放り出して逃げるのか」と訊かれたら、はいと言って逃げる生徒はまずいません。

——そうした合宿について、生徒たちの評判はどうですか。

二度とやりたくないと答えるでしょうね（笑）。ですが、やらない方がよかったという声は一度も聞いたことがありません。自分でも分かるのでしょう。あそこまでやってもらえたから強くなれたということが。何しろ教師の方も本気ですから。合宿が終わった後は声がガラガラになっていたりします。それでも最終日には、教師にも生徒にも感動で泣く者が出ますよ。

9

「二組十二番鳥居篤《とりいあつし》。恭心学園中等部出身。中学時代は陸上部に所属しておりました。高校三年間での自分の目標は、友人を大切にし」

「やめ」

教師の怒号が鳥居の声をかき消す。壇上で気をつけをし、喉に筋肉の筋を浮かばせながら自己紹介を絶叫していた二組十二番鳥居はその姿勢のまま硬直し、横に立っている教師が怒鳴る。「声が小さい。本気に聞こえないぞ」

「申し訳ありません」鳥居は直立不動で両足をぴたりと揃えたまま教師に向き直り、かつ、と高速で四十五度の位置にまで頭を下げた。「二組十二番鳥居は声が小さく、本気に聞こえませんでした」

ジャージ姿で腕組みをしたままの教師が怒鳴る。「もう一度」

「ありがとうございます。もう一度やらせていただきます」鳥居が再びこちらを向く。「二組十二番鳥居篤。恭心学園中等部出身。中学時代は陸上部に所属しておりました。高校三年間での自分の目標は、友人を大切にし、倒れた時に共に助けあえる関係を」

「やめ」教師が怒鳴る。「何だそれは。『助けあえる』だと。甘ったれたことを言うな。友人に助けてもらうことがお前の目標なのか」

「申し訳ありません」鳥居は再び絶叫調で謝罪し、高速で頭を下げる。「二組十二番鳥居は甘ったれたことを言っておりました」

「お前は友人と『助けあう』なんて期待してんのか。自己紹介のふりをして助けてもらいたいってアピールしてんのか。卑怯じゃないか」

「はい。二組十二番鳥居は友人と『助けあう』と期待しておりました。自己紹介のふりをして助けてもらいたいとアピールしておりました。卑怯でした」

「でしたじゃない。お前は今、卑怯者なんだ」

「はい。二組十二番鳥居は今、卑怯者です」

講堂の白い壁と天井を背景に、異様な光景が続いていた。俺は周囲に並ぶ他の生徒と同様に気をつけをしたまま、全身がぞわぞわと慄《おのの》くのを感じながら、あと三人で回ってくる「自分の番」を恐れていた。一体何だ、これは。

男子部の体育館で行われた入学式までは普通だったと思う。体育館の後方には保護者もいたし、恭心学園は、見た目には校舎の綺麗な普通の高校だった。少人数教育と充実した設備、ということで、どこか心の浮き立つ部分もあったはずなのだ。

だが入学式が終わり保護者が帰ると、俺たち新入生はすぐに「新入生合宿」に行くと宣言された。高等部からの編入組は十五人ほどだったし、無論知り合いはいない。何も分からないままバスに乗せられ、二時間ほどかけて富士山麓のこの合宿所に連れてこられた。バスの中では隣の席の奴と話すこともできなかった。覚えておくようにと言われて五戒と校歌の書かれた紙を配られ、バス内ではひたすら校歌が流されて何度も歌わされていたし、途中、昼食に弁当を配られても、教師に「私語は禁止」と言われ、皆、しんとした空気の中、黙々と弁当を咀嚼《そしやく》していた。俺の隣、窓側に座った坊主頭の奴は中等部からの持ち上がりらしく、最初から教師の指示を予想していた様子で一切私語がなかったし、バス内のどの席も同じ様子だった。この時点で何か妙だとは思っていたのだ。私語を聞かれた生徒は「私語禁止」と怒鳴られていた。

そしてバスを降り、自分たちがこれから三泊四日の「新入生合宿」をすると聞かされた時は、本気かと思った。宿泊の用意など何もなく、せいぜい携帯や財布しか持っていなかったからだ。だが道具はすべてこちらで人数分揃えてあると言われ、俺たちはやはり人数分揃えてあった、名前と出席番号の入った揃いのジャージに着替えさせられた。そして携帯を始めとした私物はすべて取り上げられた。携帯や財布を取り上げて回る教師に対して編入組らしい一人が抗議したが、そいつは怒鳴られていきなり頬を張られ、たちまちジャージ姿の三、四人の教師に囲まれ叱責された。教師の一人はタブレットを持っており、反抗した生徒に名前を言わせ、何かを記録していた。

それを見た俺は、もしかして相当やばいところに来てしまったのではないか、とようやく気付いた。だが後の祭りだった。富士山が間近に迫る合宿所は生まれて初めて来る場所であり、自分たちが今どこにいるのかはぼんやりとした日本地図の中で曖昧に想像できるだけだった。周囲を見渡しても広大な駐車場のむこうに一本道があるだけで、周りは林と斜面しかなかったし、財布も携帯もなくジャージ一丁ではどこにも行けなかった。乗ってきたバスもさっさと帰ってしまい、俺たちは合宿所に入って教師に従う以外、すでにどうしようもなくなっていたのだ。

周囲の新入生の中に、不審感を顔に出す奴はほとんどいなかった。合宿所に連れてこられてからバスを降り、着替えるまでの間、教師の指示はすべて号令であったが、俺の振り分けられた二組には高等部からの編入組は数人しかいないようで、クラスの大部分を占める中等部からの持ち上がり組は、気をつけの姿勢から礼の角度、教師への受け答えまですべてが違った。背筋を伸ばしてびしりと立ち、四十五度にきっちりと頭を下げてきびきびと礼をし、教師への敬語も完璧なのだ。俺は最初、何だこいつらは、と宇宙人を見る目だったが、とにかく周囲に合わせてついていかなければならなかった。そして部屋に入るところで「二組十五番小川。何をきょろきょろしている」と怒鳴られた。

周囲の生徒はさっと俺から離れ、いきなり怒鳴られた俺はどうしていいか分からないままに「すいません」と言ったが、途端に怒鳴り声が飛んできた。「何だその言い方は」「頭を下げろ」「ふらふら立つな。何だその立ち方は」——ひとしきり怒鳴られ、とにかく周囲の持ち上がり組がやっていた感じを思い出しながら真似をすると、なんとか解放してもらえた。

そして、最初に俺たちがされたのは「頭髪検査」だった。

この学校の校則のことを全く調べないまま入学式に出た俺は知らなかったのだ。恭心学園男子部の生徒は全員十二ミリ以下のスポーツ刈りか坊主頭と、校則で決まっていた。周囲が妙に坊主ばかりだと思っていたが、それは新入生の八割を占める中等部からの持ち上がり組であり、髪型が様々な高等部からの編入組は、この頭髪検査で全員坊主頭にされた。嫌がる奴もいたが、そいつは散々怒鳴られ、「別室」と命じられ、両側から両脇を抱えられて引きずられる無様な姿勢で連れていかれた。あの引っぱられ方は、学園内では「飛行機」という隠語で呼ばれているそうだ。

合宿所の壁は薄く、別室からは怒鳴り声とバリカンの音に交じり、床をばたばた踏み鳴らす音と泣き声がうっすら聞こえてきた。明らかに殴っている「ばん」という音もあったから、俺は従わざるを得なかった。周囲の奴らは皆唯々諾々と頭髪検査を受け、もともと坊主頭の奴も「長い」と言われて素直にバリカンに応じている。抵抗はできなかった。

そして午前中最初のプログラムとして、まず俺たちはクラス分けがされ、天井や壁の一部が剝がれかけたぼろい合宿所の大部屋にクラスごとに分けられて「自己紹介」をするようにと言われた。それがこれだった。クラスの三十名が注目する中、番号順に一人ずつ前の、一段高くなっている壇に上がり、直立不動で叫ぶ。最初の奴の声は絶叫と言ってよく、俺はここまで大声にする必要はないだろうと思ったが、そいつは「声が小さい」と怒鳴られていた。つまり俺もあの声を出さなければならないのだ。

そして「自己紹介」は大変だった。横で腕を組んでいる教師が必ず途中で「やめ」と怒鳴り、問題点を指摘してやり直させるのだ。持ち上がり組の奴らですら一度で済むことはなく、三度、四度と「やめ」で中断させられては悪い所を指摘され、自分でその指摘を復唱した後、始めからやり直す、ということを、最低でも五、六回は繰り返させられていた。そして俺と同じ編入組とみられる池田は酷かった。声が小さいと怒鳴られ、復唱をしろと怒鳴られ、復唱の声が小さい、と殴られた。教室内に控えている別の教師から「指導を受けたら『ありがとうございます』と言わんか」と怒鳴られ、やけくそのように「ありがとうございます」と叫んだが、その姿勢が悪いということでまた殴られていた。直立不動もできないのかと怒鳴られ、目をきょろきょろと動かすなと怒鳴られ、中学時代帰宅部だったことも「怠け者」と怒鳴られ、「中学時代帰宅部だった二組三番池田《いけだ》は怠け者です」と言わされ、高校三年間での目標にも突っ込まれた。池田の「自己紹介」は異様なほど長々と続いた。その前の持ち上がり組と違ってあまりにも長く続いたが、教師は誰も止める気はないらしく、当然という目で壇上の池田を睨んでいた。池田はクラスの生徒二十九名が見上げる壇上で延々とやられた。「高校三年間の目標」で何を言っても批判され、「二組三番池田は甘ったれです」だの「二組三番池田は浮ついています」だのの自己批判を壇上で復唱させられ、やり直しを命じられるので、池田は最後、もはや何を言えばいいか分からなくなったらしく泣きだしていたが、教師が彼の肩をがっしりと摑まえ「泣くな。耐えろ」と怒鳴り、従う以外にない池田は涙と鼻水を垂らしながら「二組三番池田の高校三年間の目標は元気です」とわけのわからないことを叫んだが、教師は泣いている彼の肩をばしばしと叩き、「よし。それでいい。よく頑張った。それでこそ恭心の男だ」と褒めた。池田は涙ながらに「はい」と答えた。

自己紹介は長かった。他の奴も全員その調子だったからだ。

「やめ。緊張感が足りん」

「はい。二組十三番橋口慎太郎《はしぐちしんたろう》は緊張感が足りていませんでした」

「もう一度」

「はい。二組十三番、橋口慎太郎です。中学時代は……」

あと二人で俺の番になる。俺はどのくらいで終われるのだろうか。まさか俺も泣くのだろうか。

だが、これはあくまで「自己紹介」に過ぎないのだった。つまりプログラム最初の挨拶のようなものだ。それだけでも四時間かかったが、へとへとになった俺たちはすぐさま次のプログラムに移らされ、今度は挨拶と姿勢の指導が始まった。全員で練習をした後、やはり一人ずつ前に出され、お辞儀の角度やら視線の位置やらを指摘され、怒鳴られながら直すのだ。それを見ている他の生徒も当然直立不動のままであり、下手に動いたりすると今度はそちらが怒鳴られる。矛先が変わるだけで常に誰かが怒鳴られているのであり、途中から俺は徐々に思考がぼんやりしてきて、とにかく怒鳴られる役が他の奴に回っている状態を維持することしか考えなくなっていた。そしてそれが終わると今度は体育の最初に必ずやるという「恭心体操」の練習だった。グリコのポーズのように両手を振り上げたり、股を大きく開いて中腰になるなど恥ずかしいポーズを含む体操だったが、すでに把握しているらしい持ち上がり組の連中は真顔でこなし、高々と手を振り上げていた。無論この体操もこれまでと同じ形式で、一人ずつ皆の前で恥ずかしいポーズをしなければならず、不慣れな編入組は、何度もやり直しを命じられて皆に向かって股を大きく開くのだった。

それが済む頃にはすでに夜になっており、俺たちは食堂への移動を命じられて、いつの間にか炊かれていた大量の飯と大釜の豚汁、その他豊富なおかずによって初めてわずかばかりの自由を与えられた。正座を命じられ、目の前の食事が社会からの温情によって与えられたものであり、俺たち生徒は感謝すべきであるという旨の訓示がなされ、手を合わせて「頂きます」と唱和する。疲労と今後への不安であまり空腹は覚えていなかったが、何か異常な欲求により、食べ物を咀嚼する時のわずかな安堵感を求めて俺は飯を食った。周囲を見ると、持ち上がり組の奴らは好きなようにおかわりをしており、少なくとも飯だけはちゃんと与えられると分かった。

だが、最悪の時はこの後にやってきた。

食後、俺たちは講堂への移動を命じられた。「健康診断」だということだった。

少なくとも恥ずかしい挨拶だの体操だのをさせられることはないのだ、と知り、俺は当初、安堵していた。整列して列を乱さず歩くことも、四十五度の礼をきっちりとすることも、この時にはすでに慣れていた。だが奇妙なことに、周囲にいる持ち上がり組の奴らは何かを予感して諦めたような無表情で前だけを見ていた。

健康診断は普通のものに見えた。身長体重の測定、問診、上半身裸になっての脊椎その他の観察。血液検査の注射もあったが、持ち上がり組の奴らが恐れているのはそれではなかった。腕に止血用のゴムバンドを巻かれた俺は、彼らの視線が講堂の一角、そこだけ白い衝立に囲まれた場所に注がれていることに気付いた。五人ほどの生徒が衝立の陰にいるようだったが、隠しているということは下も脱ぐのだろうと、そのくらいの予想はついた。

だが前の奴に続いて衝立の向こう側に行くと、俺はぎょっとして立ち止まってしまった。

長机があり、椅子に教師が一人、腰かけている。その机の側面に「直腸検査」という文字が書かれた紙が貼られてぶら下がっていた。四人の生徒が順番を待っていたが、その前方、青いビニールシートが敷かれた部分で、二人の教師に挟まれ、先頭の生徒がズボンを脱いで全裸になったところだった。

生徒の背後に白衣を着た医師らしき男が立つ。真っ白で妙に豊かに膨らんだ鬣《たてがみ》のような髪に加え、不自然な鼻下髭をたくわえているせいで怪しげな印象に見える老人の医師だ。俺は生徒が何の躊躇もなく下を脱いだ時点で驚いていたが、横の教師が「手をつけ」と命じると、生徒が足を大きく広げて踏んばり、四つん這いになって医師の前に尻を突き出したので衝撃を受けた。両足が大きく広げられているから、肛門が医師の前に突き出され、隠すもののない股間で性器がぶらぶら揺れている。医師が透明の手袋をつけると、無造作に尻の穴に指を突っ込んだ。

横に立つ教師が怒鳴る。「顔を上げろ」

「はい」

命じられ、肛門に奥まで指を突っ込まれている生徒がわずかに顔をしかめながら前を向く。その後ろで順番待ちをしている四人の視線がその姿に注がれている。

「異常なし」

口の中に唾液が溢れているような妙にぬめぬめとした声で医師が言うと、生徒は足を閉じて立ち上がり、ありがとうございました、と最敬礼してズボンを穿く。俯くことが許されていないためか顔は上に向けていたが、並ぶ俺たちの前を通る時は逃げるような早足であり、視線は決して俺たちに合わせようとしてはいなかった。

列が前に進む。俺の後ろから誰かが来た。俺もあれをやられるのか。

だが、次の生徒も躊躇《ためら》いなくズボンを脱ぎ、両足を大きく開いて踏んばる。医師は慣れた様子で手袋を交換し、次の生徒の尻にも、その次の生徒の尻にも躊躇いなく指を突っ込んでいく。ついに俺の前に誰もいなくなり、俺は他の生徒と同様「二組十五番、小川希理人《きりと》です」と叫ばねばならなくなった。立ち止まれば怒鳴られる。待ってくれとは言えないまま裸足の足を踏み出し、乾いたビニールシートに足を乗せて医師に背中を向け、ズボンを脱ぐ。脱ぐ途中でちらりと、並んでいた列の方を見た。長机に座り記録を取る教師と、横に立つ二人の教師、それに後ろに並んでいる五人の生徒の視線が、一斉に俺に注がれていた。

やめてくれ。見ないでくれ。

頭の中でそう叫んでも、もはやどうにもならない。ビニールシートには手足を置くべき場所に白で手形と足形が描かれており、そこに合わせて足を置くとどうしようもなく両足が大きく開かれた。後ろに医師が立つ気配があり、無防備に揺れている俺の陰嚢に冷たい風が当たる。「手をつけ」と命じられても、どうしても体が動かない。

「何をしてる。早く手をつけ」

怒鳴り声が耳朶《じだ》を叩く。嫌だ。なぜ皆が見ている前で、裸でこんな恰好をしなければならないのか。これは検査ではない。屈辱以外の何物でもない。

「手をつけ」

俺はまだ動けなかった。裸で四つん這いになるこの恰好はつまり、犯される恰好ではないか。絶対に嫌だ。だが、このまま突っ立ってやり過ごせないかと考えた瞬間、両側から手首を摑まれて背中を押された。上体が前に倒れ、俺は白で描かれた手のマークの上にぴたりと自分の掌を重ねた。手首をぐっと握られていて痛い。恥辱に目を閉じると、「顔を上げろ」と怒鳴られた。顔を上げると「目を開けろ」と怒鳴られた。目を閉じて耐えることすら許されないのだ。

突き出している尻の穴に、無造作にずぶりと指が入れられた。思わず呻き声が出る。反射的に暴れそうになったが、手首ががっちり摑まれていて動けなかった。指が奥まで入ってくる。医師がにちゃにちゃと口の中を鳴らし、「んー」「ふん」「うん」とぶつぶつ言っているのが聞こえた。俺は前方の白い衝立だけをじっと見て耐えたが、四つん這いになり、尻の穴に指を突っ込ませている俺の姿が、教師たちと、後ろに並んでいる五人にしっかりと見られていることは嫌でも意識せざるを得なかった。早く。早く終わりにしてくれ。

入れる時と同様に無造作に指が引き抜かれ、引《ひ》き攣《つ》れるわずかな痛みを残して尻が解放される。「立て」と命じられて立ち上がり、ズボンを穿く。俺は前の奴がやったように、最敬礼して「ありがとうございました」と叫んだ。自分に恥辱を味わわせた相手に頭を下げ、「感謝」することを強要される。もう、プライドも何もなかった。

どうしてこんなことに、と思った。俯きかけて「顔を上げろ」と怒鳴られ、出ない声で礼をする。後ろに並ぶ五人からできる限り視線をそらして早足で去る俺は、さっきの奴らが全く同じようにしていたことに気付いた。

その夜、生徒たちは全員、憔悴しきった負け犬の顔をしていた。その顔のまま就寝の時間になったが、布団を敷く段になって、また指導が入った。布団の敷き方を細々と直され、何度も怒鳴られてやり直しをさせられるのだ。二組では俺とあと二人がなかなか合格せず、ついには「別室」と命じられ、布団を持って別の小さな部屋に移動すると、そこで延々と布団の敷き直しをさせられた。他の奴はもう眠っているらしかった。俺もすでに疲労困憊《こんぱい》で眠くてたまらなかったが、なかなか寝ることは許されなかった。そして朦朧《もうろう》とする意識の中、ようやく就寝を許されても、翌朝は五時三十分に起床のチャイムで起こされた。

俺は睡眠不足で靄《もや》のかかった頭のまま残りの三日間を強いられることになった。二日目からはマラソンや穴掘り、夜のキャンプファイヤーのための薪組みといった作業が課せられたが、それらはすべて四人組の「生活班」ごとに分けられ、各班で最ものろい者、役に立っていないと見做された者がその都度前に出され、腕立て伏せやスクワットを命じられた。限界まで疲労して精神力も切れているのに、とにかく四人の中でビリにならないよう、同じ班の奴らと競争しなければならなかった。二日目、三日目と進むにつれ生徒たちは無口になり、目の下には隈が浮かび、表情は暗鬱な無表情のまま固定された。教師の声への返事だけが、やけくそのような絶叫になっていった。

そして最終日、俺たちは一人五分間、前に出て壇上で「将来の夢」のスピーチをさせられた。無論これにも何回、何十回と駄目出しが出て最初からやり直させられるのだが、長くかった生徒ほど最後は教師に「よく頑張った」と肩を叩かれ、抱きしめられて「ありがとうございます」と泣くのだった。俺たちは「辛い三日間を耐え抜き、恭心学園の男になった」三日目の夜、皆でキャンプファイヤーの火を見つめながら肩を組み、すっかり覚えた校歌を四番まで歌った。やり遂げたのだ、という達成感と、共に辛い合宿を耐え抜いた仲間たちとの連帯感で皆が感動し、涙を流していた。

その時の俺は確かに思っていた。耐えることができた。自分は強くなれた。辛かったけどやってよかった、と。

今になってみると分かる。新入生合宿は「生徒間に連帯感を持たせるため」とか「恭心学園の生徒としての自覚を持たせるため」とか言っていたが、本当の目的は生徒を服従させるためだった。そしてその一番の肝はあの「直腸検査」なのではないか。

後で考えれば、あれは問題だと思う。だが衝立で隠されていたし、あの場にいたのは男だけだったし、あくまで「健康診断」の一環なのだから、文句の言いようがなかった。何より、訴えようという気など全く起こらなかった。両足を大きく開いて性器を晒し、皆が見ている前で四つん這いになり、肛門に指を突っ込まれる。そしてそのことに「ありがとうございます」と感謝する。自分がそんなことをしたなどという事実は、一秒でも早く皆の記憶から消えてくれなければならなかった。自分から訴えるなどとんでもないことだった。

そもそもあの屈辱の後では、「あの姿を見られた相手」である教師たちに逆らう気など起こりようもなかった。どんなにいきがっていても、俺はあいつらの前で四つん這いになって尻を突き出したことがあるのだ。そう意識すると、そもそも教師たちに正面から対峙する気すら起こらないのだった。反抗すれば、「あの姿を暴露される」という不条理な恐怖心が反射的に浮かんでしまう。仮に教師たちをどんなに威圧してみたとしても、俺のあの姿を想像されると思うと、教師たちの方が、精神的には常に、圧倒的優位に立つのだった。人間は、尻の穴を見せた相手には逆らえないようになっているのだ。あるいは赤ん坊の頃、糞尿の世話を親にしてもらったことがどこかで関係しているのかもしれない。そして生徒たちの間には、「恥ずかしい恰好をした者同士」という、謎の連帯感が生まれるのだった。

この新入生合宿の内容も、それどころか普段の「指導」の実態も、親は知らない。親はただ、この学校の「きちんとしつける」「進学実績がある」という評判につられて子供を連れてくるだけだ。訴える生徒などいないし、たとえ訴えたところで、実際に目の当たりにしなければ、どういうものなのか理解できないだろう。親には「学校が嫌で誇張している」ととられるだけで、逆に、訴えたことを学校側に告げ口される危険がある。そうなれば、生活のすべてをその学校内でしなければならないこちらはおしまいだ。だから誰も訴えない。この学校はそうやって維持されている。

10

公共交通機関や業者の送迎用車でない個人の車の中というのは、なぜかひどく沈黙が多い。他の第三者が入り込む可能性がないから雰囲気がプライベートになりすぎ、その空気が発言のハードルを上げているのかもしれないと思う。英人君の告別式の時はあんなに喋っていた沙雪ちゃんがそれこそ初めて車に乗せられた猫のようにおとなしいのは、おそらくそのせいだ。都心のややこしい道と、慣れないタイミングで「右です」「斜め左手前です」の音声を発するカーナビのせいで集中力の大半をもっていかれている僕がなんとか話しかけても、助手席の沙雪ちゃんはあまり元気な反応をせず、何か申し訳なさそうに視線をそらしたりしている。

「……別に、気にすることはないよ？　むしろ僕にとっても渡りに船だし」

県道に乗ってようやく分かりやすくなったので落ち着いて話しかける余裕ができたのだが、沙雪ちゃんは僕をちらりと見てまた目をそらした。「いや……そう言っていただけるとありがたいんですけど」

「それに親戚であることは間違いないんだ。浩二叔父さんも咲子おばさんも動けないだろうし、平日に車出せる人間もいないんだし」

ハンドルを叩いてみせる。ゼミの友人の中に一人、ワゴンを持っている新垣《あらがき》という男がいて、そいつの車は「新垣ワゴン」と呼ばれ、何かと周囲の友人に重宝されている。気のいい奴で、もともとただ同然で手に入れたというこのワゴンを、ガソリン満タンだけを条件にして気軽に貸してくれるのだ。この車が使えるのでなければ、僕が沙雪ちゃんの申し出に応じていたかどうか分からなかった。

告別式の時、英人君の死に不審を感じていた僕に、沙雪ちゃんが提案してきた。学校に話を聞きにいってみませんか、と。その口実がこれだった。恭心学園の寮に残った英人君の私物――今は「遺品」になってしまったそれを、車で回収してくる。そういう理由なら親戚というだけで校内に入れるし、受付や応接室だけでなく寮の中にも入れる。

僕はそれに乗った。「新垣ワゴン」のことを話し、そういえば現在どこに泊まっているのか分からない沙雪ちゃんを東京駅で拾い、一緒に行くことにした。

「……まあ、不謹慎というか……本当はご両親に相談すべきなんだろうけど」

「いえ、でも咲子さんはあの様子だから切りだしにくいですし、浩二さんもちょっと、あれなので」沙雪ちゃんは明言を避けた。「だから、仕方ないですよね。うん」

要するに、何割か嘘をついて英人君の周囲を嗅ぎ回るということに抵抗を感じているらしい。自分から提案した上に学校にもさっさと連絡を入れていたのに今さら何を、と思うが、いざ行動開始となると気おくれを覚えだしたというのも、分からなくはない。

「もう電話入れちゃったんだ。不謹慎だっておれりには腹くくろう」前方の信号が黄色になったのを見て、アクセルを踏んで走り抜けてしまうことにする。「どうせ不謹慎なら徹底的にやるべきだと思う。……それに、僕としてもちょっとありがたいし」

最後のところは意味が分からなかったらしく、沙雪ちゃんがこちらを見る。

「いや、冷たい話なんだけどね」この子にはあまり、そういう人間だと思われたくないなあ、という気持ちもあるのだが。「正直僕は、英人君が亡くなったこと、あんまり悲しめてないんだ。告別式でも特に泣いたわけでもないし、それよりも『なんで顔が見られないんだろう』っていうことばっかり考えてた」

「それは……」沙雪ちゃんは言葉を切った。自分もそうだ、と言いかけてやめたのかもしれない。「……泣かないから悲しんでいない、っていうことじゃないんじゃないですか？ それに何年かに一度、会うだけの親戚でしょう。正直、それでわんわん泣かないから冷たい人間だ、っていう方が違和感がありますけど」

「でも小さい頃は遊んだこともあった。……それがちょっと後ろめたくて」

そうでなくとも高校生の葬式なのだ。たとえ他人であってももっと悲しむべきものではないか、という疑問がある。「だから、ありがたい部分もあるんだ。悲しむのは調べてすっきりしてからにしよう、って思えるから」

「そう……ですか」

沙雪ちゃんは反応に困っているようなので、ちゃんと礼を言うことにした。

「もし、今、英人君と話すことができたら、ちゃんと調べてほしいって言うかもしれない。そう思うこともできるしね。……ありがとう」頭を掻く。「……なんだか我ながら、しっかりしてない気がするなあ。沙雪ちゃんの前ではもうちょっと大人のお兄さんでいたかったとこなんだけど」

あの沙雪ちゃんとこんな話をするようになるとは、と思う。月日の経つのは早い、と、やはり月並みな言葉が出てきてしまう。つい頬が緩むが、沙雪ちゃんの方は僕を見て、照れるというか遠慮するというか、困ったような表情になった。

「いえ……」

それに続けて何か呟いたのだが、それは聞きとれなかった。「すみません」と言った気がしたが、だとしたら何が「すみません」なのだろうか。

先月、体育祭の時に訪ねたばかりなので、駐車場や受付で迷うことはなかった。恭心学園は前回訪ねた時と全く同じ印象のままで、校舎の窓、周囲の植栽、道に敷かれた石畳の凸凹のパターンまでもがぴしりと整えられているような気がする。着いたのは午後一時半頃だったが、授業中らしく管理棟に生徒の気配はない。その向こう側にあるグラウンドにも誰かいるのか、誰もいないのか、よく分からなかった。敷地全体が静まりかえっていて、車を降りた僕と沙雪ちゃんはなんとなく周囲を見回した。だが例によって高い塀に囲まれていて、敷地内から外は見えない。曇り空のせいもあって空気が肌寒い。沙雪ちゃんがなんとなく居心地悪そうにしながらコートの前をかき合わせるのを見て、僕もネクタイを締め直した。沙雪ちゃんは喪服とは違うスーツで、僕もネクタイを普段用のものにしている。服装に非常識なところはないはずである。

ＨＰの学園案内を見る限り、恭心学園男子部の敷地は中等部教室棟と高等部教室棟、さらに管理棟と体育館、武道場や生徒寮といった建物が植木と芝生に隔てられて点在しており、特進クラスには専用の教室棟と寮が別にあるらしい。塀で隔てられて隣接した隣の女子部にも同様の設備がある。いずれの建物も二階建てであり、背後にある山のせいもあって学校というよりはやはり「高原の美術館」のような雰囲気である。随分と敷地を贅沢に使っているようだが、そもそも後ろの山まで含めて学園長である松田家の持ち物であるらしく、学校裏の斜面には教職員の宿舎まで完備されているらしい。いくらでも土地があるのだ。だが唯一外界とつながっている南側の正門から入ると、すぐ正面にある管理棟しか見えない。

しんとして薄暗い受付を覗き、用件を告げる。受付の職員がしばらくお待ちくださいと言って引っ込んだので、スリッパを借りて受付前の待合スペースに上がる。この学校は運動部がそれなりに優秀であるらしく、壁際のガラスケースには剣道・柔道の他に初めて聞く「銃剣道部」のトロフィーもあった。前回訪ねた時に抱いた武道系の印象はあながち間違いではなかったらしい。壁に掲げられる校旗とその隣の日章旗。学園長の大判の顔写真がこちらを見下ろしているのは私立の学校ではままあることだが、その下の「生徒五戒」が目を引いた。

一、私たちは社会のルールを遵守し、違反するものには、毅然とした態度で臨みます。

一、私たちは自分の利益より社会全体のことを考え、行きすぎた個人主義を憎みます。

一、私たちは親に感謝し、先生方に感謝し、社会に感謝し、与えて頂いた日々の生活を喜びます。

一、私たちは学級の秩序を守り、クラス全員が仲良く協調します。

一、私たちは常に反省し、甘えようとする自分や、怠けようとする自分を自分で罰します。

どことなくちぐはぐな印象を受けたのは学園長の顔写真の下に掲げられているからだろう。「生徒五戒」は生徒が自ら誓っているという形式だが、要するにこの学園長の教育理念だということになる。

「……静かですね」沙雪ちゃんは僕とは違うところに感想を持ったらしい。「こっちの男子部の敷地内だけでも四百人以上の生徒がいるはずなんですけど」

「学校って、受付はみんなしーんとしてるよね」廊下の奥を見る。入り込んでくる光の反射から、床が綺麗に磨かれているのが分かる。「きっと教室の方は賑やか……でもないのか。この学校は」

「保護者、というか外部の人間はここまでしか入れないいんですよね」沙雪ちゃんも廊下の奥をじっと見ている。「教室がどんなに賑やかでも全然伝わらない。保護者が見るのはここだけです」

何か思うところがあるのかと尋ねようとしたが、廊下をスニーカーの足音が近づいてきたのでそちらを見た。やってきたのは紺のジャージを着た四十歳くらいの男性で、いかり肩と角刈りのせいで全体的に四角く見える教師だった。自己紹介をしてお辞儀をすると、向こうも礼を返してきた。

「社会科の芦屋《あしや》です。ご苦労様です」

最低限にそれだけ言い、受付の部屋に入ってしまう。「荷物はこちらにありますので」

僕がそれに対して反応を返すより早く、部屋に引っ込んだ芦屋教諭は段ボール箱を持って出てくると、靴脱ぎのところにどすんと置いた。

「あの、遺品って」

「これともう一箱ありますので」

芦屋教諭はそう言いながら部屋に消え、同じサイズの段ボール箱をもう一つ持って出てきた。「こちらになります。車まで運びますので」

「あ、あの」芦屋教諭が箱を二つ重ねて持とうとするので慌てて上の一つを持つが、このまではいられない。沙雪ちゃんが電話したのは昨日だというから、手回しよく英人君の荷物をまとめてこちらに出しておいた、というわけなのだろうが。「……本当にこれだけなんですか。あの、寮の部屋とか、見せていただくわけには？」

「外部の方は立入禁止になっておりますので」

「あの、でも、私」沙雪ちゃんも言う。「見てみたいんです。ヒデくん……英人君が暮らしてた気配を感じたいです。そのためにここまで来たんです」

何度か会ったというだけの親戚と車の中で言っていたし、沙雪ちゃんが英人君を「ヒデくん」と呼んだことなどないはずだ。いけしゃあしゃあとすごいな、と思ったが、芦屋教諭は沙雪ちゃんのその演技も一蹴した。「生徒の生活空間ですので」

そう言われて先に玄関を出ていかれては、ついて行かざるを得ない。しかし、僕の方に目配せした沙雪ちゃんの表情が明らかに不審の念を見せていた。

……さっさと帰らせようとしてはいないか？

僕もそう気付いた。そもそも、英人君が死んでからまだ何日も経っていない。その遺品を親戚が取りにくる、というのに、学校側が勝手に整理して箱にまとめておくだろうか。わざわざやってきた遺族に対し、受付で箱を渡して「さあどうぞ」と帰すものだろうか。

靴を履いて箱を持ち直し、芦屋教諭のがっしりした背中を見て僕は気付いた。そういえば、この人から一度も悔やみの言葉を聞いていない。

このまま帰るのであれば、ここまで来た意味がない。受付に寄って箱を渡されただけではないか。とにかく何か話をしなければならなかった。

「あの、芦屋先生は……英人君の担任ですか？」

「いいえ」

「じゃ、寮監とか」

「いいえ」

芦屋教諭はそれしか言わない。振り返りもしないので表情は分からなかったが、僕には新たな疑問が生まれた。では、担任でなく寮監でもない人がなぜ出てくるのか。

それを尋ねようとしたら、横から声をかけられた。「ご遺族の方ですか」

横と後ろ以外は綺麗に禿げた、五十代と見える男性だった。男性は頭を下げる。「男子部副校長の大沼《おおぬま》です。この度は……」

この度は何なのかよく分からない、標準的な悔やみの言葉だった。僕も頭を下げる。大沼副校長は神妙な顔をしているが、内面の窺えない感じがした。

「あの、英人君は」

「ああ失礼。重いでしょう。こちらにお任せ下さい」

大沼副校長はそう言いながら僕の持っている段ボール箱を取ると、さっさと歩き出した。

「お車はこちらですね？」

芦屋教諭も歩き出したので、ついて行かざるを得ない。帰らせようとしているのだ、と確信したが、それだけに困った。段ボール箱を渡すべきではなかったのではないか。

「あの、英人君はどういう状況で」

「さあ、そういったことは私どもは把握しておりませんし、お母様にお伝えしているはずですので、そちらからお伺いになった方がよろしいかと思います」

「あの、この学校では、たとえば」

「ああ、お車そちらですね？　わざわざありがとうございます」

丁寧に喋っているように見えるが、こちらの質問を封殺している。つまり。

芦屋教諭と大沼副校長の背中を見る。質問されてはまずいものがあるのだ。英人君の死には何か、このまま「穏便に」済ませたい事情がある。やはり今は火葬されてしまっている彼の遺体も、意図的に見せなかったのだ。それはつまり、たとえば暴行を受けた痕か何かがあったからではないだろうか。だとすれば、いじめか何かだろうか？

そしてその事実を副校長まで把握しているとすると、これはつまり、学校ぐるみで隠蔽しようとしていることになるのではないか。

やはりここに来て正解だったのだ。悲しめないでもやもやしていたことも、正解だ。

だが、吹いてきた風に首をすぼませながら僕は困った。何をどう訊けばいいのだろうか。学校は英人君の死にどの程度関与しているのだろうか。しかし困っているうちに駐車場まで来てしまった。このまま帰らされるわけにはいかないのだが、さりとてこのままこの二人に何を訊いても、まともな答えが返ってくるとは思えない。

後ろからいきなり短い悲鳴が聞こえた。振り返ると、沙雪ちゃんが地面に座り込んでいた。

「どうしたの？」転んだらしい。しかし周囲には段差も何もない。

「いえ、あの、大丈夫ですんで……いたっ」立ち上がろうとした沙雪ちゃんは、腰を浮かせた途端にまた悲鳴をあげて座り込んだ。

「沙雪ちゃん大丈夫？　足ひねった？」

「いえ……ちょっと、すみませんヒールとか慣れてないんで」

沙雪ちゃんは震える手で僕の腕に摑まって立とうとしたが、やはり足が痛いようで、ぺたんと座り込んでしまう。「ちょっと、ていうかだいぶ痛いです。すみません」

「いや謝ることじゃないけど。どっち？　右足？」傍らに膝をついても、どちらの足も異常があるようには見えない。「歩けないくらい痛い？」

「右です。足首……ちょっと、パキッて聞こえたんで」

自分で聞こえたほどとなると骨に異常があるかもしれない。だがストッキングの上からではよく分からない。しかしいずれにしろ歩けないならば――と考えたところで、僕は沙雪ちゃんが、こちらを窺うような上目遣いで見ていることに気付いた。僕の後ろの教師二人は、段ボール箱を持ったまま立ち止まっている。

僕はそちらを振り返った。「すみません。この子ちょっとひどいみたいなんです。歩けなそうで」

二人が困ったような顔になる。僕は続けて言った。

「骨に異常があるかもしれませんし、とりあえず応急処置もしないといけないんで。……すみません保健室ってどちらでしょうか？」

学校内で生徒が死んだなら、保健室の養護教諭が事情を知っているのではないか。沙雪ちゃんはおそらくそう考えている。

だが管理棟の方をちらちら見る僕を見下ろし、大沼副校長が言う。

「困りましたね。男子部はたとえ管理棟でも、外部の女性は入れません。女子部の方の保健室から養護教諭を呼びましょう」

そう言われてはどうしようもなかった。携帯を出して電話をかける大沼副校長はわざとそう言ったのか、それとも本当に普段通りの対応なのか判断ができない。沙雪ちゃんは舌打ちの一つもしそうな顔をしていた。

管理棟は女子部の敷地と男子部のそれを隔てる塀の近くにあり、おそらくは双方の教職員が出入りするため、女子部の敷地に入れる門がある。ナンバーロック式であり随分厳重だったが、そういえばHPを見たところ、女子部の紹介ページには「純潔教育」という、逆にいやらしい印象を与える単語が躍っていた。徹底して男子禁制なのだろう。

「女子部の保健室から担当の者が来ます」大沼副校長は電話を切って僕に言う。「女子部の方は外部の男性を入れないことになっていますので、あなたはここで待っていてください」

「しかし……」抗議しようとしたが、そもそも「保健室を使わせてくれる」時点でむこうの厚意ということになるのだ。沙雪ちゃん一人で演技がばれないか心配だが、仕方がない。

だが門を開けてやってきた白衣の女性は、僕たちを見てあっさりと言った。

「養護の金尾《かなお》です。その子？　足首ね。……じゃ、あなた肩を貸して」

「あ、はい」

早口で言われ、慌てて沙雪ちゃんに肩を貸す。金尾先生は沙雪ちゃんの足首をちょっと見て「捻挫かな」と呟くと、さっさと反対の肩を貸して僕に合図し、沙雪ちゃんを立たせた。

「あのう、金尾先生」大沼副校長がそれを見て慌てる。

「はい？」

「外部の男性を女子部の保健室に入れるのはちょっと……」

「はあ？」金尾先生は何を馬鹿な、という顔をした。「何言ってるんです？　二人で運んだ方がいいに決まってるでしょう。……はい、これで痛くない？　じゃ、ゆっくり動いてね。せえの」

まだ何か言おうとした大沼副校長に背を向け、金尾先生と僕は、演技を続ける沙雪ちゃんを抱えて女子部の門をくぐった。


五十代と見える金尾先生は細身のわりに体力があるようで、僕にあれこれ指示しながら女子部管理棟の保健室まで来ると、沙雪ちゃんをさっとベッドに座らせた。

学校の保健室など何年ぶりかな、と思い周囲を見回す。ベッドの後ろにあるカーテンのむこうでは誰か生徒が寝ているようで、脱いだ上履きが覗いている。

「ヒールで転んだのね。私も学生の頃一度やったわ」金尾先生は沙雪ちゃんの足首に触れながら、微笑んで眼鏡を直す。「……腫れてないし、骨に異常はなさそうね」

「……すみません。まさか何もないところで転ぶなんて」

「何もなくても転ぶ時は転ぶから。……ご家族の方？」

先生が僕と沙雪ちゃんを見比べるので、僕は言った。「あの、藤本英人君の……遺族です。寮の遺品を受け取りに来ました」

僕がそう言うと、それまでにこやかだった先生の目が、眼鏡の奥でさっと険しさを増した。

「……藤本君の？」

「はい。すぐ帰るはずだったんですけど……お手数おかけしてすみません」それまで痛い痛いと言っていた沙雪ちゃんがさっと応え、先生を見た。「助かります」

先生は一瞬だけ沈黙したが、すぐ沙雪ちゃんに言った。

「……ねえ、ちょっと質問していいかしら」先生の声が低く変わっていた。「藤本英人君、どういう状況で亡くなったの？」

僕と沙雪ちゃんは顔を見合わせる。

「いえ、ごめんなさい。プライバシーでもあるから、無理にとは言わないんだけど」先生は目を伏せて言った。「亡くなった時の状況について全然情報が入ってこないから、気になってたの。全体会議でも『部活動中に転倒して亡くなった』って、事後報告があるだけだった」

「そんな……」思わず言葉が漏れる。「学校内で生徒が死んだのに……いくら女子部の先生でも、養護教諭に詳細を報告しないんですか？」

「ええ。おかしいでしょう?」金尾先生は僕を見た。その目の中に、告別式の時の沙雪ちゃんと同じものが見える。「あの日は日曜だったから、男子部の養護の先生はいなくて私だけだった。土日はいつも片方しかいないのよ。なのに、私に連絡もなかった」

確かにそれはおかしい。学校内で生徒が死んだのだ。死因はどうあれ、もっと大騒ぎになるのが普通ではないか。

「変ですね」僕は頷く。もう言ってもいいだろうと判断する。「実は僕たちも、それが気になって来ました。英人君の死因とかそういうのが、全く分からなかったので」

沙雪ちゃんも、捻ったはずの足を床にどんと下ろした。「英人君のこと、搬送時の状態とか、周囲の状況とか、何か御存じじゃありませんか?」

別にもう少し怪我人のふりを続けていてもよかった気がするが、僕は黙って沙雪ちゃんの隣に座った。

だが、金尾先生は溜め息をついて首を振った。

「何も知らないの。柔道部の練習中のことだろう、っていうのは分かるんだけど……」

沙雪ちゃんがベッドに座り直す。「救急車が来たんですよね? その時に何か見ていませんか?」

「気付かなかったの。サイレンが鳴っていたらそんなはずがないから、救急車は呼ばなかったんじゃないかと思う。……私が話を聞いたのは、英人君がすでに搬送されてからだった」

「搬送……って、何でですか？」

「おそらく、職員の車かタクシーでしょう。そこも気になってた」金尾先生は不審の念を目のあたりにはっきりと表して、僕たちを見る。「その日の退勤直前になってから、芦屋先生に聞いたの。英人君が頭を打ったから、表の富市《とみいち》外科医院に運んだ、って。……その翌日に『容体が急変して死んだ』って知らされた」

「……外科？」

沙雪ちゃんが反応したので僕も思い出した。

「あの、葬儀では、英人君の死因は『虚血性心疾患』と言われたんですが」

「虚血性心疾患？」養護教諭も僕たち同様に驚いた顔を見せる。「ちょっと、どういうことよそれ。それなら健康診断でも何か出るでしょう。男子部の生徒でも、そういうものがある子の情報はこっちに入ってなきゃおかしいわ」

言いながら、考えられる可能性が頭に浮かんだのだろう。先生は切迫した表情になる。

「翌日の職員会議で、もしマスコミが来ても相手をしないように、と言われたわ。ただの事故で、保護者も納得してるから、って。でも、事故ならなおさら検討しないといけないのに……」先生は視線を落とす。「……男子部の、柔道部の子に話を聞けるといいんだけど」

「柔道部か……」しかし、部外者の僕たちでは誰が部員かも分からない。

沙雪ちゃんはもはや完全に怪我人のふりをする気がなくなったらしく、背筋を伸ばした。

「金尾先生。とりあえずその、英人君の健康診断の記録は見られますか?」沙雪ちゃんは手帳を出すと立ち上がり、机の上にあったボールペンを勝手に取ってメモを取った。「これ、私の連絡先です。あとでまたご連絡すると思います。とりあえず富市医院に当たってみますので」

「篠田さん、ね。分かった。確認してみる。……ああ山口《やまぐち》さん。起きた?」

後ろのカーテンが開き、ベッドに横たわっていた女子生徒が顔を覗かせた。

「気分はどう? ……そう。ごめんね先生今、お客さんと話、してるから」

女子生徒は驚いた顔で僕たちを見ると、小さく頭を下げ、またカーテンを閉じた。金尾先生はそれを気にした様子で声を落とす。「……事故時の記録は保存しておきます。男子部の健康診断の結果も、こっそりコピーしておくわ。私のアドレスはメールで送っておくから、何か分かったら教えてくれる?」

僕ははいとすぐに頷いたが、沙雪ちゃんは金尾先生を窺うように見た。

「……よろしいですか?」

金尾教諭は沙雪ちゃんの意図がすぐに分かったらしく、決然として頷いた。

「もちろんよ。職場だからって、怪しげなことがあるのに見逃すような真似は絶対御免だもの」

てくてく歩いて帰るわけにはいかないでしょう、と、金尾教諭は松葉杖を貸してくれた。

何ともないはずの足首を固定してもらった沙雪ちゃんを支えながら保健室を出て、男子部の敷地に近い裏口に置いた靴を回収すると、少し離れたところに立っていた芦屋教諭がやってきた。

「大丈夫ですか」

わりと時間が経っていたはずだが、まだ待っていたらしい。僕は頭を下げてみせる。「すみません。お世話になりました。……車に乗せて帰れますので」

松葉杖の沙雪ちゃんを男子部の駐車場まで連れていって助手席に乗せ、段ボール箱を積み込んで車に乗り込む。何しろ嘘をついたままなので、学校外へは脱出するような気分だった。周囲の塀のせいもあるのかもしれない。

ハンドルを握る僕は、自分の心臓がどくどくと鼓動しているのを自覚していた。やはり、本当にそうだったのだ。学校側は、英人君の死因を隠蔽しようとしている。

だが沙雪ちゃんは僕より落ち着いていた。大通りに出ると、ジャケットの内ポケットからICレコーダーを出した。「……うん。録れてますね」

僕はハンドル操作を誤りそうになった。「録音してたの？　いつから？」

「来る時からです」沙雪ちゃんはICレコーダーを操作しながら平然と言う。「拓也さん。金尾先生だって、いつまで味方か分からないんですよ？　上から圧力かけられれば、言ったことなんて簡単に撤回されちゃうじゃないですか」

「いや、それは……確かにそうだけど」こんなに抜け目がない子だっただろうか。自分の記憶がどんどん信用できなくなっていく。

沙雪ちゃんは当然という顔で言った。「じゃ、どこかでごはんにしませんか？　ついでに『遺品』も、咲子さんたちに渡す前に中を検《あらた》めないと」

「ああ。……そうだね」僕は肩をすくめる。確かに、徹底的にやるとはこういうことだ。

「じゃ、富市医院に行く前に、ちょっと遅くなったけどお昼にしようか。お兄ちゃんのおごりだ」

「いいんですか？　……あ、もう一回言ってもらえますか」

「いいよ録音しなくてもちゃんとおごるから」

ハンドルを回しながら気付いた。来る途中からずっと録音していたということは、行きの車内で僕が言ったことも全部録られているということである。

11

——学園の寮では、生活習慣もかなり厳しく指導されているということですが。

そこは全寮制ならではの利点だと思います。今の日本は、子供にとって有害なものが山ほど野放しになっているでしょう。低俗で下品なテレビ、幼稚なくせに性的表現は野放しのマンガ、脳を退化させるゲーム、太るだけで栄養のない菓子類や嗜好品。放っておくと子供は際限なくそういったものにはまりこんでしまいますから、大人がしっかり管理してやらなければならない。全寮制だからそれができるんです。うちではゲームやマンガは禁止。外出も許可制で、外でそういった遊びにはまらないようにきちんと管理もしています。この点は本当に好評で、現在は地域の方々も、外でうちの生徒が違反行為をしているのを見ると、通報するなどして協力してくれます。

意外なことにですね、そうすると自然と、生徒同士のコミュニケーションが増えるんです。これは私も驚いたのですが、ゲームやマンガなど一人の殻に閉じこもるようなものがなくなったおかげで、それまではオタクとかネクラとか呼ばれていた子供も級友の輪に入るようになる。現代の親は親子でもプライバシーが大事などと言って、子供部屋に鍵をつけて入れないようにしてしまうでしょう。これはいけないと思いますね。子供が有害な娯楽にはまりこんでも気付けないし、何より親子のコミュニケーションが希薄になる。勉強のためだからといって子供部屋など与える必要はないんですよ。私たちの頃は、自分の部屋なんて贅沢なものを与えられなくてもちゃんと勉強していた。

このおかげで、今流行りの引きこもりやニートといった問題も、ようは子供に目が届かないことが原因だと分かりました。うちの卒業生で、卒業後引きこもりなんていう甘ったれたことをする者は一人もいません。ああいったものは、何でも自分だけのものを与えられ、他人の輪に入らないで勝手にふるまう甘えた精神を許されているうちに悪化してしまうんです。常に他人と一緒にいればいいだけなんですよ。

——全寮制ですから、放課後もクラスメイトと一緒ということになりますね。

うちは「全人教育」ですから、放課後も全面的に生徒の面倒を見ます。ただし放課後はそれまでと違い、生徒同士の人間関係を作る場になりますね。

――生徒間の関係はどうですか。

やはり寮生活で二十四時間一緒にいるということもありますから、生徒同士の関係は他ではちょっとありえないほど緊密になりますよ。

また、うちでは、生活規則違反については連帯責任の制度を導入しています。同室の者同士で「生活班」に分け、班内の違反者については班全員で責任を取るんです。そうすることで生徒間の関係が強くなるんですよ。自分だけがきちんとしていればいいのではないから、他の班員にも目が行くようになるし、お互いに違反がないようチェックしあうようになり、誰かが違反しそうな時は助け合う精神が醸成されます。自分のことだけ考えていればいい、という者がいなくなる。

――生活習慣に関しては、生徒同士で指導し合うようになる。

そうです。生活上の規則については厳格に定めていますし、教師も指導しますが、自由時間における生徒同士の人間関係に関しては原則的に干渉しません。

するとね、興味深いことが起こる。干渉しないと、うちの生徒たちは自分たちで自主的にルールを作り始めるんです。ルールができ、上下関係ができ、彼らは自分たちで自分たちなりの社会と、その社会の秩序を維持する仕組みを作り始める。

——生徒間でそこだけの社会ができる？

そうです。昔は空き地に集まる地域の子供たちの間でそういうものがありました。年齢がバラバラの子供たちが集まりますから、自然とリーダー役のガキ大将ができ、年齢その他によって序列ができたんです。すると自然に集団内にルールができ、長幼の序ができ、上の者は下の者を守り、下の者は上の者を敬うという関係ができる。つまり、社会の中にもう一つミニ社会ができるわけですね。すると、不思議と各々が自分の地位と役割を自覚し、それに相応しい行動をとるようになる。

今の教育は平等、平等で、均質なものばかりを集めるでしょう。子供同士のつきあいも学校や塾だけになって、地域の、異年齢のグループが消滅してしまいました。これではこういった、「ミニ社会を作る」という経験ができない。そうすると他の奴を出し抜いてやろうとかいう発想になり、陰湿ないじめの原因にもなる。

もちろん昔だっていじめはありました。ですがその内容はもっとおおらかで明るいものでしたよ。今の子供がするような陰湿なものではありませんでした。現代の子供は社会を作る経験がないから、いじめもどこまでしていいかが分からなくなり、相手が自殺するまでやってしまう。

――では学園の生徒間でも、いじめは発生する、と。

当然、発生します。ですが私は、いじめは社会の仕組みを覚えるために必要なものだと考えています。社会には上下関係があり、下の者はいじめの対象になる。大人になってから出る実社会ではそうなのですから、そういったことは子供のうちに経験し、学習しておくべきです。

それにね、いじめというのは、いじめられる側にも問題があるんです。いじめられる人間というのは、自分の意見をはっきり言わないとか、やられてもやり返さないとか、そういう弱さがある。どういった者がいじめられ、どういう人間になればいじめられないのか。それをミニ社会で体験し、覚えるべきです。それをしないまま社会に出てしまうと、いじめに対して耐える力がなく、すぐに自殺してしまうということにもなる。

私は、いじめに遭うというのは子供にとってチャンスだと思っています。いじめられるのは、いじめられっ子のためにいいことなんです。いじめに遭うことで苦難に耐える忍耐力がつきますし、「強くならなければいけないんだ」と実感し、なにくそ、と立ち向かう精神力が鍛えられる。私も子供の頃、体が小さいうちはいじめられていましたよ。でも、なにくそ、負けるもんか、と耐え、体が大きくなったらやり返してやりました。今の子供にはそういう体験が絶対的に不足している。いじめがあると、すぐ問題だ問題だと大人が出てきて騒ぎ、子供が自分の力で耐えたり、立ち向かう力を鍛える機会を奪ってしまっている。

12

　途中で便所に寄ったので、柔道部の練習を終えて寮の部屋に戻ると午後六時を過ぎていた。整容指導が入らなければ、夕食の時間までせめてベッドに寝そべって本を読もうと思っていたが、その余裕はもうないようだ。

　冬の空気は乾燥しているので、汗の乾きも早い。だがそれでも、ドアを開けるとむっとする臭いが顔面にまとわりつく。俺以外の三人はそれぞれのベッドに寝そべって本やら参考書やらを広げていたが、石松と九重《ここのえ》はともかく、デブの根本《ねもと》の体臭がきつい。全員が何らかの運動部への入部を強制されているため、シャワーも浴びず着替えもせずに練習から帰ってきた生徒たちからは湿って暑苦しい臭気がむんむんと放たれていて、それが寒さのため窓を開けられない狭い部屋にみっちりと充満するのだ。きつい練習を終えて部屋に戻った俺たちを迎えるのはいつもこの臭気だった。俺は自分のベッドに荷物を放り、飯のことを考えた。寮の夕食は六時十分からだ。もう出ないと順番待ちに乗り遅れる。

夕食自体は飯のおかわりが自由であり、白飯と味噌汁に限ればいくらでもあるので食べそびれるということはない。一番風呂の三年生でも入浴は六時五十分からだから、急いでかっこむ必要もない。そこは救いだったが、問題は寮の食堂で出される選択制のおかずが全種類合わせて人数分ちょうどになるようにされているということだった。それはつまり、十分早い六時からの夕食が許されている特進クラスの連中がいち早く好きなおかずを選んで独占するということであり、その後に三年生が取る分を合わせると、その日の最も人気のあるおかずは風紀委員かクラスの有力者以外にはほとんど回らないということだった。

「小川君。さっき室内チェックがあったよ」石松が下の段から声をかけてくる。

「サンキュ。俺なんか引っかかった?」

「大丈夫」石松は壁の方を見る。「二〇八号室の誰かが引っかかってた」

「岡田《おかだ》だろ?　どうせまた菓子だろあいつ」

生徒が自室に置いておいてよい私物には厳密な規則があった。現金の所持は禁止で外出時にはいちいち金額と用途を申請して出してもらうしかない。携帯やタブレット等はもちろんのこと、ラジオやポータブルテレビ、ゲーム機といった電子機器や、カードゲームや漫画といった「娯楽品」もすべて駄目で、雑誌や小説も物によっては禁止だった。この「物によっては」がどこまでなのかについてははっきりした決まりがない上、違反者には必ず数点の懲罰点がつくから、図書室にあるようなもの以外は持ち込む気が起こらず、事実上これも全面禁止だと言ってよかった。買い食いも当然禁止で、したがって菓子の持ち込みも禁止というわけだが、隣の部屋の岡田はいつも外出許可を貰っては外に出かけ、しばしば帰りに小さな駄菓子を体のどこかに隠し持ってくる。さすがに部屋の中で食うことはしないが、頭が悪いのか、包み紙などをそのまま屑籠に捨てておいたりするのだ。少なくとも今年の夏あたりからずっとその傾向が続いているため、最近では岡田は教師の室内チェックより先に、同室の誰かに見つけられて報告されることの方が多くなっている。教師に見つかれば連帯責任で生活班全員が指導対象になるが、逆に岡田の違反を見つけて報告した者は教師の心証が上がるので、特進クラス昇格のため生活点を稼ぎたい奴にとってはいいカモなのだ。それでも岡田は菓子を持ち込む。奴のその情熱がどこから出てきているのかは分からない。懲罰点が溜まっている岡田は近いうちまた集中指導をくらうだろうし、いずれ一〇一教室行きだろう。それでもやめるかどうかは分からない。あるいは、すでに頭がおかしくなっているのかもしれない。

根本が梯子をぎしぎし鳴らしながら上段から降りてくると、俺は汗臭い奴の後に続いて部屋を出た。飯のために部屋を出る順番についてまで規則はなかったが、この部屋の序列は一番が根本、二番が俺で三番が九重、最後が石松となんとなく決まっているから、上の奴より先に列に並ぶことはできない。こういったことは特にこの部屋だけのルールではないようで、よその部屋の奴らがカルガモの親子よろしく縦一列に並んで食堂に向かう姿も何度か見ている。

根本の背中を見ながら歩いていると腹が激しく鳴った。昼から何も食わないまま午後の授業と部活動をこなさなければならないので、この時間になるともう、痛みとなった空腹感が体の中にどっかり定着してしまっている。毎日こうだ。腹が減っている、というレベルではなく、飢えている、と言う方が正確だった。

一階にある食堂の入口付近はいつも混んでいる。先に来ていても二年生より前に並ぶことは許されない一年生たちが、中に入ることもできないまま整列しているからだ。学校指定のジャージに坊主頭、という同じ恰好の列をずらずらと追い越して食堂入口に向かう。一年生たちが空腹をこらえながら寒い廊下で待っている姿は昨年の俺の姿であり、一年生時代の嫌なあれこれを思い出すのであまり見たくない。

だが前を行く根本はそうではないようである。根本はいきなり足を止めると、脇に避けていた小太りの一人の頭をいきなりはたいた。

「痛え」

「『痛え』じゃねえだろ。邪魔なんだよ。ど真ん中突っ立ってんじゃねえよ。通れねえんだよ」

根本は俺と同い年だとはとても思えない筋者のごときドスの利かせ方で言い、特に通行の邪魔になる場所にいたわけでもないはずの一年生の首を分厚い手で鷲摑みにする。

「あ痛い痛い、痛いっす」

「たりめえだろ。てめえ二年ナメてんのかよ」

根本は左手で首を摑んだまま、右手で素早く腹を殴った。一年生がむせながら膝を折ると、今度はその脇腹を蹴った。「なに座り込んでんだよ。邪魔だつってんだろ」

「あ、あの、すんませんでした。こいつにはよく言っときますんで」

不穏なものを感じたのか、隣の奴が根本に頭を下げる。

根本はそいつの腹も殴った。「うるせえよ。もっと小さな声で言えよ。耳が痛くなるんだよ」

もうそこまでにしておけ、と言おうかどうか悩んだが、やめておいた。部活で顧問に目をつけられでもしたのか、今日の根本は明らかに機嫌が悪かった。窘《たしな》めれば俺もやられる可能性が大きい。根本がうずくまっている小太りをまたいで大股で食堂に入っていくのを見てから、無言で軽く二人の肩を叩くにとどめる。災難だったな、で忘れてしまうべきことだ。

こうした理不尽な因縁や、そこから始まる暴力は別に根本に限ったことではない。早い話が後輩いじめであり、寮ではどこでも日常的に行われていることだった。なぜ、とは問うまでもない。普段、教師や上級生といった逆らえない相手から殴られているのだから、こっちだってたまには、逆らえない相手を殴りたくなって当然だ。

　俺だって根本や風紀委員に言われて一年生を蹴ったことがある。俺の知っている限り、一年生がそれに逆らうところは見たことがなかった。仮にあれば、周囲の他の上級生から袋叩きに遭うだろう。あるいは、実際にはむしろ別の一年生が率先してそいつらを殴り、上級生の手を煩わせることなく片がつくのかもしれない。そうなるように上級生から教育されている。

　これは要するに、学園内にある数種類の序列のうちの一つだった。「学年による序列」は「教師と生徒の序列」より一つ弱く、「学級内での序列」よりは一つ強い。寮ではさらにその下に「部屋内での序列」がある。面白いことに、学校が設定する学力上のA級B級という序列は「学級内の序列」を構成する一要素でしかなく、しばしば無視された。勉強ができる奴より、強引で暴力的な奴の方が圧倒的に立場が強いのだ。

　そうした慣習によって俺たちの上下関係は決まっている。これがこの学園内のルールだった。部屋内の序列の一つくらいなら時折反してもいいし、周囲の空気によってはそれで序列自体が逆転することもある。だが学年間の序列が覆ることはほぼないと言ってよく、二年生である限り、舐められないよう居丈高になるちょっとした演技さえ習得すれば、一年生に対しては好きなようにできた。もちろん三年生は二年生に対してそうしてくるので、秋頃までは俺も根本も何度か殴られている。教師はこれを目撃しても助けてなどくれない。訴え出れば逆に「目上の者に従うのが嫌だというのか」と指導を受けるに決まっていた。

だがこれは前出の四つの序列のうち、最も公平と言えた。下に下級生が入りさえすればほぼ誰でも上に立てるからだ。今の三年生たちだって一年前には当時の三年生に、二年前には当時の二年生に散々いじめられてきたはずであり、現在の横暴はその時の負債を返そうとしているに過ぎない。今年の一年生たちもそれが分かっているから、今は反抗しない。できるだけ目をつけられないように一年間をやり過ごし、二年生になったら思う存分一年生をいたぶろうと考えている。俺たちも昨年はそうだった。体育会系の組織ではよそでもよくあることだと聞くし、うちの学校は全員が運動部の上、学校全体が体育会系だから、学校全体でそれをやっている。それだけのことだった。

もっとも、石松もそうなのだが、俺はあまり下級生を殴る気がしない。確かに教師や風紀委員などからやられた日はむしゃくしゃするし、一年でも呼びつけて殴ろうかな、という考えが浮かぶ時もある。だが人の体を殴ったり蹴ったりする感触があまり好きになれない。殴れば手が痛いし蹴れば足が痛い。しかもやった瞬間、ほんの一瞬だが、相手からははっきりと敵意の目を向けられる。「覚えてろよ」という目。それで嫌な気分になる。根本は平気なのだろうか。風紀委員の連中や級長は平気なのだろうか。いつか捨て身で反撃される可能性に怯えることはないのだろうか。これまでそんな前例はなかったから、自分だけがそんな目に遭うはずがないと確信しているのだろうか。誰かが「最初の一人」になるはずなのに。

食堂の列に並ぶと、竜田揚げのいい匂いがした。基本的に薄味で野菜中心の食堂メニューの中で、ずっしりとした油の香ばしさと濃厚なソースが絶妙に絡みあう竜田揚げは人気の一品だった。俺の腹が揚げ物油の匂いに反応して早速鳴りだす。だが俺は心の準備を始めていた。竜田揚げほどの人気メニューはおそらく俺まで回る前に売り切れている。では次点は何だろうか。

頭の片隅でふと、さっきの一年生二人のことを考えた。あの位置に並べるならおかずにはありつけるだろう。不思議なことに、おかずはきちんと人数分あるはずなのに毎日必ず数名分が足りなくなり、列の最後になった哀れな一年生が具のない味噌汁と白飯だけになるのである。

恭心学園では風呂に入る順番も学年間の序列で決まっている。入浴の前後は自由時間になっているが、八時半からは夜間学習のため教室棟に行かなくてはならないから、自由時間が入浴で分断される形になるのは困ったことだ。

浴槽は循環式でそれほど湯が汚れることがないため、入浴の時間に関しては入る順番よりむしろ「ゆっくりと入っていられるかどうか」が重要になる。まだ自宅にいた頃は、入浴の時間は少なくともリラックスできたものだが、恭心に来て一年生の頃はそれもできなかった。脱衣・着衣を含めて二十分間しかない上に蛇口が満員になったりして、ろくに湯船に浸かる暇がないのだ。五分も浸かれば充分という人間でも、「五分」と時間を区切られていては充分に感じられない。それに加えて先に入っている上級生がなかなか上がらない。上級生にしても自由時間は惜しいからそう長風呂する奴はいないが、上級生がまだ残っているうちに風呂場に入ろうとすれば、たとえこちらの入浴時間が始まっていても怒鳴られ追い出される。そういう場合は五分ほど待ち、皆で一斉に「時間ですので入らせていただきます」と絶叫してようやく入れるのだ。

二年生になって嬉しいことの一つは、入浴時間が七時二十分から七時五十分までの三十分間に延びたことだった。もっとも時間に余裕ができた分、密室で教師の目のない浴室内では陰惨ないじめが頻繁に行われるようになった。全員が全裸だからだということも大きいが、具体的なことは思い出したくもない。押さえつけられた男の嫌がる声とどかどかと床を蹴る音、それを囲む全裸の男たちの歓声を聞きながらゆっくり湯に浸かれるほど達観してはいない。だから今日はいい風呂だったと思う。テレビで皆が楽しみにしている柔道選手権の中継があるので、大抵の者はいじめどころではなかったのだ。

ぎりぎりまで時間を使ってゆっくりと体を温め、明日の分のジャージに着替えてのんびりと寮に戻ると、案の定、談話室のテレビの前に人が群がっていた。元の位置から動かしてテレビの真っ正面に据えたソファの「特等席」にはいつものように風紀委員の須貝《すがい》がふんぞり返り、右側に座らせたお気に入りの谷村《たにむら》の頭を摑んでぐりぐり撫でまわしながら笑っている。

今日は左側の足元で石松も正座させられていた。高等部寮の二年生棟では最も序列が高い須貝はテレビが大好きで、入浴後のこの時間、左右に好きな男を侍らせてソファでテレビ観賞をするのがいつものことだった。須貝の取り巻きや、根本ら他の有力者もソファ周囲の椅子に座ったり、背もたれに手をかけたりして楽な姿勢でテレビを観ている。それ以外の普通の奴はその周囲に立って観ている。観ているのはやはり柔道選手権だ。投げでも決まったのか、おおっ、というどよめきも上がる。

俺はこの「テレビ集団」にはめったに入らなかった。どうせ学校側が設定した一部のケーブルテレビしか映らないのだ。観られる時間に流れる番組だけではエロもお笑いもバトルもほぼなく、時々放送される格闘技大会の中継が一番の人気番組だった。だがそれを観ているくらいなら、一日の中で唯一自由になるこの時間は本を読むために使いたい。寝る時間を除けば、目下の俺がわずかなりとも自由と幸福を感じられるのは、本を読む時だけだった。もっともその本も、規則違反防止のため監視カメラがそこらじゅうについている図書室では落ち着いて読めず、借り出してこの自由時間に読むしかないのだが。

ざわめきが大きくなり、興が乗ったらしい須貝が足元の石松を絨毯の上に蹴り倒し、覆いかぶさってレスリング流の寝技をかけ始めた。周囲の連中が笑いながら盛り上がって手を叩く。石松は眼鏡を吹き飛ばされ、取り巻きの連中に押さえつけられ、四人がかりで両手両足にそれぞれ技をかけられた。石松の顔がいやいやをするように揺すられる。それを見た取り巻きの一人が石松の腰を掴み、ジャージのズボンを引きずり下ろす。顔に似合わず黒々と陰毛の茂った石松の局部が剥き出しになり、笑い声がますます大きくなる。

「おい、二〇一号室に連れてけ」

須貝が立ち上がってそう言うと、おおう、という歓声がひときわ大きくあがる。風呂で何もしなかったせいもあり、技をかけて盛り上がっているうちに性欲が亢進してきたのだろう。石松は痛がる時に派手に顔を歪めて情けない声を出すから、嗜虐嗜好のある須貝は刺激されたのかもしれない。いつもは谷村の役目だったが、今日は石松のようだ。

「二〇一号室」という言い方は明らかに「一〇一教室」のパロディで、どうやらこの言い方が、元ネタへの恐怖感とないまぜになった淫靡《いんび》な興奮をもたらすらしいということは、連中を遠巻きに見ていてもなんとなく分かった。それゆえ年度替わりで住人が替わっても、常に端にある「二〇一号室」がその部屋に充てられるのだろう。もちろん普段は普通の居室なので、須貝が誰かを連れ込む時は住人は出ていかなくてはならない。挿《い》れるにせよ咥えさせるにせよ寝台の上だから、寝台を使われた奴はさぞかし迷惑だろうと思う。シーツの替えは決まった曜日にしかないのに、須貝は平気で飛び散った精液を拭ったりするらしい。

ジャージのズボンを膝まで下ろされたまま引きずられていく石松を見るに堪えず、俺は肩をすくめて談話室に背を向ける。漫画もゲームもない。外に出るには許可がいるし、制服着用が義務付けられていて、街のあちこちに教師や、教師に告げ口する地域住民の目があるから、外で遊ぶ方法もない。本を読む習慣がないなら結局、ごく限られた番組しか観られないテレビを我慢して楽しむか、誰かをいじめるぐらいしかやることがないのだ。塀に囲まれた空間の中で、毎日毎日同じ面子《メンツ》で顔を合わせて暮らすこの閉塞感の中では、遊びとストレス解消の暴力がないまぜになる。ろくにチャンネルも選べないテレビだけで発散できるわけがなかった。そういう時のいじめが必ず性的な方向に行くのは、まあ健康な男子高校生だから当然なのかもしれない。そして皆、約三十分後には、何事もなかったかのような顔をして夜間学習に行くのだ。

恭心ではおそらく生徒の半分以上が男とも性交できた。自然なバイセクシュアルではなく、女との接触が全くできない状況だから性欲のはけ口がなく、「挿れられるならいっそ男でもいい」という理由での、いわば仮のバイセクシュアルである。グラビアなどのある雑誌は絶対に手に入らないし、ネットなどは夢のまた夢。テレビでは女性アナウンサーなどの姿は見られたが、常にお互いの目があるから満足にオナニーもできない。仮にトイレの個室で抜こうとしても、音と気配ですぐばれるのだ。

石松を取り巻きに引きずらせながら、須貝が大きな声で言う。「二〇一号室じゃなくて、一度でいいから『娯楽室』行きてえよ」

お追従《ついしょう》のような笑いが漏れる。

「娯楽室」は一般クラスの生徒間で何年も前から囁かれている都市伝説だった。特進クラスの連中は寮の建物自体が俺たちと別で、そちらでは現金の所持が許されている上、自動販売機があってジュースやパンを自由に買ってよく、そして「娯楽室」という部屋が用意されている――というのだ。生徒たちの関心は「娯楽室」の中身についてで、「娯楽室」には金を入れなくていいゲームセンターがある、バーがあって酒が出てくる、といった様々な説が飛び交っていた。中でも最も皆が夢中になっている説は、「娯楽室には女がいる」というものだった。特進クラスの中身は俺たち一般クラスは知りようもなかったし、一般クラスに落ちてきた奴も決して口を割らなかったため真偽のほどは確かめようがないのだが、娯楽室には「それ用」の女子がいて、本番を含めた性的サービスを好きなだけ受けられる、というのだ。この説は年々ディテールが細かくなっているようで、九重から聞いたところでは、毎年の入試時、本来は不合格であった受験生の中から可愛い子を特別に何名か合格させ、そのかわりに娯楽室での奉仕活動をやらせている――というのが、最近では定説になりつつあるらしい。特進クラスの寮は樹に囲まれて中が見えもしない北側の端にあり、塀を隔てて女子寮の隣である。だからこういう噂がたつのだろう。

だが正直俺は、そういう説をたとえ何割かでも信じて目を輝かせている奴に嫌悪感を覚えている。特進クラスには実際に生活上の様々な恩恵があるというし、「娯楽室」の内容は誰も知らないのだからいくらでも好きな妄想ができる。それなのに、その妄想の行きつく「理想の部屋」のイメージがそんなものなのか。外出も自由にできない環境では、確かに思いつく究極の「娯楽」もその程度なのかもしれない。だが、「理想として出てくるのがあんなもの」だという事実が、俺たち生徒の、何か、言いようのない精神の荒廃ぶりを示している気がしてならない。その理由をはっきりした言葉で説明できるほど俺は賢くないのだが。

「おい」

つい物思いにふけっていたが、気がつくと、須貝について「二〇一号室」に入りかけていた根本がこちらに戻ってきていた。

根本は俺を見て言った。「小川。お前も来いや」

「いや、俺今日、英語の課題やんなきゃいけないんだ。英語、どうしても時間かかるから」

連中の淫猥《いんわい》な遊戯を冷ややかな目で見れば、睨まれて自分がターゲットになる。「興味がない」と言って断るだけでも睨まれる可能性はある。だから理由をつけたのだが、今日の根本はなぜかしつこかった。「来いよ。課題なんかいいだろ」

「今やんないと終わんないんだ。懲罰くらっちまう」

「何だてめえ。俺が誘ってやってるんだぞ」

根本が近寄ってくる。なぜ今日に限ってそんなにしつこいのかと訝ったが、もともと根本はどこか俺を嫌っていた。この学校の管理体制にいち早く迎合し、その中の権力者にいち早く取り入り、小集団内でいち早くちっぽけな地位を築いて快適にやっていこうと考える根本のようなタイプの人間は、本心では理不尽な体制に反発している俺のような人間を本能的に嗅ぎつけ、「気に食わない」と認識しているのかもしれなかった。犬のような奴だ。いや、群れの中で狡猾に立ち回って地位を築こうとするチンパンジーの方が近いだろうか。

しかしそう思ったのが表情に出たのか、根本の目がすとんと据わった。乱暴に肩を摑まれる。「来いよ」

「いいって」

「何だ。仲良しのグズ松ちゃんが咥えさせられてんの、見たくありませんってか。それとも、僕はあとで、二人きりの時に好きなだけやってもらえるから結構です、か?」

いつも奴と一緒にいる取り巻き二人が、根本の後ろで薄く笑った。こいつらのこの態度はどこからくるのだろうと思う。どこかわざとらしく、演技めいていて、妙にレトロで、中学の頃小説か何かで読んだ、昔のチンピラのようなこの態度。こいつらだってここに入る前は別に不良ではなかったはずなのだ。あるいはこいつらも本気でこうしているのではなく、何かから学んで悪ぶっているのだろうか。

俺は情けない顔を作ってみせた。「遠慮してるんだよ。俺EDだから。そっちで好きなだけやってくれよ」

「すかしてんじゃねえ」

根本は摑んだ俺の肩を押し、壁に押しつけてきた。後頭部が壁面にぶつかる。さっき風呂に入ったばかりのはずなのに、根本の手が汗臭い。息も臭い。

「てめえの目つきがむかつくんだよ。頭いいふりしやがって。舐めてんじゃねえぞ」

首を摑まれ、急に呼吸を止められて恐怖が走った。

「やめとけ。喧嘩は両方懲罰だぞ」

「その態度がむかつくつってんだろ」

首を絞める手が強くなり、上を向かされた俺の視界に天井の照明器具が映った。無理矢理視線を前に向けると、取り巻き二人の後ろから九重がこちらを見ているのが分かった。やばい、と思う。このままだと九重は間違いなく根本に手を貸す。それで俺がやられれば、俺と九重の序列も逆転してしまう。場合によっては今後、石松と一緒に嬲《なぶ》り者《もの》ポジションにされる危険すらある。そうなれば、少なくとも進級して部屋を移る四月一日まで二ヶ月間、地獄になる。

やるしかない。根本をぶちのめせば、俺が二〇七号室のトップだ。

だがそう思った瞬間、両手が押さえつけられた。参加してきた取り巻きの二人が一本ずつ俺の腕を摑んでいる。膝蹴りを入れるにも根本と距離が近すぎる。

「何だてめえ。やんのか」

根本が両手で俺の首を摑みながら言う。三対一の余裕で口許が歪んでいた。

喧嘩で最も大事なのは「先に手を出すこと」だった。先に殴るか蹴るかさえすれば、相手が怯む。その間に滅茶苦茶やればいいのだ。だが、こんな状況からやりあい始めてももう無理だった。手は押さえつけられている。足も動かせない。首が絞められていく。

俺は全力で顔を俯け、首を摑んでいる根本の手に嚙みつこうとした。だが届かなかった。

喧嘩に慣れた奴は、嚙みつきぐらいいつも計算に入れている。

だが舌を思いきり突き出すと、舌先が根本の手の甲に届いた。俺は思いきりその手を舌で掃いた。汗の塩辛い味がする。

「うお、汚ねえ」

首を摑んでいる手が離れ、びびった取り巻きも同時に腕を放した。体がふっと自由になる。

俺は舐められた手の甲を拭いている馬鹿な根本の膝のあたりを狙って双手刈《もろてがり》で飛び込んだ。

根本が仰向けに倒れ、床に頭を打って呻く。関節を取りたかったが、根本の太い腕は取りにくく、それよりも、と思って顔面を思いきり引っかいた。根本が悲鳴をあげて両手で顔を押さえ、体を丸めてうずくまる。

やれる、と思った。俺は馬乗りになって、横を向いた根本の耳を殴った。立ち上がり、押さえている手ごと顔面を踏みつける。踵を当てた方がいいと気付き、二発目からはそうした。

「てめえっ」

五発目の踏みつけをくらわそうとしたら、取り巻きが後ろから胴に組みついてきた。転ばされそうになった俺は叫んだ。「待てよ。よく考えろ」

相手の動きが止まった隙に、組みついてきた奴を振りほどいて根本の上から離れる。

「お前ら、選べよ。こいつの味方したら、この先もずっとこのままだぞ」

取り巻き二人、それに、その後ろでおろおろしながら傍観していた九重を見て必死で言う。

とっさに出たことだったが、三人はぴたりと動きを止めた。正解だった。部屋外のことは知らないが、根本はこいつらにとって決していいボスではなかったはずで、ここで俺から根本を助けてしまえば、奴の支配はまだ続く。根本は助けてくれたことを恩に感じて取り立ててくれるような奴ではない。むしろ、自分の恥ずかしい記憶に関わった、自分に対して貸しを作った奴に対しては、自分の権威を守ろうとしていっそう居丈高に、横暴になるに決まっていた。取り巻き二人にもそれが分かったのだ。

俺は顔を押さえて起き上がろうとしていた根本を蹴った。顔を覆えば脇腹を、脇腹を覆えば顔を、全力で蹴った。抵抗が止んだと分かったら顔を上げ、取り巻きの二人に命じた。

「お前らもやれ」

二人は立っている俺とうずくまって顔から血を流している根本を見比べたが、迷ったのは一瞬だった。二人とも背中側から根本を蹴り始め、九重もすぐにそれに加わった。

俺は三人に蹴りまくられる根本から離れ、大きく息を吐いた。右手が妙に痛いと思っていたら、根本を引っかいた時に中指の爪が半分以上ずるりと剝がれ、ぐらぐら浮いた状態になっていた。爪の先に糸くずのような根本の皮膚がくっつき、ぶらぶら垂れている。拳と右の足首も痛かった。やはり、人を殴ったり蹴ったりすればこちらも痛いのだ。

乱れた呼吸を整えながら、うずくまって腹や背中を蹴られている根本を見る。同情は全く湧かなかった。むしろ、ざまあみろと思う。お前がいち早く迎合し、上にへつらい、下をいじめてせっせと守ってきた理不尽なルール。それがこれだ。一旦転落すれば、誰もお前を助けない。そういう「秩序」に加担してきたのは他ならぬお前自身だ。自業自得なのだ。

だが、じきに様相が変わってきた。それまで最も遠慮がちだった九重がだんだん前に出るようになり、ついには取り巻き二人を押しのけるようにしながら、二人が引くほど熱心に根本を蹴り始めた。歯を食いしばり、真っ赤な顔をしていた。

それを見ながら俺は思った。こいつは怖くないのだろうか。そんなことをしていて、あの日のことを思い出さないのだろうか、と。

俺の脳裏にある光景が浮かび、それから、時折呪文のように唱えている文句が繰り返された。

——二年一組・高杉《たかすぎ》。二年一組・庄司《しょうじ》。二年一組・上総川《かずさがわ》。二年一組・岸田《きしだ》。二年二組・九重。二年二組・鈴本《すずもと》。二年二組・石松。一年・武藤《むとう》……

十一名の名前が何度も脳内で繰り返される。絶対に忘れることのできない十一名だった。そして絶対に忘れてはいけない。この十一名の名前は俺にとって、覚えていることを悟られてはならない最高機密でもある。九重はそのうちの一人だ。石松も。うちのクラスの鈴本も。あの時の十一名を、俺は絶対に覚えていなくてはならない。

肩で息をし、すでに呻き声をあげるだけで動かなくなった根本を見下ろす九重に、頭の中だけで問う。お前はそんなことをしていて怖くならないのか。あれからまだ三ヶ月も経っていない。お前はもう忘れたのか。思い出さないのか。それとも最初から、覚えてなどいないのか。

13

「ですから」受付の女性の眉が下がる。泣きそうな顔である。本当に困っているのだろう。

「そういうものはたとえ従兄妹の方であっても第三者には開示できないと、先生がおっしゃっています。個人情報なんです。無理なものは無理です」

「ですから」真似をしたわけではないだろうが、沙雪ちゃんも似たような困り顔で返す。

「カルテを開示しろと申し上げているわけではないんです。ただ、ヒデ……英人君がどういう状況で亡くなったのか知りたいだけなんです。診断書、先生がお書きになったんでしょう？　その時のお話を伺うだけでもいいんです」

「それについてもさっき言いました。そういった話は第三者には申し上げられません」

「直接お話を伺いたいんです。診察が終わった後、五分で結構です」

「それもお断りしました。そういうものには一切応じられません」

「じゃあ、何も不審なところはなかった、ということですか？　言うことがないということは、特に何もなかった、という回答があったと判断してよろしいんでしょうか」

「先生からは先程お答えした通りです」

「では」沙雪ちゃんの声が一段階、身構えるようにきつくなる。「『回答を拒否した』ということになりますね。前途ある高校生が一人、命を絶たれています。こちらはそのことに関して真相を究明したいんです。それに対して回答を拒否する、と」

　横で聞いていてひやひやする。というより、止め時を逸して場の空気を崩壊させてしまった、という感覚がある。沙雪ちゃんがここまできつく出るとは予想外だったが、考えてみれば、恭心学園でのやりとりを録音していた時点で、そのくらいは考えておくべきだったのだ。僕は待合室の時計を見るふりをして、来ている他の患者の様子を窺った。マスクをしている若い女性は携帯から顔を上げない。その二つ後ろに座っている女性は、杖をぎゅっと握ったまま斜め上を見ていた。あれは聞き耳をたてているな、と思ったが、もうどうしようもなかった。

　沙雪ちゃんは派手に肩を落として溜め息をつき、僕を振り返った。「行きましょう。どうあっても回答を拒否するみたいですから」

　ますます眉を下げる受付の女性にどういう顔をしてよいか分からないまま、僕はとにかく頭を下げて富市医院を出る。英人君の死亡時の状況に関して、富市医院の医師は回答を拒否した。それ以上の収穫はなかった。駐車場に戻って車に乗り、なぜか医院の外観をカメラで撮っている沙雪ちゃんが乗るのを運転席で待つ。

「お待たせしました」

沙雪ちゃんはわりと平然とした顔で助手席にすべりこむと、さっさとシートベルトをする。

「次はちょっと、学校周辺の家に聞き込みしてみませんか？　学校の普段の雰囲気が分かるかもしれませんよ」

「えっ、そこまでやるの？」

「やらないで終わりにするつもりですか？」

まっすぐに見つめられ、僕は言葉に詰まった。確かにそうだ。まだ何も分かっていない。

「いや、でも……」

「大丈夫ですよ。私、高校時代は新聞部でしたから。慣れてます」沙雪ちゃんは窓越しに富市医院を見る。「ここにはまた後で来ましょう。今回はここまで、というだけです」

「また来るの？」それも信じられない。「……通報されかねない気が」

「それくらい覚悟の上ですよ。取材は嫌われるまで付きまとってなんぼですから」

どんな新聞部だったのだ。「……確かに、何も収穫がないままだけど」

「そうでもないですよ」沙雪ちゃんは僕よりはるかに軽やかな口調でそう言い、胸ポケットからICレコーダーを出した。「少なくともこの件に対する院長の態度が分かったじゃないですか。高校生が不審死してて、遺族が話を聞きたい、と来てるんです。仮に不審な点がなかったとしても、普通、遺族の気持ちを汲んで、説明ぐらいはしようとしてくれるものじゃないですか？」

「そうなのかな」また録っていたらしい。「……じゃあ、富市医院の院長も学校側とグルで、隠蔽したとか？」

何割かは冗談のつもりだったのだが、沙雪ちゃんは頷いた。

「充分考えられますね。なにしろ学園長の松田っていう人、このあたりの有力者ですから」

「……確かにそうらしいけど」

「ネット情報ですけどね。正確には松田家がそうなんです。戦前の大地主で、親戚には議員なんかもいますし、この県の教育委員にも『松田さん』がいます」沙雪ちゃんはドリンクホルダーに挿してあったペットボトルを取る。「開業医であれば地元の有力者は無視できませんし、開業には高額な資金が必要です。この土地の登記は後で調べますけど、松田家から何らかの援助を受けていて逆らえない、なんていう可能性は充分ありますね」

沙雪ちゃんはペットボトルのアセロラドリンクをぐい、とラッパ飲みした。僕はとにかく車をバックさせ、富市医院の駐車場を出る。学校付近のコインパーキングは走りながら探せるだろう。

「……でも、未だに信じられないんだけど」

「何がですか？　……あ、その路地にタイムズありますね」

「了解」スピードを落としてハンドルを切る。曲がりかけに後ろから自転車が走ってきたが、急いでブレーキをかけると、乗っていた少年は頭を下げながら走り去っていった。「……いや、つまりさ。現状から考えると、最悪の場合、学校がいじめか体罰かで生徒を死なせて、しかも医者に圧力までかけて隠蔽しようとしてるってことになるだろ？　本当にそんなことがあるのかな？」

「おめでたいですねえ」

棘のある調子でそう返した沙雪ちゃんは、気が咎めたのか、頭を下げた。「いえ、すいません」

「……いや、ないとは言えないんだけど」身を乗り出し、パーキングの入口を確認する。

「一九八七年一月、川崎市立桜本小学校の三十三歳の男性教諭が、授業中の指示に従わなかったとして、担当する養護学級の児童の頭を拳で数発殴りつけ、死亡させました。死因は硬膜外血腫。被害児童は頭蓋骨狭窄症を患っており、生後六ヶ月で手術を受けており、頭部の変形は一目で分かるほどでしたし、親からも事前に『頭部に衝撃を与えるようなことはしないでほしい』と申し入れがしてありました」

いきなり話しだしたので驚いたが、沙雪ちゃんは前を向いて喋り続ける。

「一九九五年七月、近畿大学附属女子高等学校の五十歳の男性教諭が、女子生徒の態度が反抗的であったとして数発殴り、コンクリートの壁に押しつけて意識不明にしました。女子生徒は死亡。ちなみに原因は教諭が被害生徒の『スカートの丈が長い』と言って彼女に摑みかかったことで、生徒が『先生が押さえているから丈を直せない』と言ったところ、これを『反抗的』だと解釈して殴ったんだそうです。二〇一二年十二月、大阪市立桜宮高等学校で、当時バスケットボール部のキャプテンを務めていた二年生の生徒が自殺しました。この部では体罰が常態化しており、被害生徒は自殺前日も三十～四十発程度平手打ちをされていたそうです。後にこの生徒が殴られている場面の動画が公開され、部員たちの証言によると、被害生徒は顧問のターゲットにされ、毎日一人だけ集中的に暴言を吐かれ、暴力を受けていたことが分かりました。これなどは完全に教師によるいじめですね。

民間施設だともっと酷いですよ。埼玉県にある私塾『不動塾』は『不登校や家庭内暴力を矯正する』という名目でしたが、実際は殴る蹴るの暴行が日常的に行われていました。一九八七年六月、毎日の暴行に耐えかね、脱走して大船付近のアパートに避難していた少年のもとに、塾長と少年五名からなる不動塾の『拿捕隊《だほ》』が押しかけました。拿捕隊の五名はシャッターをバールでこじ開け侵入、エアガンなどの道具を使って集団で少年を暴行、塾へ拉致・連行。塾内にて少年をバーベル用のベンチにうつ伏せに縛り上げた後、口に軍靴を押し込み、声を出せないようにした上で金属バットなどで臀部を二二〇回ほど殴打。その後も鉄パイプや熱湯などを使った暴行を一時間にわたって続け、少年を全身打撲による外傷性ショックで死亡させました。戦中の特高警察の方が、合間に質問するだけましですね。骨折や鼓膜損傷、体罰が原因と思われる自殺の事例、まだまだありますよ？　それに桜宮高校の事件では遺族が学校側に真相究明を求めましたが、学校側は各部活の顧問への聞き取り調査をしただけで『体罰はなかった』と結論づけています。自殺前日の体罰についても、教育長はテレビで『指先でなでるように叩いたと聞いている』なんて発言をしています。この事件が話題になって全国で市教委による調査が行われましたが、兵庫県では、高砂市立中学校の運動部父母会役員が、『体罰はあった』と回答した保護者に訂正を要求する、というどうしようもない事案も発生しています」

そこまで一気に言った沙雪ちゃんは、一つ溜め息をついた。「大津市中二いじめ自殺事件の時、大津市教委が何をしたかくらい知っていますよね？　これでもまだ『信じられない』ですか？」

彼女の勢いに圧倒されいつの間にかブレーキを踏んでいた僕は、ようやく車が中途半端な位置で路上駐車していることに気付いてブレーキを離した。

「……ごめん。認識が甘かった」徐行のままハンドルを切り、駐車場のゲートをくぐる。「英人君は殺された。そして恭心学園がそれを揉み消そうとしている。その前提で行くよ」

「いえ、こちらこそ……喋りすぎました」沙雪ちゃんは背もたれに体重をあずけて目を閉じた。

だが、考えてみれば確かにそうだと思う。たとえば僕が恭心学園の学園長で、独自の教育理念をうちたて宣伝して、学園を経営していたとする。その学園で生徒が死んでしまった。いじめにしろ体罰死にしろ、学園側は責任を問われる。経営的には致命傷だし、ばれたらおしまいだ、というふうに考えるのも無理はないだろう。企業でも官公庁でも、これまで揉み消しは無数にあった。学校だけが違う、と考える根拠などない。

隅の空いていたスペースに車を停め、ドアを開けて降りる。正面に、恭心学園の高い塀がそびえ立っている。壁面はどこまでも続いている。中は見えない。音も聞こえない。

この塀の中で、一体何があったのだろうか。

14

――共学化が進む中、恭心学園でも創立十年目から女子の受け入れを始めていましたね。

恭心を創立した当初は、文武両道の進学校だから女子には合わないのではないかと思い、男子校にしました。ですが昨今の若者の性の乱れ、若い女性の女性性の喪失、虐待などに見る母性の欠如を憂う声が多く、施設を増築して女子の受け入れを始めたんです。若い女性に伝統的な日本女性らしさを取り戻させることも、教育再生の一環ですからね。

――現在も、ＨＰなどでは「純潔教育」という言葉が頻出しますが。

現在、若い女性の性の乱れは深刻です。中学生のうちに七割近くの少女が性交を経験すると言われていますし、小学生の妊娠という信じられない事案も珍しくなくなってしまっている。女子高生は皆流行だからとスカートを短くして太股を露出し、公衆の面前で性交に及ぶ者までいる。性道徳の崩壊です。十代の性感染症の広まりは爆発的と言っていいですし、中絶件数も増加している。非常に危険です。

こうなってしまった原因は家庭・社会・学校のすべてにあるわけです。まず家庭。戦後教育は欧米流の個人主義を鵜呑みにし、子供の行動をきちんと把握して管理しなくなってしまった。家庭できちんと躾《しつけ》をしなくなったし、子供にケータイを与えたまま親はろくにチェックもしないから、出会い系サイトなどで知りあった初対面の男と性交したりする。それに社会的にも、過激な性描写のあるマンガやアニメが野放しです。影響されやすい子供はこうしたマンガやアニメの歪んだ性描写が普通なのだと勘違いしてしまう。そもそも現代のメディアが性の知識を与えすぎなんです。子供を有害な情報から守ろうという意識がまるでない。現代の子供に性知識を問うと、驚くほど豊富でぎょっとしますよ。そうやって好奇心を刺激されれば、子供が性に目覚める年齢がどんどん早くなってしまう。サルにオナニーを教えると死ぬまで続けますが、性への興味だけ植えつけて管理しなければ、子供だって目先の快楽だけを求めて似たようなことになります。そして学校。すべてではありませんが、現在、学校によっては非常に過激な、ほとんどポルノかと思うようなぞっとする性教育をしています。

試験管を使ってコンドームの着け方まで実演している学校もあり、私は啞然としました。その学校では授業後にコンドームを配っているんですよ。学校が自分から、子供たちに性行為をしろと言っているようなものです。狂気の沙汰です。

――そういう状況をなんとかすべきだ、と。

うちではこうした状況を鑑み、女子に対しては徹底した純潔教育を行っています。男子と女子は寮はもちろん教室などもすべて別棟に分け、不純異性交遊を厳しく監視していますし、女子を担当する教職員はほぼ全員が女性です。有害な性描写の溢れるメディアの閲覧も徹底的に排除していますし、マンガやアニメからも完璧にガードしています。こういう状況にしなければ、生徒の貞操は守れません。

――共学であることで心配されたりは？

そこについては保護者からも質問されますが、その時は規則と施設の造りを説明しています。男女間のやりとりはいかなるものも禁止ですし、そもそも男子部と女子部が分かれ、男子寮と女子寮も敷地の反対側であり、それぞれ立入禁止、視線も遮るように植木が配置されています。

――保護者の反応はどうですか。

父親母親ともに非常に好評です。恭心学園の共学化の時は予想していた以上の反響で、逆に私どもの方が、昨今の状況を楽観視していたのだな、と気付かされました。やはり実際に年頃の子を持つ親御さんの方が、我が子が早すぎる性経験を持つのではないかという警戒心は強いですね。そのこともあってこちらも襟を正しまして、うちに入学させれば、出るまでの間完璧にお子様を守ります、一切性的なものには触れさせません、と、妥協のない態度で臨むことができました。

また、ただ性道徳を再生するだけでは、日本古来の淑女を育てることにはなりません。そこでうちでは外部から講師を招き、炊事・裁縫などの家事、茶道・華道といった女の教養、いずれ妻になるにあたっての心構えの教育なども徹底させました。これも好評です。うちを卒業した女子は皆将来、各家庭で理想的な良妻賢母として日本の伝統を支えていくものと確信しています。

15

わたしの人生がわたしのものではないと、気付いたのはいくつの時だっただろうか。わたしの人生はわたしのものではなく、母のものだった。というより、わたしという存在そのものが、丸ごと母の所有物だったのだ。わたしの服。わたしの友達。わたしの進路にわたしの夢。最近、それだけではなかったと気付いた。わたしの感情すらわたしのものではなかったのだ。わたしが、ピアノ教室に行くのが怖いと言うと、母は「そんなこと怖くないわよ」と言う。それだけならよその母親もそうなのだろうが、うちの母はその後に「そんなことを怖がるなんて変よ」と付け加えるのだ。祖父にぬいぐるみを買ってもらって嬉しいと言うと、母は不機嫌になって「そんなの嬉しくないわよ」と言い、「そんなことを嬉しがるなんて変よ」と付け加えた。だいたい何でもこの調子だった。あんな番組で笑うなんて変よ。あんな服を着たがるなんて変よ。ママのお迎えを嫌がるなんて変よ。

小さい頃のわたしにとって、「ゆいちゃんは変よ」と言われることは何にも勝る恐怖だった。わたしは変なんだ。こんなことで喜ぶのは変なんだ。こんなことを嫌がるのは変なんだ。わたしが何をもらって喜ぶべきか。わたしが何を欲しがるべきか。わたしが何を怖がるべきで、わたしが何を見下すべきか。みんな母が決めていた。

母はわたしの持ち物も勝手に決めた。小学校の頃、わたしが友達からもらった可愛いシールを、母は「ゆいちゃんには必要ないから」と言って勝手に捨てた。貸してもらった漫画は読まないうちに母が勝手に返してきた。友達にもらった可愛いヘアゴムで髪を留めていると、「必要ないわね」と言って外された。わたしはノートも鉛筆も、本もおもちゃもすべて、母が決めたものしか持っていなかった。母の買い物は気分で決まるので、わたしの持ち物は無味乾燥な無地とどぎつくてダサいほどのファンシー柄の間を行き来した。並べてみると、とても一人の人間が選んだものとは思えないほどセンスが分裂していた。

母はお店でわたしのものを買う時、必ずわたしに言う。「ゆいちゃんはこれが欲しいわね」と。わたしが首を振っても「どうしてよ。ゆいちゃんはこれが欲しいでしょう。遠慮しなくていいのよ」と不機嫌な顔をするから、頷かざるを得ない。もっとも、大抵の場合母はさっさとレジに向かってしまい、わたしが頷くのを見てはいなかった。わたしは母が「嬉しいわね」と言った時に喜び、「悲しいわね」と言った時に悲しまなくてはならなかった。母に与えられたものは何でも喜ぶべきだったし、母以外から与えられたものでむやみに喜んではいけなかった。とりわけ、面白くて大好きだった父方の祖父から与えられたものは喜んではならず、わたしは可愛くて気に入ったペンギン柄のカラーペンを、夢中になって読んでいた上橋菜穂子を、こんなおいしいものがこの世にあるのかと感動した一本のコーラを、「こんなもの、つまらない」と宣言して捨てなければならなかった。思えば、小さい頃から一番辛かったのはこれだった。「オニ状態」になった母に罵倒されたり叩かれたりすることよりも、恐怖や嫌悪感を分かってもらえなかったことよりも、小さな喜びを自分の手で捨てなければならないことの方が辛かった。

その辛さを避けるため、いつしかわたしは何かを手にする前に必ず「脳内母」を呼び出して確認するようになっていた。脳内母が「必要ない」と言ったものは買わない。ねだらない。そもそも欲しいなんて思わない。欲しいなんて思っていないから、諦めて通り過ぎても辛くなんてない。母に唱和して「あんなもの」と馬鹿にしたって平気だ。

脳内母は最初、わたしが効率よく生活していくために呼び出すものだったが、そのうちに勝手に出てくるようになった。本気で何かをしたいと思ったり、欲しいと思っても、いつの間にか脳内母を呼び出して「必要ない」と言わせているのだ。脳内母は実物の母という本部の指示を受けてわたしに命令を出す「出張所」だったわけである。ところがこの脳内母は完璧ではなかった。脳内母の方は一貫した主義主張があり、ＯＫとＮＧの間に、曖昧ながらも一定の基準を設けていた。しかし本部である実物の母は気まぐれで、前に言ったことと正反対のことを言ったり、前にやれと言ったことを理由もなくやめろと言ったりするのである。少し成長して知恵がついたわたしが「ママが前こう言っていた」と指摘しても、母は頑なに認めず、ついには「何よそんなにママのことが嫌いなの」という、よく考えてみれば全く論理的でない常套句を出す。ここから「オニ状態」になって暴れ始めるかどうかはだいたい半々の確率だった。そんなわけで、わたしは母に言われて通い始めたピアノ教室も、一年半後に「必要ないから」と言われて辞めることになる。半年前から交替で来ていた新しい先生は優しくて好きで、わたしは「やめたくない」と先生に訴えたが、先生は困った顔をして「お母さんにそうお願いしてごらん」と言うだけだった。辞める挨拶をする時、母が先生に「子供ももういいって言ってますし」と大嘘を言っていたのが辛かった。

そんなふうに、わたしの人生はすべて母によって決められてきたのだった。決められたレールの上、なんて言い方があるが、レールなんて強固なものの上を走っていられるならまだましだと思う。レールは思いつきでぐにゃぐにゃ蠢《うごめ》いたり、途切れたり、いきなりキレて叩いてきたりしないだろう。

父はといえば、これはおそろしく存在感のない人で、母の機嫌が悪くなると動物のような勘の良さでそれを察知して、わたしより先に音を立てずにいなくなるのだった。何かを頼んだり相談しても「お母さんに訊いてみなさい」と言うだけで、わたしが母に関する不満をぶつけると、「まあまあ。お母さんだって大変なんだから」と言って、ひたすらわたしの方をなだめて穏便に済ませようとする。要するに父も母が怖く、わたしが母の機嫌を損ねないか、いつもびくびくしているのだ。そのあたりを見るに、父はたぶんその弱々しさ、逆らわなさゆえに母に選ばれて結婚したのではないかと思われた。したがって、一人っ子のわたしを助けてくれる人間は、家にはいなかった。

お腹の上に開いた本を載せたまま、低い天井の木目をぼんやりと見る。なぜ母は、わたしをこれほどまでに支配したがるのか。

家を出て、厳しく限定されているとはいえ図書室にある本を自分の手で選んで読めるようになった今では、そのことがなんとなく分かる。あれは愛情などでは絶対になかった。「たとえどんなことになっても、親は根っこの部分では子供を愛している」という一般論がいかに空虚で、世間知らずな暴論であるかということは、身をもって知っている。「親だから子供を愛しているはず」という根拠のない前提さえ取り除けば、母の行動は簡単に説明ができるのだ。母はわたしを妬んでいる。さんざんお金と手間をかけさせ、こんなに自分を老けさせておきながら、自分よりはるかに若くつやつやしているわたしが妬ましくて、憎いのだ。だから、わたしが自分より幸福になることを決して許そうとしない。

その最たるものが、これだ——と、わたしはブラウスの襟元から覗く白一色の下着を見て、溜め息をついた。

小学校五年生の春、わたしに対する母の態度が明らかに変わった。わたしに初潮がきたからだ。

すでに保健体育の授業で習ってはいたし、友達から話も聞いていたものの、下着に血がついているのを見たわたしはそれなりに焦った。とにかくどうすればいいのか教えてもらおうとして母に報告したら、母の顔がきゅうう……と変化したのだ。くしゃりと握ってからまた広げた紙みたいに皺が寄り、目が据わり、いつものオニ状態よりずっと恐ろしい、超オニ状態とでも言うべきものになった。そして一言、吐き捨てるように「きたならしい」とだけ言った。具体的にどうすればよいのか教えてもらい、準備を整えるはずだったわたしはその一言でますます混乱し、母がそれ以上何も指示をくれないので絶望した。まず何をすればよいのかも分からずただ血を出しながら棒立ちになり、わたしは自分を恥じた。血のついた下着を恥じた。小学五年生にもなって、下着におしっこどころか血をつけるなんて、確かに母の言う通りだと思った。わたしはきたならしいのだ。

母の態度が決定的に変わったのはそこからだったと思う。小さい頃はむしろ進んでわたしにフリフリの、お人形さんみたいな服を着せていた母は、小学校に入る頃にはその傾向がおさまり始めていたが、この日を境に、母ははっきりとわたしから女の子らしい、可愛らしい服や持ち物を完全排除した。母が買ってくるわたしの服はどれも、どこのホームセンターで買ってくるのかというような地味でおばさんぽいものばかりだった。「脚なんか出すと犯罪者に狙われるのよ」「痴漢に遭っても今の日本では誰も助けてくれないのよ」と脅されてスカートを禁止され、髪は何の変哲もない黒いゴムでまとめられ、口の悪い友達から「家政婦」という渾名《あだな》をつけられたこともあった。中学に入って制服になり、ようやく皆と大差ない状態になれてほっとしたのも束の間、わたしの胸が膨らんできて、バカな男子から見られるようになっても、母は決してブラジャーを買ってはくれなかった。買ってと頼もうものなら「何を色気づいているんだ」とオニ状態になり、伸ばしていた髪を摑んで引っぱられたので、わたしは母のブラジャーを盗んで鞄の奥底にしまいこみ、学校に着いてからトイレで着けなくてはいけなかった。もちろんパンツも「戦後あたりのデザインか」というダサさである。要するに、母はわたしが女になっていくのが許せないのだった。自分よりはるかに若い女。自分はもう若くないのに、「自分の若さを無邪気に吸い取って成長した娘」が若い女としての楽しみを享受することなど、絶対に許せなかったのだろう。

だが、恭心学園に入れられ、本をいろいろと読んでいるうちに理解した。母がわたしの「性」にやたらと過剰に反応する理由は、それだけではなかったのだ。

母はわたしを罵倒し、叩き、わたしのものを勝手に捨てて支配するくせに、外面《そとづら》だけは異常によかった。その外面でもって、わたしの友達の輪に勝手に入ってきた。わたしの友達と勝手にアドレスを交換し、わたしの家での様子を誇張して友達にばらしてウケをとり、友達からは学校でのわたしの様子を訊き出す。要するに母の監視網が学校にまで及んでいるということだった。当初は、それらのことはわたしへの支配欲だけが理由だと思っていたが、そうではなかった。

中学三年の春だ。班で共同してやるべきある課題が出て、誰かの家に集まろうという話になった。当初予定していた友達の家は急に駄目になり、他に誰もOKという人がいなくなった時、「山口さんの家は？」と、うちに白羽の矢が立ってしまったのだ。わたしは嫌だった。リビングにいれば母が入ってくるから嫌だったし、絨毯も机も置いてあるものもすべて母の判断で決められている、可愛いものが何一つない自分の部屋を友達に見られるなど絶対嫌だった。だから断ったのだが、その友達は「山口さんのお母さん絶対いいって言ってくれるよ」と言い張った。困りきったわたしは、「一応訊いてみる」と嘘を言い、駄目だと言われたことにして切り抜けようと決めたのだが、その友達と母が勝手にメールで連絡しあってOKにしてしまった。これには唖然とした。そして絶望した。同じ班には、当時好きだった糸《いと》井《い》君もいるというのに。

糸井君は一年生の時から同じクラスで、名前の通り細くて長い手足と小学生みたいな童顔の、おとなしい人だった。不機嫌な顔をしているところを見たことがなく、他の男子と違って大声で騒ぐこともなく、いつもにこにこ笑っていた。成績がよくてバスケ部のエースでもあったから、女子にもわりと人気があった。だから友達などは「糸井君が家に来るなんてずるい」とさかんに羨ましがっていた。母には絶対に知られてはならないことだったが、糸井君がうちに来ること自体には、わたしも少しドキドキしていた。わたしの家の住所を覚えた彼が、不意にうちを訪ねてきて――という馬鹿な妄想も、まあ、少しはした。あとは地味一辺倒のわたしの部屋が、百パーセント母のせいであることをどこまで納得してもらえるかの勝負だった。

だが、いざ皆が家に来ると、母は予想以上に絡んできた。出かける予定なんかなかったはずなのによそ行きの服と完璧なメイクをし、なんとケーキを焼いて待っていた。わたしはその時点ですでにうんざりしていたのだが、母は外向けの一オクターブ高い声でわたしたちを迎え、わたしが皆を自室に(「片付けたから何もない」と必死で言い訳しつつ)案内した後も、何度も入ってきてどうでもいい話をした。こちらも話し合いの最中だというのにそれは無視し、強引に雑談をするのだ。せっかく糸井君がいるのに、と思ったが、その時に気付いた。

母は部屋に入ってくると、必ず奥の方にいた糸井君の隣に座るのだった。雑談しながら皆の背中を撫でたり肩に手を添えたりするのだが、その大部分が糸井君に対してだった。話しかける回数も違い、基本的に糸井君に話しかけ、時々つけあわせをつまむように女子に話しかけるのだった。わたしは途中からすでに言いようのない不快感を覚えていたのだが、皆が帰った後、一人で部屋を片付けていてようやく気付いた。男子はもう一人、小金井《こがねい》君という地味な人も来ていた。だが母は小金井君の方には一度も話しかけなかったのではないか。そもそも座る位置が糸井君と小金井君の間で、よく男子の間に割り込めるものだと思っていたが、母は常に体を糸井君の方に向けていて、小金井君など見もしなかった。

その事実に気付いた瞬間、わたしは湧き上がる強烈な嫌悪感で鳥肌がたつのを感じた。母は糸井君が好きなのだ。それも「女」として、性的に好きなのだ。子供扱いしているから撫でている、と見せかけていたが、糸井君のことを「男」として見た上で触っていたのだ。

皮膚の下を無数の蛆虫《うじむし》が這いまわる嫌悪感の中で、わたしはようやく理解していた。母がわたしの「性」を異常な熱心さで排除しようとするのは嫉妬ゆえだが、嫉妬する理由はつまり「自分が若い子に性欲を覚えている」からだった。母の嫉妬は言葉にすれば「若い男といちゃいちゃしやがって。妬ましい」なのだ。母はわたしに取ってかわり、自分がいちゃいちゃしたいのだ。娘の同級生である、おそらくはまだ童貞であろう若い男の子と。だから性にだけ、こんなに異常反応するのだ。

わたしは暗い回想から現実に戻る。寮の廊下を歩く足音が近づいてくる。話し声で丹下《たんげ》さんたちの一味だと分かる。

そういえば、恭心学園の教師にも似たようなところがあるな、と思った。一部の過激な生徒から「ヒスババア」という時代がかった単語で陰口をたたかれる恭心学園のおばさん教師たち。抑圧されて歪んだ性欲を原動力に他人をいじめる女。おそらく家で夫に女扱いされていないか、夫自体に不満があるのだろう。きっとうちの母も、父にはただ避けられるだけの関係なのだろう。
それが分かってから、わたしの中の母は「何を考えているのかよく分からない支配者」から、「悪意を持った暴君」に変わったのだった。これまで友達からも散々言われていたことだった。ゆいちゃんの家は変だよ。ゆいちゃんのお母さん変だよ。そんなこと、よそじゃ聞いたことないよ。その言葉が指し示している不条理をようやく理解できた。もっとも、母とうちが異常なのだと確信したところで、母に逆らうことも母をごまかすことも不可能だった。だから母が「ゆいちゃんはこの学校に行きたいわね」と恭心学園に勝手に願書を出した時も諦めていた。全寮制だと聞いて、むしろ母から離れるチャンスだとすら思っていたのだが……。

こんなはずじゃなかった、と思う。見回してもどこにも母がいない上、携帯禁止なためメールも来ない。わたしと離れてからも母はあくまで「子を想う母親」ごっこをしたいらしく、これまでの虐待を綺麗さっぱりなかったことにしたらしき文面の手紙が月に一回ぐらい来る。そのたびに母の喜びそうな返事を書かなければならないのが憂鬱だったが、母の干渉がそれだけで済むならありがたいことだった。だが、かわりに目を吊り上げた教師たちがものさしで叩いてきた。意地悪な二年生の先輩たちは笑いながら服を引っぱってボタンを飛ばしたり、もっと直接的に突き飛ばしたり蹴ったりと暴力を加えてきた。同級生たちの間ではいじめが当然のようにあり、たとえばわたしは、おとなしくて陰気な同室の宍倉《ししくら》さんをつつき回すのに参加しなければならなかった。小遣いで買える私物は厳しく制限されていたし、お菓子も食べられなかった。家と大差ない。というより、目を吊り上げてわたしたち生徒のスカート丈や髪の長さをチェックする教師たちは、常時オニ状態の母のようなものだった。それがそこらじゅうにいるのだ。五月頃、宍倉さんがぽつりと呟いた「戦前の女学校」という表現が頭に残っている。それよりもっとひどい気もするが。

入学してようやく半年以上が過ぎた。今ではわたしは、母がなぜこの学校を選んだのかをよく理解している。恭心学園に入れればわたしは適度に抑圧され、青春の楽しみを、何より若い男を知らないまま大人になる。親が何をしてきても「目上の人には従う」ようしつけられるし、親の側も、入れてしまえばあとは何もしなくていい。手間いらずなのだ。話を聞いてみたら、友人にもかなりの割合で、わたしの母とそっくりな親を持つ子がいた。親へ不満などという五戒に反する話題は規則違反を告げ口されかねないから、皆遠慮がちに言っただけではあったが。

今ではこうして週に二度、華道部が休みの放課後に、図書室から借りてきた本を読むのが、わたしの唯一の楽しみだった。図書室には面白そうな本はめったになかったが、岩波文庫なら小説もあった。今は文語体の文章が大変ながら男子たちのぶつかりあいが甘酸っぱい『たけくらべ』が楽しすぎる。美登利はどうでもよく、金貸しの子の正太郎が好きだ。信如は素直じゃないし、長吉は乱暴で嫌いだ。将来性を考えれば、一番優しい紳士になれるのが正太郎ではないか。今日はこのまま夕食までこれを読んで……。

と思っていたが、部屋のドアが開いて丹下さんが入ってきた。読書を邪魔される黒い感覚に短く溜め息をつきつつ寝台の上から挨拶をすると、予想通り丹下さんは誘ってきた。「山口さん、これからちょっと外に行きません？」

何が「行きません？」だ、と思う。今は二十一世紀だぞ、いいか平成なんだぞ、とも思うが、わたしは「いいわね。ありがとう。でもわたし、きっと外出許可が下りませんもの」と答える。確かに戦前そのものの恭心学園女子部では、自分を「女学校の生徒」と思い込んで女学生ごっこをしていた方が精神的に楽かもしれないし、時代錯誤な膝下スカートとお下げ髪は何かコスプレめいていて、この痛々しい遊びに乗ってみようかという気分にさせられる。

「外出許可なら、私がいただいてきましたわ。あなたの分も」

驚いたことに、風紀委員の丹下さんは、一般生徒なら絶対不可能な離れ業をやってのけたらしい。「行きましょうよ。たまには街に出ないと、息が詰まってしまうでしょう？」

どう見ても一般家庭の子供のくせにお姫様ごっこか、と口から出そうになる言葉をこらえ、わたしは、微笑んで本を閉じ、寝台から降りた。せっかくの読書タイムもここまで。風紀委員の丹下さんに目をつけられるリスクは冒せない。

わたしは入口のところで待っている丹下さんに向きあう恰好になり、彼女と服装チェックをした。一緒にいた彼女の取り巻き二人も向かいあい、同じようにしている。何しろ恭心学園女子部は、服装の乱れにやたらとうるさい。外出時はもちろん制服着用だが、何の面白みもないこのセーラー服のスカート丈はもちろんのこと、スカーフの端が少し折れていたりプリーツラインが綺麗に出ていないだけで指導の対象になる。「服装の乱れ」での指導は最もありふれたもので、誰でも年に一度は引っかかるものらしい。

わたしと全く同じ恰好をした丹下さんの服装をチェックしながら、言いようのない違和感を飲み下す。全く同じ制服を全く同じように着ていなければならないのはまだ我慢するとして、髪まで全員同じ昭和お下げなのだ。恭心学園女子部では髪型も厳しく決められているから、男の子のようなショートにするか民芸品めいたおかっぱにするか、でなければこのダサい昭和お下げにするかのほぼ三択しかない。現在、男の子と民芸品は少数派であり、それを選べば「少数派の変わり者」として、外れ者かいじめられっ子の二択が確定する。なぜなら丹下さんを始めとする風紀委員の権力者たちがお下げ派だからだ。わたしは似合わないので嫌だったし、クラスにはわたしより明らかに似合わない人もいたが、仕方なく皆、従っている。当然、取り巻きの二人もだ。恭心学園には同じ恰好の人間がずらりと並んでいる。

ほつれ毛一つで指導の危険があるのでお互いの髪までしっかりとチェックした後、誰もいなくなった部屋に規則通り無意味な一礼をして、丹下さんについて歩く。「今日はどんな人がいるかしら」「先週、マルイの前にいた勘違い男はまだいるかしら?」と、皆が楽しそうにやりとりしている。「街に出る」と言ってもお金はほとんど持てないし、そもそも用途を細かく申請してようやく所持が許可されるから買い物もお茶もできない。本当にただ「出る」だけなのだ。外をただ歩き、周囲の通行人の、主として男性を見ては肩を寄せ合ってこそこそ批評しあう。それが丹下一味の最も好きな遊び「人間観察」だった。お揃いの制服にお下げを揺らし、物欲しげな顔でひとかたまりになっている彼女たちの方がよほど観察されているのは明らかで、わたしはそんなことより本を読んでいる方が楽しかったのだが、丹下さんは最近、この遊びにわたしを誘いたがった。本を読みまくるようになってから急速に発達したわたしの毒舌は刺激的らしく、道を歩く男性のあれこれを指さしてはわたしに、過激な第一声のコメントを求めるのだ。

それでも外套《がいとう》を羽織って（恭心学園指定のコートはこうとしか呼べない代物だった）外に出ると、曇っていてうす寒い十一月とはいえ、風が気持ちよかった。丹下さんたちは「人間観察」ができる場所に着くまでは特にわたしに話しかけたりせずどんどん先に歩くので、わたしは一人でぼけっと歩く時間をせいぜい楽しむことにした。生徒の外出は管理棟で届を出して南側の門から、と決まっているので、北東の外れにある高等部女子寮から南側の門まで歩かなければならない。

だが寮を出ると、並木のむこうに管理棟が見えたあたりで、前を行く彼女たちの足が止まった。見ると、先に外出していたらしい宍倉さんが管理棟に帰着の連絡をし、寮に戻ってきたところだった。

「宍倉さん。ごきげんよう」

丹下さんに声をかけられ、宍倉さんが挨拶と硬い笑顔を返す。彼女が時折一人で出かけ、どうもどこかで泣いてくるらしく微妙に目を赤くして帰ってくることがあるのは知っていたが、まさか門のところで鉢合わせになるとは、と思った。いじめられる子は運も悪い。

「どこに行ってらしたの？」

気取ってそう言いながら丹下さんが彼女に歩み寄り、その左右から挟み込むように二人の取り巻きが近付く。宍倉さんは完全に萎縮し、下を向いて「あの、散歩に」ともごもご言っている。

「お散歩に行ってもう戻ってきたの？　何かあったのかしら」

「あの、寮監の、宮入《みやいり》先生から呼び出しが」

丹下さんは外出時、携帯が義務付けられている電話機を出した。あらかじめ登録された番号への通話しかできない上にＧＰＳ機能がついている特殊なもので、外出中は常に教師に居場所を把握されている上、これが鳴った場合、たとえどこにいようと問答無用ですぐ学園に戻らなければ懲罰が下る。

「そもそも、お散歩って何？　あなたどこに行っているの？」

「実は外で男の人と会ってたりして」

左の取り巻きがそう言うと、丹下さんと右の取り巻きが弾かれたように笑った。「宍倉さんが？」「意外とこういう子が、おとなしい顔をして」「あはは。おとなしい顔をして何？」

「男といろいろしているのよ」

丹下さんがそう言うと、取り巻きともども三人は何か抑制の外れた笑い方をした。

「いろいろってたとえば？」

目を輝かせて訊く取り巻きに応え、丹下さんは細くて撫で肩の宍倉さんの体を舐め回すように見る。「たとえば、ああいうこととか」胸を見て、それから視線を下に下ろす。「こういうこととか」

取り巻きが色めきたって呻きまじりの歓声をあげると、丹下さんは宍倉さんの唇を人差し指でつついた。「もちろん、こっちもあしながら」

騒ぐ三人の顔が上気している。宍倉さんがしてきた男とのあれこれを想像しているのだろうが、その様はどちらかというと宍倉さん本人に欲情しているようにも見えた。「嫌だ」「いやらしい」と騒ぐのも悦びの声に聞こえる。セクハラババアだな、と思う。いやらしいのはどちらなのか。うちの母とそっくりだ。

丹下さんは宍倉さんの襟元を摑み、彼女の首筋を覗き込む。「あら、こんなところにキスマークが」

取り巻きが一斉に騒ぐが、あの赤い痕は昨日、国語の千川《せんがわ》から物差しで叩かれた痕で、他でもないその原因を作ったのが丹下さんなのだ。恭心学園におけるいじめは物を壊したり隠したりするよりも本人に直接暴力を振るうものが多かったが、丹下さんは教師を使って叩かせる手口を得意としていた。彼女は掃除当番の場所が管理棟の職員室だから、教師は持っていても生徒が持っていてはいけない、イラストのついた付箋やお菓子の包み紙といったものをこっそり手に入れることができた。それを教師の前で狙った相手のポケットに入れ、わざとらしく発見してみせるのだ。これは彼女が時折行使する最もきついいじめだったが、最近では教師も指導で叩くだけで、懲罰点はいちいちつけなくなった。ということは、教師もいじめの存在を知っていて、その上で宍倉さんを叩いているのだろう。教師がいじめるのを見て生徒が真似したのか、生徒がいじめるのを見て教師の態度が変わったのか、鶏と卵ではあるが、とにかく宍倉さんは生徒と教師両方にとってそういう存在だった。

だが、不純異性交遊よ、連れていきましょうよ、と騒ぐ取り巻きに対して、宍倉さんは果敢に「あの、先生からの呼び出しなので」と言った。それを聞いた丹下さんがますます嗜虐的に笑い、いじめはますますエスカレートする。わたしはなるべくそれに参加しないで済むよう、半歩だけ下がって距離をとっていた。

つくづく、とんでもない学校に入れられてしまった、と思う。どこかに逃げ出したくなるし、馬とか竜とか自家用ヘリコプターに乗った王子様が突然やってきてわたしを連れ出してくれる、という妄想はしばしばする。だが現実にはありえないことだった。生徒の出入りは厳重に監視されているし、教師たちは風紀委員などの手下を使い、不穏な生徒の動向を常に報告させている。脱出しようとしていることがばれればどうなるか分からないし、そもそも脱出してどこに行くのだろうか。大半の生徒は親の意向でここに入れられているのだ。実態を訴えたところで信じてもらえまいし、学園に送り返された後は「裏切り者」として地獄が待っている。そもそも大半の生徒の親はわたし同様、「子供に苦労をさせたい」がためにこの学校を選んでいるのだ。

そして、脱出や反逆を考える精神力も、入学時の合宿で奪われている。ひたすら強いられる無意味な作業。お辞儀の練習や言葉遣い。何を言っても怒鳴られやり直しをさせられ、人格そのものまで繰り返し否定されるスピーチ。泣きだせば泣きだしたことを理由にまた怒鳴られる。あの地獄の経験で、教師に逆らうリスクは嫌というほど思い知らされている。宍倉さんの兄は男子部の卒業生だが、彼女によると、男子部の方も別の合宿所に連れていかれ、これに加えて肉体的にも痛めつけられるらしい。宍倉さんの兄は具体的なことは何も話したがらなかったそうだが、それゆえにかえって兄が何をされたのか想像すると怖い、と彼女は言っていた。

だからこの女学生ごっこなのだ。わたしたちは家柄ゆえ厳しい学校に入れられ、普通の女の子のような自由は与えられないお嬢様。そう思って適応することが、卒業までの数年間を安全に、最も楽にやり過ごす道だった。小突き回されて目に涙を浮かべる宍倉さんを見ながら、わたしはぼんやりとそう考える。

16

――現在、学園の方は、設立からずっと入学希望者数が伸び続けていますね。

やはり私の本がベストセラーになったのは大きいですね。最近は一部メディアにも出させていただいていますので、私の理念を広く伝えることができています。

――それに共感する親が多かった。

そういうことでしょう。正しいことを恐れず真っ向から言えば、然るべき結果になる。それだけのことなのかもしれません。もちろん正論には必ず批判もありますがね。だから現在でも、こうして教育事業を続けていられる。
これだけ多数の親に支持されたということは、教育熱心な親もまだたくさんいたということです。家庭教育の崩壊と言ってきましたが、日本はまだ決定的なところまではいっていなかったということです。

――教員を始め、教育関係者にも支持者は多数いますね。

それにも大変感動しました。私は恭心の設立当初、恭心の理念をきちんと理解して勤める、使命感を持った教師がどれだけ集まるのかと不安でした。もしかしたらもう日本には師魂を持った教師は稀で、学校を維持するだけの人数が集まらないかもしれない、と。しかし、当時のこれも杞憂でした。考えてみれば、どこの学校にも熱意のある教師が一人二人はいるものですからね。ただ、その熱意を正しく評価してくれる職場ばかりではない。現在は学園の方でも、その受け皿になろうという理念でやっています。ですから、もともと熱心で評判だった教師が地方からわざわざ来てくれたこともあったんですよ。
そうしたこともあり、今では実績と信頼が定着しました。保護者から教育内容について質問されることもあまりなくなりましたね。皆さん安心して子供を預けてくれます。

17

「……そうねえ。中は樹しか見えないしねえ」本当はもっと話せることがあればいいんだけど、というふうにいかにも残念そうな顔で、おばちゃんが首をかしげる。「時々怒鳴る声は聞こえてきて、ああやっぱり厳しいのねえ、って思うけど」

やはり、学校のすぐ前に住んでいてもそれ以上のことは知らないらしい。おばちゃんがこちらのことを探りたそうな顔になったところで、沙雪ちゃんがタイミングよく質問を切り上げ、礼を言う。おばちゃんは笑顔でドアを閉めたが、おそらく夕食の席か何かで僕たちの正体についてあれこれ話題にされるだろうな、とは思った。

「……まあ、やっぱりこんなものですね。周辺住民が知ってるのは」沙雪ちゃんはスーツの内ポケットからＩＣレコーダーを出して停止ボタンを押す。

「その不同意録音、要るの?」犯罪ではないが、決して褒められた行為でもない。「……学校の中を下手に知ろうとすると、こっちが不審者扱いされるしね」

玄関先から路地に出た僕たちの前には、例のダム壁のごとき恭心学園の塀がそびえ立っている。上部の縁には赤錆色の棘がびっしりと並び、その向こう側にはだいぶ葉が枯れ始めた植木の枝が覗いていている。塀の厚さがどれくらいなのかは分からないが、中の「気配」までも遮断するに充分なものであることは確かだった。

沙雪ちゃんと学校周辺の家々を訪ね歩き、恭心学園内部の体罰、あるいはいじめの傍証となるような証言が出ないかを探してみたのだが、成果はゼロに等しかった。得られたのは「ない」ではなく「分からない」という証言で、周辺住民は、お下げ髪・坊主頭できっちり制服を着用した生徒を外で見ることはあっても、「ああ恭心の子だな」と思うだけで、学校内のことに関しては特に興味もない様子だった。まあ、そんなものだろう。僕の住んでいるアパートの近所にも小学校があるが、登下校時に子供たちを見かける以上の関わりなどない。

学校というところは、確かにそういう空間なのだった。内部と外部が遮断され、中で何が起こっているか、外の人間には知りようがない。授業参観でも「そのために用意された授業」を見るだけで、学校によっては親を感動させるよう仕組まれた特別授業を仕込んだりする。だから家族としては家にいる時の子供の様子から推測するしかないわけだが、恭心学園は全寮制だからそれも難しい。もっとも自宅から通学していても、子供が口を閉ざしてしまえば、注意深い親でない限り異変に気付かないだろう。

つまり親は子供を預けるにあたり、ある程度学校を信用して任せる、ということになる。それができなければモンスターペアレントになってしまう。だが、その「信用」を維持したいがゆえに学校側が「隠蔽」に傾く構図ができてはいないか。

影が長くなったなと思い上を向くと、空の色が青から桃色に、さらに西側はオレンジに変わり始めていた。

「……ここまでにしよう。あんまり遅くなっても咲子おばさんたちに悪い」

もともと、こちらから勝手に「寮の遺品を回収してくる」と申し出たのだ。

「そうですね」沙雪ちゃんも頷く。「咲子おばさんのところに行って、今日はそこまでにしましょう」

駐車場は反対側なので、広大な学園の敷地の周囲をぐるりと迂回することになる。半周する間、塀はずっと切れ目なく続いていた。中からは何の気配もしない。駐車場に入るところで、頭上の電線にとまっていた鴉《からす》がギャア、と鳴いた。僕は頭上を見上げ、それから恭心学園の塀を振り返った。

そこで気付いた。高くそびえ、僕たちを阻み続けている塀。その上部にびっしりと生えた棘。塀の構造なのか、工法上の都合なのかは分からないが、棘はまっすぐ真上に向けて尖っているのではなかった。角度がついている。

塀の上に生える棘は、内側を向いていた。

まったく、引っぱられ通しだなと思う。今日はずっとそうだった。そもそも英人君の遺品を取りにいこうと提案したのが沙雪ちゃんであり、富市医院や近所の家を訪ねる間もずっと彼女が前にいて、僕はついていき、運転をするだけである。昔は「遊んであげていた」立場だったのに、今はその後ろに隠れて、いささか情けないと思う。一方で、彼女はどこでこんな度胸と行動力を身につけたのだろうとも思う。まだ二十歳にもなっていないはずだが、「若さゆえの怖いものなし」などと簡単に片付けるには僕と差がありすぎるし、そもそも経験上、「若さゆえの怖いものなし」なんて嘘だ。若い人の方がものごとに慎重で、おじさんおばさんの方が大胆だったりする。

藤本家まで運転する間、僕はまず何と言い、どんな顔をすればよいのかずっと迷っていた。高校生の子供を亡くしたばかりの母親に、その子の遺品を届ける時に適切な顔とか言葉というものが、はたして日本文化の中に存在するのだろうか。どんな顔をしても何を言っても場違いになる気がして、結局無表情で事務的に渡して去るしかない、と決めた頃には、車はすでに住宅地の路地に入っていた。長くなるわけでもなし、「藤本」の表札の前で、ハザードを点けたまま路上駐車する。

咲子おばさんはインターフォンを押すとすぐに出てきた。明らかな部屋着ではなくきちんとした普段着で、まとめきれなくてほつれた髪と目の周りの腫れぼったさが痛々しかったが、やつれたような感じはない。だがさすがに饒舌さはどこかに行っており、段ボール箱を持った僕たちが頭を下げても、わずかに目を見開いただけだった。

「恭心学園に行ってきました。学校の方でもう、寮の荷物はまとめてくれていて」後ろの沙雪ちゃんを示す。「これと、これ。二箱です」

「ありがとう」おばさんの声はかすれていた。「玄関に置いておいて。お父さんが帰ってきたら二階に上げてもらうから」

頭を下げて玄関に入る。横の下足箱。その上に置かれた小さな鉢植え。玄関マット。廊下の板目。もっと湿っぽいかと思っていたが、藤本家の空気は乾いていた。咲子おばさんもそうだ。涙が出きったから、むしろいつもより乾いているということなのか。箱を置き、何か声をかけなければならないと思う。だが俯いたままのおばさんに対し、何を言えば一番ましな慰めになるのか分からない。

「……あの、浩二叔父さんは」

とりあえずそう訊いてみたが、おばさんは小さな声で答えた。「仕事。……部下の歓迎会で遅くなるって」

歓迎、という、明らかにこの場の空気と反対方向を向いている単語に、僕は思わず顔をしかめそうになった。確かに、思い返してみれば、浩二叔父さんは昔から、親戚の僕たちを含め、子供というもの一般に全く興味がないようだった。だが、この分だときっと、自分の息子に対してもそうなのだ。告別式の時に関しては、あえて落ち着いて周囲に気を遣うことで、息子の死による悲しみと向きあわないようにしているのかもしれない——というふうに、僕は解釈していた。だが違う。考えすぎだったのだ。浩二叔父さんはただ単に落ち着いていた。育児に全く関心がなかったし、英人君の死に対しても、あまり衝撃は受けていないのだ。仕事の歓迎会の方を優先させるほどに。

同時にそれは、咲子おばさんに対してもそうなのだろう。具体的にどんな流れでの「歓迎会」なのか知らないが、たとえ子供に関心がなくても、妻の状態を考えれば、「部下の歓迎会で遅くなる」などという行動はとれないはずではないのか。

高校生の息子の葬式を「一日葬」で手早く済ませている時点で、もしかして叔父さんはそうなのではないかと、なんとなく予想はしていた。だがひとの家の事情は様々だし、葬式に手間と金をかけなかったからといって、故人を悼む気持ちが薄いということにはならない。盛大に葬式を開いておいて故人の悪口で盛り上がっている、ということだってよくある。そう思って目をつむっていたのだが。

なんのことはない。浩二叔父さんは冷たいのだ。

「この度は……」

おばさんに対しては、ますますかける言葉がなくなってしまう。沙雪ちゃんと一緒に箱を置き、葬式の挨拶と一緒だなと思いながら頭を下げる。

「どうか、その……」元気を出して、と言うのも解釈次第では冷たい気がする。元気など出るはずがないからだ。英人君もきっと……と言いかけて言葉を探し、何を言っても勝手な推測になる、と思ってやめる。何も言えない。頭を下げるしかなかった。

「……ありがとう、ございました」咲子おばさんはきちんと手を前に揃えて頭を下げた。「行かなきゃいけないとは思ってましたけど、なかなか……。『遺品』って言われてもねえ。なんだかねえ。『遺品』って……」

俯いたままのおばさんの声がくしゃりと潰れ、嗚咽が漏れる。喉が嗄れているのか、泣きながらむせるのが痛々しい。

泣く咲子おばさんに対しては何もできず、僕はただ、動いて物音をたてないようにとだけ考えていた。とにかく邪魔をしないように。その場にいないかのようにぴくりとも動かない。それが礼儀だという気がしたし、動かないことに全力を注ぐくらいしか、やれることがなかった。

だが、沙雪ちゃんがいきなり口を開いた。「咲子おばさん。少し訊きたいんですけど」

ぎょっとして振り返ると、沙雪ちゃんはおばさんをじっと見ていた。

「最初は学校から知らせがあったんですよね？　その時、学校側がどう言っていたか覚えていますか？　事故だと言いましたか？　それとも病死だと？」

咲子おばさんが顔を上げる。

「浩二叔父さんは『虚血性心疾患』と言っていましたけど、学校側もそう言っていましたか?」

「おい、沙雪ちゃん」

「告別式では、一度も棺の窓が開けられず、参列者は誰も英人君の顔を見ていません。なぜですか? 開けないようにしようと言ったのは誰ですか?」

咲子おばさんはいきなりのことにぽかんとしているようだったが、「英人君」の名前が出ると顔を歪め、両手で顔を覆ってまた泣きだした。

「沙雪ちゃん」

「おばさん、学校側から電話を受けて英人君の死亡を確認しにいったんですよね? その時、英人君の顔を一度は見ましたよね? 見たのなら、何か不審なところはありませんでしたか?」

おばさんは顔を覆ったまま玄関先にうずくまり、ますます大きな声で泣き始める。僕は慌ててその肩に手をやり、身を乗り出す沙雪ちゃんを空いた手で押し戻す。「ちょっと、おい。何訊いてるんだよ」

「藤本咲子さん」沙雪ちゃんは僕の手を振り払った。「この間、ちょっと気になる話を聞いたんです。もしかしたら、死んだのは藤本英人君じゃないかもしれません。人違いかも。英人君は生きているかもしれませんよ」

沙雪ちゃんがいきなり言いだしたことの意味が分からない。だが一瞬沈黙した咲子おばさんは、また泣きだした。

「あの、おばさん……すいません。沙雪ちゃんちょっと黙って」

沙雪ちゃんは泣くおばさんを無表情で見下ろしている。この子は頭がおかしくなったのだろうか、と思ってぞっとした。とにかく、このまま向かい合わせているわけにはいかない。

「沙雪ちゃん帰るよ。とにかくまず出よう」

おばさんに放り投げるように挨拶をし、踏んばって抵抗する沙雪ちゃんを押して玄関から出る。

「拓也さん」

「出なさい。何言いだすんだよいきなり」彼女に対しては何年ぶりか分からない命令口調になり、門扉を開けたまま、路地に押し出す。「おばさんが今、どんな時か分からないのか？頭大丈夫か。言っていいことと悪いことがあるぞ」

押し出されながら玄関をじっと見ていた沙雪ちゃんは、ようやく僕の存在に気付いたような顔をした。「あ……やっぱり先に説明しておくべきでしたね」

「何が？」

「咲子おばさん、グルですよ」

沙雪ちゃんははっきりと言った。「本当にそうなのかどうか確かめたんです。たぶん、間違いありません。最初は脅されて黙っている可能性も考えてたんですけど、あの分だと自ら隠蔽に協力してますね。……となるとたぶん英人君、いじめによる自殺じゃなくて、体罰死です」

「何……？」玄関を振り返る。ドアは閉じられているが、センサーで門灯が点灯していた。

「体罰死なら、被害者の親が隠蔽に加担する理由があるじゃないですか」今度は沙雪ちゃんが僕の腕を引っぱった。「車に。中で説明しますから」

「そんな馬鹿な。いくらなんでもそれはないだろ。なんでそう思ったの？」

迷ったが、もはやどうにもならない。咲子おばさんにはあとでもう一度しっかり謝罪することにして、とにかく沙雪ちゃんが何を考えているか訊くことにした。エンジンをかけ、逃げるように車を発進させる。沙雪ちゃんは鞄から出したタブレットを操作している。僕は後悔していた。やはりこの子はまだ子供なのだ。勝手にやらせるべきではなかった。まさか子供を亡くしたばかりの母親に対してまで、昔のワイドショーのリポーターのような態度で質問を浴びせるとは思っていなかった。咲子おばさんの心の傷が深くなってしまったとしたら、どう詫びればいいのだろうか。

だが、沙雪ちゃんはおばさんがグルだという。どうも確信しているようだ。どういうことなのだろうか。路地から県道に出るが、きちんと停める場所を探すのももどかしく、交差点を越えたところでそのまま道端に車を寄せる。助手席に体を向け、シートベルトをしていなかったことに気付く。

「どういうことなの？　さっきのは」

沙雪ちゃんは悪びれる様子もなく、慌てる様子もなく、すっとタブレットを差し出してきた。「事例から見た方が早いと思います。それ、読みながら聞いてください」

タブレットの画面には何かの記事が表示されている。タイトルに覚えがある。

「『不動塾事件』……？」

「さっき話しましたよね。塾から脱走した被害者生徒のアパートに『拿捕隊』が押しかけ、バールでシャッターをこじ開けて侵入。部屋から連れ出した被害者を塾内で監禁。ベンチプレスの台に縛りつけて十数人で殴り、殺害した事件です」

聞き込みの前に聞いたやつだ。「……ああ」

「被害者は不動塾でいじめられる役にされており、事件前から母親に『コーラの瓶でのびてしまうほど殴られる』『ここは刑務所と同じだ』と訴えていました。『二度と家庭内暴力はしません』という誓約書を書いて一度は退塾を許されたのですが、通い始めた中学校での教師による体罰をきっかけに再び不登校になり、再び塾に連れ戻されたんです。ちなみに被害者が最後に隠れていたアパートは、不動塾に否定的だった親戚のつてで借りたものでした。アパートは大船近辺で、被害者は埼玉県から神奈川県まで逃げているわけです。なぜ『拿捕隊』の人間たちは被害者の所在が分かったんでしょうか？」

「それは……」僕は話についていこうと考える。

だが沙雪ちゃんは、当然、という顔で言った。「懇願したんですよ。家庭内暴力を恐れた母親が、不動塾に息子を連れ戻してくれ、と。その結果がそれです」

言葉が出なかった。だが確かに、子供本人に頼まれて匿《かくま》っていた人間だって、実の親に居場所を訊かれれば答えざるを得ない。

「この親は塾長の香川倫三に心酔していた様子だ、と、記事に書かれていますね。実際に朝日新聞の取材に対し『塾長には、大変世話になっている。こんな結果になったのは塾長さんが悪いのではない』とコメントを出し、別の記事によれば『できることなら（不動塾を）再建して頂きたい』とまで言ったそうです。……自分の子供が殺されたのに、ですよ？」

タブレットの画面で見る記事には確かにそう書かれている。つまり。

「さっき『グルだ』って、言ったのは……」

「体罰死などの事件では、多くの場合、加害者である教員は『熱心で』評判がよいため、被害者以外の子供の保護者は、教員の味方をするんです。さっき言った近畿大附属女子高校の事件では、加害教員を擁護する嘆願署名が集まる一方で、訴えた被害者の親に対しては、『死んでよかった』『親も死ね』といった暴言の電話、無言電話、被害者宅に着払いで出前を注文するいたずら、被害者が『シンナーを吸っていた』などの事実無根の中傷が相次ぎました。桜宮高校バスケットボール部事件でも、顧問の教員に対しては嘆願署名が集められる一方で、週刊誌の取材に対し『被害者は体罰で死んだんじゃない』『家に帰ると正座させられていた』といった内容の、保護者に責任があったかのようなデマを流した人間もいます。明らかに他の子供と、その保護者によるものです。その後のアンケートの話もしましたよね？体罰の有無に関するアンケートに圧力をかけたのは『父母会』ですよ」

「信じられない。自分の子供がやられてたかもしれないのに、なんで……」

「世間体ですよ。自分が支持した教師がとんでもない体罰で子供を死なせた、なんてことになったら、預けた自分の世間体はどうなるか。そういう話です。何しろこうした保護者は皆、『教育熱心』で通ってますから」

沙雪ちゃんは手を伸ばし、僕が持っているタブレットを横から操作した。ファイルが閉じられ、別のファイルが開かれる。「咲子おばさんはかなり積極的にSNSをやっていました。そのページのコピーです」

画面をスクロールさせる。ホーム画面の背景には淡い色のバラの花の画像が使われ、いかにも咲子おばさんの趣味だな、といった雰囲気になっていた。

記事のタイトルは「教育再生に賛成！」と書かれている。

Mさんに勧められて松田美昭先生の本を読みました。納得できることばかりで、読みなが

らうんうんと頷き通し。日本の教育は確かに危機。最低限のしつけすらできていない親は確かに増えましたもんね。現代の日本の親は「愛の鞭」という言葉を忘れてしまっています。やっぱり親が厳しく叱ってあげなくちゃ。(8/29)

見覚えのある松田美昭の著書の表紙の画像がついている。次の記事のタイトルも「松田美昭先生の講演会に行ってきました」となっている。

東京で松田先生の講演会があるというので、渋谷へ。もっと大柄な方だと思っていましたが、実物の松田先生は予想以上に小柄で、でもとてもエネルギッシュな方でした。日本にもまだこういう、昔ながらの「熱血先生」のような方がいるんですね。

松田先生の運営する恭心学園には不登校や家庭内暴力の子供もたくさん入学してくるそうですが、なんと治癒率100%だそう(すごい!)。「全人教育」という先生の教育理論の賜物ですね。講演後、思わず「うちの息子のゲーム中毒も治してもらえるんでしょうか」と質問してしまいましたが、「その程度ならまだ軽症です。簡単に治ります」との答え。実績のある人でないとこうまでは言えませんよね。(9/19)

記事はまだある。

結局、恭心学園の単願にしました。恭心学園は人気の学校で倍率がものすごく高いので、うちの子の学力で併願は無理(>_<)学費も高めですが、でも子供のため！　息子は「厳しいのは嫌」と渋っていますが、自分の心にも愛の鞭を入れ、なんとか説得完了。松田先生の元に預ければ安心なのだから、それを思えば安いものです。(1/16)

お盆休みで帰ってきた息子の変化にビックリ！　生まれて初めて敬語で挨拶されましたよ。まだ前期の途中なのに。学校からは「家での様子を教えてください」というアンケートをいただいているんですが、つい熱くなって「素晴らしいです！」と、まるでファンレター(・_・;)

恭心学園の教育はすばらしいです。こういう学校が日本にもっと増えるよう、微力ながら当サイトでも宣伝(微力すぎるか……)。(8/16)

咲子おばさんは数日に一回のペースでＳＮＳを更新しているようで、恭心学園と学園長の松田美昭を賛美する記事の割合が、最近になるにつれて増えてきていた。ＳＮＳとはいえ公開の設定だし、こうして発信している以上、不特定多数の人間が見ているはずである。

咲子おばさんは松田美昭の信奉者だった。そしてそれをＳＮＳで積極的に拡散している。

ということは、口コミで近所の親や親戚などにも宣伝していたに違いなかった。うちの親は何も言わなかったが……。

「世間体……か」

沙雪ちゃんは言った。「それ、先に見せてから行くべきでしたね」

「それじゃあ……」

結論は明らかだった。これでもし、恭心学園での体罰死がニュースになったとしたらどうなるだろうか。学園の実態がニュースになり、そこに進んで預けた親は誹謗中傷の集中砲火を浴びることになる。とりわけネット上では、こうしたケースでの攻撃は苛烈なものになる。間違いなく素性も調べられ、個人の特定もされるだろう。子供を強引に恭心学園に入れた咲子おばさんは「子殺し親」として袋叩きに遭うだろう。

「保身が理由なのか、それとももっと深刻に松田美昭を信奉していて、そもそも体罰死の事実すら認めようとしないのか」沙雪ちゃんは無表情で前を見ている。「どちらかは分かりませんが、咲子おばさんの態度は最初から変でした。そもそも、学校内で高校生の子供が突然死したなら、親は学校に対し『どういうことだ』って詰め寄るのが普通じゃないですか。しかも学校側は救急車も呼ばず、運んだのは近所の外科医院。死亡確認の時には顔も見ているはずですよね？　それで何も不審に思わなかったんでしょうか？」

確かにそうだった。その上で、告別式では英人君の顔を隠していた。だとすると、彼の顔には殴られた痣などがはっきりと残っていたのではないだろうか。

「だいたい、学校内での子供の不審死を『揉み消せている』という時点ですでにおかしいんです。一番に騒ぐはずの親が騒いでいないということは、脅されたか自ら口をつぐんだか、どちらかになります。どちらなのかを確かめたかったんです」

沙雪ちゃんはさっきもそう言っていた。そして、自ら口をつぐんだのだ、と。なぜそうだと分かったのか。

僕は来た道を振り返り、さっきの咲子おばさんの様子を頭の中で再生する。確かに、そうだった。

「……おばさんは、ただ泣いてるだけだったね」僕も前を見る。すでに周囲は暗くなり、街路灯の明かりが等間隔に続いている。「『人違いかも』という言葉にすら反応しなかった」

「はい。……子供が若くして死んだ場合、親はその死を受け入れられず、火葬を拒んだり、葬儀の席で『どこかで生きていると思います』などと言ったりするケースも多いです。少なくとも『何かの間違いなんじゃないか』『間違いであってくれないか』とは、どこかで願っているものです。でも、咲子おばさんにはそれが全くありませんでした」

泣いているからといって事実を百パーセント受け入れているとは限らない。だが、息子の死に納得がいかず、しかも圧力で黙らされている人間なら、「間違いであってくれないか」とどこかで思っているだろう。それなら沙雪ちゃんが「人違いかも」と発言した時に、何らかの反応をするはずだった。

「つまり……」

「脅されたのではないみたいですね。おばさんは自分の意思で口をつぐんでいます」

「……マジかよ」

だが、それしか考えられない。

沙雪ちゃんは皮肉に口許を歪める。「……たいした『教育熱心』ぶりです」

もちろん僕だって「毒親」という単語くらい知っている。子供の幸せを願わない親。それどころか食い物にする親。子供に窃盗をさせる親。ポルノに出演させて金儲けをする親。自ら犯す親。育児ストレスなどでは説明のつかない、我欲ゆえの虐待はニュースでも嫌というほど聞いている。「親だから結局は子供を愛しているはずだ」などというのは根拠のない幻想に過ぎないし、その幻想が、助けを求める子供たちの訴えを握り潰してしまっている現状も知っている。

だが、まさかうちの親戚が。咲子おばさんがそういう親だったとは。

もちろん、おばさんは自ら虐待したわけではない。英人君を恭心学園に入れたのだって、本気で彼のためによいと信じてのことだろう。死亡後に学校を訴えたところで英人君が帰ってくるわけでもない。だが。

おばさんは怒らなかった。息子が殺されたのに怒らず、殺した奴の言うがままに事件の隠蔽に手を貸した。自分の世間体を優先し、自分の教育が間違いだったと認めたくないがために。

「……でも、そうだとすると、これからどうする？」もはや、沙雪ちゃんを頼ることにも抵抗がなくなっていた。「被害者の両親が認めないいんじゃ、調べようがないよ」

そこが問題だった。被害者の両親が「息子の死に不審な点などありません」と否定してしまえば、こちらがどう訴えても警察は動いてくれないだろう。仮に英人君が自分で学園から逃げて警察に訴えていたとしても、訴えているのが子供だけで、学校側も両親も逆のことを言っていたら、やはり警察は動いてくれなかっただろうと思う。

あらためて、子供の無力さを思う。親が加害者に味方する限り、子供はどこにも逃げられない。誰に訴えても信じてもらえない。

「……まだ、調べます。他にもルートはあるはずですから。たとえば、校外で生徒を捕まえられるかもしれません。その中に柔道部員がいれば……」

沙雪ちゃんはそう言ったが、それが困難なことは、彼女の表情だけで充分分かった。いきなり高校生に声をかける見知らぬ大人、とくれば、こちらの方が不審者扱いで通報されかねない。ではどうするのか。思いつく手は、もうない。

ハンドルを握ってみる。これからどこに行けばいいのだろうか。……それよりも。

僕は考える。生徒が服従させられているのは分かる。被害者の親が隠蔽に加担しているのも分かった。だが、この学校に子供を通わせている親は、本当にそんな人間ばかりなのだろうか。学校の実態を疑い、通わせている我が子を守ろうとする普通の親は一人もいないのだろうか。

同時に、もう一つ気になったことがあった。沙雪ちゃんのことだ。

彼女の行動力は「高校で新聞部にいた」というだけの大学生とは到底思えない。それに、体罰死に関する事例についてもするすると知識が出てくる。「親戚の死に不審を感じて調べ始めた」という彼女の話は、どの程度本当なのだろうか。

彼女にも何かがある。だが、それを訊いてしまっていいのかが分からない。

18

佐川早苗《さがわさなえ》はローテーブルの上の桴《ばち》を取り、自動化された動作で鈴《りん》の縁を叩く。澄んだ金属音が六畳サイズの洋室にかすかな残響を残し、ローテーブルにかたりと桴を置く音がそれに続く。息子の遺影が視界に入らぬよう俯き、手を合わせる。四年間、毎日続けているうちに、いつしかこの作業も慣れたものになってしまった。早苗はここ最近、毎日同じことを考えている。

佐川家には仏壇はない。十五歳の若さで死んだ一人息子の彰紀《あきのり》は、生前と同じ生真面目な表情でローテーブルの上に鎮座している。夫は仏壇を買おうかと一度だけ言ったが、早苗は拒否した。あの時なぜ自分が拒否したのか、早苗は今でもはっきり分かっていない。「彰紀が過去の人みたいになる」とか、そういったことを口走った記憶はある。だがそろそろそれも考えなければいけないのかもしれなかった。この安物のローテーブルでは彰紀が可哀想かもしれない。いや、あの子はしまり屋だから、きっと「そんな高いお金を使わなくていい」と言う……。

反射的に顔が熱くなり、目に涙が溜まり、次の瞬間にはもう溢れていた。いけない、と思いながらも嗚咽が漏れるのが抑えきれず、早苗は自分の失策に気付く。悲しみの発作を避けるため、遺族としての早苗が常に避けようと努めてきたことがある。一つは、生前の息子を長々と思い出さないこと。思い出せば「あんなに可愛かったのに」となってしまう。もう一つは、「もしあの子が生きていたら」と考えないことだった。あの子が生きていたら今頃はきっと。あの子が生きていたらこういう時は。そういう思考もまた、喪失感の引き金を引いてしまう。一旦そうなれば悲しみが溢れてくるのをこらえられず、所かまわず泣きわめいて周囲に迷惑をかけてしまう。この四年間、特に最初の一年はそれでしょっちゅう夫に手間をかけさせ、心配させてきたのだ。時には夫が一緒に泣きだすこともあった。自分の悲しみの発作が夫の悲しみの引き金にもなってしまう。だからこうして、悲しみの発作を避けるために気をつけてきたはずだった。

だが、一旦発作が始まってしまうと、もう止める手立てはなかった。顔を覆って嗚咽を漏らし、早苗はせっかく大人しくなっていた傷口を自ら開いていく。彰紀。あんなに可愛かった彰紀。豚カツが大好きでどんなに大量に作っても食べつくし、最後は早苗の皿から必ず一切れ二切れ貰っていた彰紀。前の家の近くの踏切をすぐ渡ろうとせず、通る電車を一本見るまでは頑として幼稚園に行きたがらなかった彰紀。中学に入ってグラスホッケーに目覚め、スティックを持ってグラウンドを駆け回っていた彰紀。腰が痛くなりそうなスポーツだと夫が言うと、爺臭いと笑っていた。あのやりとりを何度繰り返しただろうか。姉のところの亮《りょう》真《ま》君は今年、社会人だ。下の夏輝《なつき》ちゃんも大学生になったと聞いた。彰紀だって生きていれば今は大学生だった。やっぱりグラスホッケー部のある大学に入っていただろうか。他の楽しいことを見つけてそちらに夢中になっていたのだろうか。「彼女がいる」なんてことを言いだしていたかもしれない。それなのに。

悲しみの発作は激しくなり続ける。ここしばらく来なかった反動なのか、今回の発作は普段のそれより激しいものだったが、早苗自身はそこまで認識できてはいない。ただ自ら悲しみを掘り返し、もっと辛いことはないかと探すように、これまで禁忌にしていたあれこれを考えている。それが罪悪感によるものだということは、早苗自身もなんとなく理解している。時が経つにつれ、悲しみの発作を客観視できるようになり、それを避ける効率的な方法を見つけて、少しずつ徐々に慣れてきてしまっている。だから時折こうして、自分の中の苦痛をすべてぶちまけたくなる。子供が時折おもちゃ箱をひっくり返し、過去に仕舞い込んだあれもこれもまだちゃんと存在していると確かめたがるように。

早苗は泣きながら顔を上げる。やはり生真面目な顔でこちらを見ている彰紀は、明らかに自分を責めていると感じる。

――母さん。どうして戦ってくれないの？

「ごめんね」

早苗は彰紀の遺影に許しを請う。そして四年前を思い出す。正月明け。明日から学校に戻るための支度をしていた。恭心学園に入学してから驚くほど礼儀正しくなった彰紀はその夜、何も言わないままロフトベッドのパイプに電気コードを結びつけ、首を吊った。


少なくともお盆に彰紀が帰宅するまで、恭心学園はそれなりに「いい学校」に見えていた。高校受験の年、進学先の候補として恭心学園を挙げたのは彰紀自身だった。最大の志望理由は、高校では数少ないグラスホッケー部があったことだ。恭心学園にはその他にも銃剣道部や居合道部といった珍しい部活があり、力を入れているようだった。全寮制というので早苗は心配もしたが、彰紀は自分の部屋の掃除も洗濯ものの片付けもきちんとしていたし、携帯をいじって夜更かしをするような癖もなかったし、生活習慣は同年代の子たちと比べてもきちんとしていた方だった。夫もそう言い、半ば寂しいのを理由に反対していた早苗は二人に従うことにした。学費は高いがその分指導が手厚いらしいし、見学に行ってみた校舎は綺麗だったし、保護者の評判も少し怖くなるほどいい。グラスホッケー部があって彰紀の偏差値に合った進学校という意味では、始めからここしかなかった。

入学式では、彰紀は周囲を見回し「もしかしてボーズが校則なのかな」と不安そうにしていた。そういえばそこを確認していなかったなと思ったが、「マジか」とうろたえてみせる彰紀はもともと髪型にこだわりがなかったようで、ヤバいと言いながら笑っていた。

その彰紀が、お盆に帰ってきた時は別人のようになっていた。早苗にも夫にも敬語で話し、「離れてみて、自分がこれまでどれだけ恵まれていたかを実感しました」と早苗たちに頭を下げた時には、不意を突かれて泣いてしまった。

だがその時点で、早苗はなんとなく不審なものを感じていたのだ。あまりにきちんとしていて、警察学校か自衛隊にでも入ったかのような彰紀は、夜になっても、翌日になってもその態度を崩さなかった。冗談でやっていて、じきにいつもの感じに戻るのだろうと思っていた早苗は戸惑い、夫も「家なんだからいつも通りでいいんだぞ」と言っていた。だが彰紀は結局その態度のまま学園に帰っていった。そしてそれは冬、正月休みで帰ってきた時も同じだった。早苗の母は目を丸くして「軍隊にでも入れたの」と言っていた。

その時に見ていた。風呂上がりの彰紀の尻の下あたりに、青黒い内出血の痕があった。早苗は「どうしたのそれ」と慌てたが、彰紀は俯いて体を隠し、「ちょっと馬鹿をやりました」と言って逃げた。後で思い返せば、一度や二度ぶつけただけでつくような痣ではなかったことぐらい、あの時に気付いていてしかるべきだったのだ。

家にいる間、彰紀はやはり堅苦しかったが、常に俯き加減であることを早苗は不審に思っていた。口数も減っている。家事を手伝ってくれることは増えていたが、楽しそうには見えなかった。早苗は「学校で何かあったの」と訊いたが、彰紀は首を振り、「何もありません。学校は楽しいです。ご心配をかけてすみません」と言った。

なぜあの時にもっと問い質していなかったのか。

その翌日。学校に戻ることになっている日の朝、彰紀の部屋をノックした早苗は、ロフトベッドからぶら下がる息子の死体を発見した。

パニックになっていたのか、それとも異常なほど冷静だったのか、早苗はよく覚えていない。首を吊っていた電気コードをカッターナイフで切り、息子の体がすでに冷たくなっていることを懸命に無視して救急車を呼び、大声で階下の夫を呼びながら胸部圧迫を続けていた。彰紀が病院に搬送されてからも、「大丈夫なのだろうか」とずっと落ち着かなかった。実際にはそんな心配をする段階はとっくに過ぎていた。彰紀は午前二時から三時頃の間に首を吊り、その時点で死んでいたのだ。学習机の上にはノートが開かれていて、白いページの隅の方に小さな文字で「お母さんすみません」とだけ書かれていた。

彰紀の死亡を告げられた病院で、早苗と夫は警察の訪問を受けた。刑事からは「自殺をするような原因に何か心当たりはあるか」と訊かれ、早苗はその時は「何もない。そんなことがあるわけがない」と答えた。痣や態度に不審なものがあったと思い出したのはもっと後になってからだ。その時は呆然として、まだ「彰紀が助かるにはどうすればいいか」と考えていた。警察は彰紀の痣について医師から報告を受けていたようで、早苗にも痣について質問していた。

夫は学校で何があったのかと、恭心学園に電話をかけていた。だがその時は、何も心当たりがないそうだ、と暗い声で報告しただけだった。

実家の両親と姉夫婦が来てくれて、彰紀の通夜になった。だが焼香が始まると、隣で早苗の肩を抱いていた夫が、ぼそりと言った。

「どうして学校から一人も来ないんだ」

恭心学園の方には連絡した。それなのに、むこうからは何の音沙汰もなかった。クラスの友達とか、教師の姿も一つもない。呆然とし、泣き、また呆然とすることだけを繰り返していた早苗に、そこで初めて、はっきりとした思考が戻ってきた。彰紀は死んだ。ではなぜ死ななくてはならなかったのか。

夫は猛然と席を立ち、携帯で恭心学園に電話をした。後を追って出ていった早苗が見た時は、夫はもう携帯に向かって「すぐ来い」と怒鳴っていた。だが結局、学校関係者が来たのは通夜が終わって夜になってからで、しかも担任も、グラスホッケー部の顧問である栗本《くりもと》という教師も姿を見せず、男子部副校長の大沼という男が一人で来ただけだった。夫は大沼を怒鳴りつけ、どういうことなのかと問い質したが、大沼は「こちらでは分かりかねます」と言い、なら担任か顧問を呼べと夫が怒鳴ると、「今日はもう連絡が」などと言って逃げた。

生徒が死んだのに、勤務時間外だから今日は来ないと、そう言っていたのだ。激怒した夫は、後から来た姉の夫に押さえられながら「教育委員会に訴える」と怒鳴っていた。

翌日の告別式にも、学校関係者は一人も来なかった。夫は教育委員会に事情を報告し、尻の下の痣についても早苗に証言させ、いじめや体罰の疑いがあると訴えた。その段階になって初めて早苗も、彰紀の死の理不尽に怒り始めていた。あの子がいきなり自殺するはずがないのだ。それに死んだのは学校に行く日の朝だった。つまり学校で何かがあったはずなのだ。それなのに、恭心学園は何一つ説明しようとしない。普通は生徒たちと共に担任や顧問などが葬儀に来て、謝罪するものではないのか。教育委員会からは「調査します」という回答があった。

翌日、早苗は夫とともに恭心学園を訪ねた。彰紀の担任か顧問に会わせてくれるよう受付で頼んだが、さんざん待たされた末、出てきたのはまたあの大沼だった。大沼は二人を見ると「面倒事が来た」というように顔をしかめた。それを見た夫が大沼に食ってかかり、なぜ葬式に出てこないのか、なぜ何の説明もしないのかと怒鳴った。大沼は頭を下げてはいたが、担任を出せ、顧問に話を聞かせろと求めても、「担任は体調を崩して出勤していない」「顧問は現在いない」といい加減に繰り返すだけで、埒が明かなかった。早苗も教育委員会に訴えた旨を伝えたが、大沼は「把握している。現在調査している」と言うだけだった。いつの間にか後ろに警備員が来ており、そのことに激怒した夫は「警察を呼ぶ」と脅された。受付でこれ以上粘っても不利になるだけだと悟り、早苗は夫を連れて退散した。
学校側からの返答は、翌日に来た。
事前には何の連絡もなかった。自宅のFAXが突然駆動音をさせ、恭心学園からの通信を吐き出し始めた。早苗にとっては到底納得できない内容が書いてあった。教育委員会からの指示に従い、恭心学園は昨日の時点で彰紀のいた一年一組とグラスホッケー部の生徒にアンケートを取り、いじめや体罰の有無を確認していたというのである。

栗本先生には毎日大変お世話になっています。熱心で素晴らしい先生です。体罰はありません。訴えた人は嘘をついています。

私は栗本先生の熱心な御指導に感謝しています。体罰はありません。

体罰はありません。

体罰はありません。私も最初は栗本先生は厳しすぎると思いましたが、先生のご指導のお陰で自分の甘えに気付くことができました。私は今、先生方に、産み育ててくれた両親に、学ぶ環境を与えてくださった日本国に大変感謝しております。栗本先生のお陰です。根拠のないデマで先生を攻撃するのは許せません。

体罰はありません。佐川君はもともとサボリがひどくて根性に欠けていました。栗本先生は悪くありません。

紙は次々と吐き出され、グラスホッケー部の一人一人に書かせたアンケートが十六枚にわたって出力された。どの紙も「体罰はありません」と書かれており、学園を疑う自分たちが間違っているのではないかと考えた。

だが、アンケートを見比べているうちに気付いた。不自然な文章だ。どの文章も奇妙に似通っているのだった。十代の子供たちなのだ。やんちゃ盛りの男の子たちのはずだ。こんなに全員が揃って、清く正しく教師への感謝を書くだろうか。「学ぶ環境を与えてくださった日本国に感謝」などと、これが本当に子供の正直な答えなのか。そう考えると、どの紙にも必ず、判で押したように全く同じ「体罰はありません」という文句が並んでいる。紙によっては、明らかに文脈を無視してその一文を付け加えているようにとれるものもある。

これは本当に正直なアンケートなのか。子供に強制して書かせたのではないか。

入学後の彰紀の態度を思い出す。自宅なのに軍隊にいるようだった。普段からそういう態度になるよう、教師が押さえつけているのではないか。

学園からの通信の最後には、明日、臨時の保護者会でこの問題を検討すると書かれていた。早苗は夫とともに出席することに決めた。担任も顧問も来るはずだ。直接会って真意を問わなければならない。


翌日、早苗は夫とともに正装し、保護者会に臨んだ。直接会って問い質せば逃げることはできない。午後三時半から一時間ということだったが、その一時間が、真実を知る最後の機会になるかもしれず、早苗は泣いた痕を化粧で隠して管理棟の会議室に入った。

しかし佐川夫妻を迎えたのは、すでに大部分が着席していたグラスホッケー部員の保護者たちの、敵意に満ちた視線だった。

言葉での挨拶はほとんど交わしていない。だが十五人ほど集まった、おそらく全員が部員の父母なのであろう集団は、早苗と夫が入るとじろりと観察し、ある者は小声で何か囁きあった。ホワイトボードを背にした奥の席に大沼がおり、それ以外の教師の姿がないことに、早苗は嫌な予感を覚えていた。

壁の時計を振り返り、それから窺うような目で早苗を見て、大沼が喋り始めた。「本日はお忙しい中……」という、他の親たちへの感謝と配慮の言葉はひどくもどかしく、早苗には不満だった。直接、言葉にこそしなかったが、大沼は明らかに「こんなことのためにわざわざ集まっていただいて申し訳ない」と言っていた。その態度に腹が立った。生徒が死んだのだ。一大事ではないのか。わざわざここまで足を運ばせたことがそんなに詫びなければならないことなのだろうか。大沼が喋っている間に、その隣にいた保護者なのか教師なのか分からない女性が静かに立ち上がり、ホチキスで留められた紙束を配り始めた。先日ＦＡＸされてきた「アンケート」であり、大沼は「みなさんすでにご確認済みかと思いますが」と言った。

早苗は夫と顔を見合わせる。教育委員会に訴えて調査をさせたのは早苗たちなのだが、その結果はすでに出席している他の保護者たちにも送られており、どうも彼らの方が状況を把握しているような顔をしている。

夫が立ち上がった。「あの、担任の先生と、顧問の栗本先生の姿がないようですが」

夫は大沼に訊いたはずだったが、なぜか右側の席にいる女性が口を開いた。

「あなた、佐川さん？」

「はい」

「栗本先生は出席する必要はありません。アンケート、ご覧になりましたよね？」女性は夫と早苗を睨みつけた。「この通り、生徒全員が体罰の存在を否定しています。根拠のないデマで栗本先生の名誉を傷つける行為はやめていただけませんか」

「いや」夫は自分の前に置かれている紙束に視線を落とし、また女性を見た。「このアンケート、不自然じゃありませんか。答えが」

「はあ?」

さっきの女性が突然大声を出した。「何言ってるの? 子供がこう答えてるじゃない」

その隣に座る女性も応じた。

「そうです。これで不満なんですか? まさかこれも捏造だって言うんですか? 捏造してるのはあなたがたの方でしょう?」

「栗本先生はあなたのデマのせいで、心労で倒れられたんです。分かってるんですか?」

「あんな熱心ないい先生にあなたたち何の恨みがあったんですか? 根拠のないデマで先生を攻撃して、どうするつもりなの?」

「栗本先生にはうちの子も大変お世話になっているんです。どうしてこんなひどいことをするんですか」

反対側に座る女性も喋りだし、立っている夫は数人から立て続けに非難の言葉を浴びせられた。早苗はその光景を呆然と見ていた。これはどういうことなのだろうか。なぜ夫が、私たちが詰め寄られているのか。逆ではないか。詰め寄られるはずなのは生徒を不審死させておきながら何の説明もなく、顧問も担任も連れてこない大沼のはずだ。

「あの、でも」見ていられなくなり、早苗も立ち上がって大きな声を出した。「私は見ています。彰紀の体には痣がありました。一度や二度ぶつけたんじゃできない痣に見えました。

医者の先生もおかしいと言っていました」

　だが、二人に対する罵声は一向に止まない。「いいかげんなこと言わないでください。体罰なんてあるわけないでしょうが」

「見えましたって何よ。あなた思い込みでデマ飛ばしたって自分で言ってるようなものよね」

「ホッケー部は部活動停止になってしまっています。大事な時期に、大変迷惑しているんです」

　早苗もまた、夫同様に立ったまま動けなくなっていた。なぜかここに集まった保護者たちは、最初から早苗たちの主張を悪意あるデマだと決めつけ、体罰など「あるはずがない」と言っている。これはどういうことなのだろうか。部活動で体罰があり、それで生徒が死んだ疑いがでているのだ。自分の子供も被害に遭っているかもしれないのだ。なぜそのことを考えないのだろうか。

「栗本先生のご指導には大変感謝しているんです。先生を傷つけないでください」

「あなた知らないの？　栗本先生は松田先生がわざわざ長崎まで出向いてこちらに呼んでくださったのよ。地元じゃ実績のある名物先生なのよ。あなた自分が何言ってるか分かってるの？」

「うちの子は先生のご指導のおかげですごく礼儀正しくなったんです。あなたのところもそうじゃないんですか？　どうして恩を仇で返すようなことをするんですか」

袋叩きだった。全方向から十数人に一斉に非難され、早苗は思考力を失った。なぜこんなことになる。悪いのはむこうではないのか。それとも本当に、私たちの訴えの方が非常識でおかしいことなのだろうか。

「なあ、あんた」保護者の中で唯一の男性が腕を組み、重々しく早苗を見上げた。「あんたの子供が死んだのは自宅だっていうじゃないか。それなら、家の方に原因があったんじゃないのか？」

一瞬、早苗の頭の中が沸騰したが、夫がその男性に向かって身を乗り出し、机がけたたましい音をたてて動いた。早苗は慌てて夫にしがみつき、腕を押さえる。

それがきっかけになり、罵声は激しさを増した。

「何よその態度は。警察呼びますよ」

「デマの次は暴力振るうつもりですか」

「家庭に問題があったんでしょう。あなたたちの非常識な振る舞いが示してるじゃないですか」

「自分に責任があったと認めたくないから、栗本先生に根拠のない中傷を」

「あんたらさあ」さっきの男性がまた言った。「息子の自殺をダシに、先生から慰謝料むしり取ろうってつもりじゃないだろうな？」

早苗は夫の背中にしがみつき、暴れる夫をなんとか抑えようと必死で耐えた。左右からたて続けに浴びせられる罵声と非難と、根拠のない中傷。机が動く音。気分が悪くなり、耳を塞ぎたかったがそれもできない。なんとかしてくれと思い大沼を見たが、大沼は一人だけ落ち着き、状況を俯瞰する様子で腕を組んでいた。

しがみついている夫の背中越しにそれを垣間見た早苗は悟った。私たちは大沼に嵌められたのだ。大沼はあらかじめここの保護者たちに根回しをしておき、例のアンケートを配り、私たちが根拠のないデマで栗本を攻撃しているクレーマーだという共通認識を作っていた。言動から考えるに、ここに集まった親たちは皆、学園長や栗本の信奉者で、私たちは宣伝のための煽り文句だろう程度に受け止めていた松田の教育論と実績に、心酔している人間たちだ。体罰死の疑いがあり、自分の子供も危ないかもしれないのに、体罰など「あるはずがない」と頭から信じ込み、教師への疑問や批判が少しでも出ると袋叩きにする。この保護者会はまるでカルトだ。そしておそらく大沼は、そういう人間ばかりを集めてこの席を設けている。だとすれば、生徒たちの「アンケート」も公正な方法で集めたとは考えにくかった。おそらく「体罰はありません」の一文を入れろと、部員たちに圧力をかけながら書かせたのだろうし、自分たちに都合の悪い回答は捨てているのかもしれない。

だとすれば、やはり彰紀は殺されたのだ。体罰、それもいじめと言うべき集中的な暴力を日常的に受け続けていたのではないか。そしてその事実が揉み消されようとしている。なぜか、同じ被害者側であるはずの保護者たちの手によって。

早苗は戦慄した。だが何もできなかった。いつの間にか呆然と突っ立っているだけになった夫から離れても、周囲からの集中砲火はまだ続いていた。本当は大声で反論し、保護者たちの目を覚まさせなければならなかった。だがどうしても声が出なかった。早苗はもともと大人しくて喧嘩のできない性格だったし、デマだ、お前たちが悪い、と言われ続けているうちに、こんなに皆から非難されるということは、もしかして本当に、おかしいのは自分たちの方ではないのかと思い始めてもいた。無論それは大沼の計算であり、「多方向から一斉に非難を浴びせられた人間は思考が停止し、どんな主張でも認めてしまう気になる」という、初歩的な洗脳の技術を用いたに過ぎなかったが、早苗も夫も抗うことはできなかった。非難が続いて吐き気がし、早苗は夫を促し、逃げるように会議室を退出した。


だが、早苗たちに対する攻撃はそこで終わらなかった。

保護者会から逃れてきたその日の夜、佐川家の電話が鳴った。早苗が取ると、「佐川さんね？」と確かめられた。はいと答えると、中年女性と思われる相手はいきなり声高に喋り始めた。「あなたねえ栗本先生についてひどいデマを流してるって聞いたけど」

突然のことで早苗が否定の言葉も口にできないうちに、電話の相手は勝手に熱くなり、早苗を罵り始めた。「自分の家庭の問題を認めたくないからって教育委員会に訴えるなんてどういう神経をしているの。あなたみたいなのをモンスターペアレントって言うのよ。うちは松田先生のおかげで子供が治って大変助けられてますからね。あなたみたいなのを聞いて黙ってるわけにはいかないのよ。うちの親戚には官僚もいるのよ。栗本先生は心労で休職なさってるのよ。あなたこれ傷害罪よ。あなたのしたことは名誉棄損罪の不法行為で」

早苗は電話を切り、ケーブルを壁から引き抜いた。

佐川夫妻への攻撃は翌日からも続いた。自宅の電話は繋がないようにしていたが、なぜか早苗の携帯に見知らぬ番号からかかってきた。家の郵便受けに「名誉棄損」「モンスターペアレント」「クレーマー」といった罵倒の言葉とともに抗議文が綴られた手紙が入れられていた。夜になると、自室に籠もっていた夫が白い顔をして出てきた。夫はパソコンで恭心学園の保護者が集まるＳＮＳを見ており、そこでの書き込みに早苗は吐き気を覚えた。

教育委員会はこんなデマを本気にしたんでしょうか

まさにモンスターペアレント。法律で罰する方法はないんでしょうか

おそらく慰謝料目当て。栗本先生は責任感が強い方だから、うっかり応じてしまわないように私たちで支えてさし上げなければ

生徒から聞いたところ、例の自殺した子は「家に帰るのが憂鬱」だと言っていたらしいです。間違いなく家庭教育に何か問題があったんでしょう。虐待されていた可能性も大きいです

SNSにはリンクが貼られており、どうやら匿名掲示板でも、「社会　生活」のカテゴリーで、息子に関するスレッドがすでにできているようだった。

子供が自殺したから体罰のデマを流して慰謝料ゲットだぜ　【モンペ速報】

見出しの段階ですでに吐き気がしていたが、夫も見ていただろうそれを、早苗も確認しないではいられなかった。こちらの書き込みはほとんど無関係の人間による無責任なものだったが、時折「関係者だけど」と言って全く根拠のない中傷を書き込む者もいた。

こういうモンペ逮捕できないの?

子供が死んだら金になる　日本終わったな

この夫婦知ってる。前も別の学校でクレーム騒ぎ起こして慰謝料とか言って揉めてたよ

なんだ常習犯か　さすがにこれは警察も動くだろ

子供が可哀想　子供は親を選べない

関係者だけどこの母親って昔キャバクラで働いてて、子供も客の子らしい

被害者ビジネス　かの国の人たちがお得意の手口ですね

佐川って苗字は在日だよ　むこうではよくある苗字の日本語読み

マウスを動かす早苗の手が震えていた。これは一体どういうことなのか。「佐川」という名前がすでに特定されて晒されている。スクロールしていくと、早苗と夫、それに彰紀のフルネームと生年月日、それに住所も町名まで晒されていた。明らかに保護者か、あるいは教員の誰かがリークしたのだ。掲示板をスクロールさせていくと、あまりの酷さに吐き気がす

る一方、滑稽さに笑いも漏れてくるような書き込みが続いていた。佐川家は在日韓国人。早苗はキャバクラで働いていた（彼らにとってそれはどうやら嘲笑の対象であるらしい）。夫婦で恐喝まがいのクレームをつけて食っている。彰紀は少年院に行っていた。生活保護の不正受給をしていた。滅茶苦茶だった。だが誰もそれに疑いを挟む者はいない。

ポケットに入れていた携帯が鳴った。姉からだった。

「……ねえ早苗。あんた何か心当たりある？」

開口一番そう言ってきた姉に「何に？」と返すと、姉は言った。

「今日、うちの夏輝の携帯に知らない番号から電話がかかってきたらしいの。留守電も入ってて、知らない男の声で『クレーム一家の方ですか』って」

「……え？」

「携帯はすぐ解約させたんだけど、もう気持ち悪くて。メッセージは消しちゃったらしいんだけど、何か笑いながらいやらしいこと言ってきたみたいなの」

彰紀と同い年の姪の顔を思い浮かべ、早苗の顔から血の気が引いた。

早苗と夫はすべての訴えを取り下げ、自宅を引き払った。

戦うことなど思いもよらなかった。周囲のすべてが、自分たちをモンスターペアレントだと決めつけている。それ以外の悪質なデマを訂正して回る方法もない。自宅には手紙や電話が届き、表の道でフラッシュが焚かれたような光が見えたこともあった。引っ越し直前、取材と称して週刊誌の記者が来たが、こちらの状況を訴えるのは危険すぎた。どう書かれるか分からないし、この状態では「週刊誌を使ってデマを流した」とますます攻撃されるに決まっている。そして何より、無関係なはずの夏輝ちゃんが危険にさらされている。

彰紀の遺影の前で嗚咽を漏らしながら、早苗はその時のことを思い出している。遺影に対し必死で弁解をしている気分になっている。だって、仕方がなかったの。夏輝ちゃんまで。

遺影の彰紀は、うずくまる母の後頭部を生真面目な顔で見つめている。

19

かすれた声を作るのがポイントなのだ。体調が悪い、ということのアピールにもなるし、何より「こんなこと口にしたくない」という恥じらいと、対応せねばならない先生方への申し訳なさがにじむ。わたしはいかにもだるそうな顔で額を押さえ、体育の宮入《みやいり》に歩み寄った。

「山口さん。列に並びなさい」

生徒を叩くためにいつも持ち歩いている物差しをさっそく抜いた宮入に、わたしは素早く言った。「あの、わたし、お腹がちょっと……」

「はあ?」

目をむいてこちらを睨む宮入によく見えるように、下腹部を押さえてみせる。「その、わたし……あれが、駄目で」

具体的な単語は言わない。それでも、わたしが言わんとすることをいち早く察したらしい宮入は、いかにも煩わしくてたまらない、といったふうに顔を歪めた。「あなた前もそれ、なかった？」

「……わたし、いつもなんです。今回はひどくて……」

消え入りそうな声を作ってそう言うと、宮入は髪をかき上げ、わたしにも聞こえるくらい派手に舌打ちした。「保健室」

わたしは無言で頷き、口や下腹部を押さえながらゆっくりとした歩調で体育館を出る。クラスの誰かが宮入に質問したようだったが、宮入は「いいから続けなさい」と怒鳴っていた。それを背中で聞きながら、塀の近くにある女子部管理棟に向かって歩く。解放感とささやかな勝利の喜びで、つい足取りが軽くなってしまう。

馬鹿なものだ。

恭心学園の教師たちのこの性質を発見したのは夏頃だ。彼女らは「生理」という単語に弱い。普通は授業中、生徒が自ら体調不良を訴え出ることなどできないし、仮に訴えたとしても、矢場《やば》先生とか西《にし》先生とか、一番ましな先生の授業でない限り「甘えるな」「演技をするな」とさらに叱られるだけだ。だが、「生理」だけは違った。生理痛とか吐き気とか目眩とか、とにかく「生理」を理由にした途端、ここの教師はさっと対応を変える。そんな汚らわしい単語を口に出すな、そんな汚らわしい状態を皆に晒すな——そう言いたげに、わたしをさっさと保健室に追いやろうとする。ここの教師たちにとっては、生徒の生理などというものはいわば「穢れ」であって、考えたくもないし関わりたくもなく、できれば存在すらしてほしくないものらしかった。ましてその存在を他の生徒に意識させるくらいなら、さっさと保健室に隠す。おそらく「純潔教育」とか言っている手前、否応なく女子生徒の「性」と結びついたこの現象を敵視しているのだ。アホかと思う。保健室の金尾先生によれば、月経はなければ人類が存続できない大事な体の機能だし、きちんとそれが来るというのは健康の証だし、自分の体を大事にしなければということに気付かせてくれる体からのメッセージでもある。先生の言葉を借りれば「生理がいけないならあんたたちは木の股から産まれてきたのか」という話である。だが他の教師たちはそのあたりの矛盾は頑なに認めようとしない。このあたりはうちの母親と同じだ。そのせいもあって、恭心学園には生理不順になっている子がおそろしく多い。

わたしはそれを利用し、こうして時々、授業をサボって保健室に逃げ込んでいる。保健室の金尾先生はどうしてこの学校にいるのだろうと思うほどまともな、それどころかわたしのいた「娑婆の」中学の先生と比べても優しいくらいの人で、わたしは大好きだった。先生はわたしの心情を察してサボらせてくれたし、保健室内では誰にもばれずに学校への文句が言えた。あまり派手に言うとどこで誰に聞かれるか分からないから自重はしていたが、とにかく、恭心学園の外でなら当然あったはずの自由が、部分的ながら保健室にはあったのだ。先生は自分がこっそり机の中に隠し持っていたお菓子を（糖分補給用と言っていたけど）「内緒ね」と食べさせてくれたこともある。他にも何人かいるらしかったが、わたしは保健室に入り浸るメンバーの一人だった。あまり頻繁にこの手を使いすぎると教師に目をつけられ、またそれ以前に生徒たちの中で浮くことになるから危険なのだが。

上履きは教室棟に置いたままなので靴下で管理棟の廊下を歩く。十一月とはいえ今日は冷え込みが厳しいようで、綺麗に磨かれた床が冷たい。早く、と思うが早足になったところを見られるのもまずい。

「あなた」

警戒していた通り、階段を下りてきた教師にいきなり声をかけられる。服装や髪型は大丈夫かととっさに手をやって確かめながら「はい」と応えて気をつけをする。管理棟内で捕まったのは初めてだったので何を言われるか恐ろしくなったが、「生理痛で保健室に行く」と説明しようとすると、教師は宮入同様、やはりみなまで聞かずに顔をしかめ、わたしは追い払われるように解放された。ようやく保健室の前に辿り着き、わたしはあくまで弱々しくノックする。

中で机に向かっていた先生は、来たのがわたしだと分かるとふっと微笑んだ。

「山口さん。今日はどうしたの？」

今日は、と言われるほど常連になってしまったが、先生の声には非難する調子はない。授業をサボっていることはお互い承知しているので、わたしも「いえ、体調不良で」とか「ちょっといろいろで」「あれこれで」と適当に答える。それでも先生は、他の生徒がいない限り許してくれるのだった。保健室の空気はいつも暖かく柔らかく、外の冷たさととげとげしさで毛羽立った全身の肌がふっと緩む感覚がある。

私はベッドに座り、パソコンに向かって仕事をしている先生の背中とぽつぽつ言葉を交わしていたが、ふと思いつき、前から訊いてみたかったことを尋ねてみた。

「……先生、どうしてサボらせてくれるんですか？」

「サボらせてるつもりはありません。体調が悪い生徒を休ませてるだけです。保健室はそういうところだもの」

先生はパソコンの画面を見ていくつかマウスを操作すると、椅子をくるりと回してこちらを向いた。

「……まあ、あなたみたいな子を見るとほっとするのよ。ここの子たち、みんなちょっと真面目すぎるから。っていうか……」

先生は言葉を探す様子で、わたしのベッドの脚のあたりを見ている。「……従順すぎる、と言った方がいいかもしれない。あなたたちみんな、体育の授業でも何でも、体を壊してまで無理をするでしょう？　夏の熱中症とか、腹痛とか生理痛とか。どうしてそんなになるまで我慢するのか訊いても『授業中だから』『勝手に抜け出すのは規則違反だから』って。あなたたち一年生はまだいいけど、二、三年生はまるで保健室を『いてはいけない所』って思ってるみたい。……私の前の人、何やってたのかしら」

最後は不満げな呟きになった。確かに、わたしの他に一人二人いる巧妙なサボり常習犯たち以外は、みんなそんな感じだ。我慢しすぎたあげく廊下で倒れて金尾先生を呼び、第一声が「お騒がせして申し訳ありません」だった同級生も、わたしは見ている。

「それにみんな、教師に対する態度が硬すぎる。私が前いた学校じゃ、相手の教師次第だけど、生徒はもっとフランクに教師に接してた。ここじゃ生徒はみんな教師をひどく怖がってるし、二言目には『規則が』って言う。他の子たちからも、何度か話は聞いてみたけど……」

「あー……そうですね。刑務所です」わたしは足をぶらぶらさせる。こんな動作一つとっても、この部屋以外では安心してできない。「生徒を痛めつけるのが趣味の奴もいるんで、みんな怖がって逆らえないんですよ。下手に目立つとそれ以前にまずクラスの人に目をつけられて、いじめられるし」

先生の表情が曇る。「……やっぱり、相当いじめが常態化してるのね。いじめられてる子を見たら、困ったら保健室に来るように教えてあげて、って頼んでるんだけど」

宍倉さんの顔を思い浮かべ、わたしは首を振る。「……なかなか来ないと思います。すでに目をつけられてる子が保健室に通うようになったら、それを理由にますますいじめられるし、告げ口されて懲罰ですから」

先生はその単語を聞くと顔をしかめた。「やっぱり、おかしいわ。この学校」

「……ですよね？」恐る恐るだが、訊いてみる。誰かに聞かれたら懲罰では済まない発言だ。

「ここも、外見はまともなんだけどね」金尾先生は嫌そうに溜め息をつく。「……復職する時にちょうど募集があったから、よく確かめずに来ちゃったけど……」

わたしは急に不安を覚える。「先生、辞めちゃうつもり、とか……」

「そういうわけにはいかないでしょう。少なくともここの実態がはっきりするまでは」

先生は否定してくれたが、少なくとも、と条件をつけたのが気になる。せめて、わたしの卒業まではいてほしい。次の保健室の先生が優しい人であるという保証はどこにもない。金尾先生が辞めてしまったら、わたしの逃げ場所がなくなってしまう。わたしはベッドのシーツを握りしめる。

だが先生の方は、何か別のことで考え込んでいる様子だった。

「……ちょっと訊いてみたいのだけど、山口さん」先生はわたしを見る。「あなたの周りに、男子部の生徒の知り合いとか、いない？　友達のお兄さんとか、そういうので」

「男子部……ですか」

同じ学校とはいえ高い塀で敷地を分けられているし、通用門のところに張りついて覗いてみたところで、見つかったら「不純異性交遊の疑い」でかなりやばい懲罰になる。わたしたち女子部の生徒にとって、隣の男子部は「壁の向こう」の未知の世界だった。外出中に街で男子部の生徒を見かけることもあるが（制服で坊主だからすぐわかるのだ）、話しかけたり話しかけられることはもちろん、じっと見ただけで「不純異性交遊の疑い」になるのだ。こっちに来ないように、と思いながら遠目に見かけるだけの男子部の生徒は遠い存在だったが、それでも、噂としては伝わってくる。

「……わたしは知り合い、いないです。あっちはもっとひどい、って噂ですけど」

「二年生の藤本英人君のことは知ってる？　柔道部の」

「藤本……」いきなり知らない名前が出てきた。「いいえ。だって男子ですよね？」

それなら知るわけがないじゃないかということを言外に伝えると、先生も分かっている様子で「そうよね」と答えた。

「その人、何かやったんですか？」

先生はどう答えようか迷った様子で視線を外したが、何拍かの沈黙を挟んでから、静かな声で言った。

「……亡くなったの」

わたしは黙って、次の言葉を待っていた。どう反応すべきかまだ分からない。

「ちょっと難しい話でね。私がこのことを知りたがっている、ということ自体、ばれちゃまずいの。あなただから信用して話すのだけど……」

先生はわたしの目を覗き込むようにする。わたしは無言で頷き、それでは足りないかもしれないと思って「はい」とはっきり言った。大丈夫。わたしを信用してほしい。先生は視線を外し、「そうよね」と一人で呟いた。先生にとっても、他人に話すには勇気のいることらしい。

先生はぎし、と椅子を鳴らし、それからもう一度ドアを見て、言った。

「……藤本英人君は少し前、柔道部の練習中に事故死してるらしいの」

先生は一言一言、区切りながら言った。

わたしはつい訊き返してしまう。「事故死って、この学校でですか？　最近？」

「ええ」

全く知らなかった。男子部のことだし、女子部に柔道部はないのだ。

でも、と思い、わたしは机の上のパソコンに視線を移す。こういう場合、本当に、全く知らないのが普通なのだろうか。同じ学校なのだ。教師から何か説明ぐらいはあってよさそうなものだ。もっともテレビのニュースなどは、わたしたち生徒はほとんど見られないわけだけど。

「私のところにも具体的な話は何も入ってこなかった。だけど……うまく言えないけど、ちょっと不審な状況なのよ」先生はそこで言葉を切り、困ったように首を捻る。「だから、もし周りに、柔道部員でなくても誰か……男子部の生徒の関係者がいれば、って思ったんだけど」

「すいません。いませんけど……けど」思い当たることがあった。「柔道部……」

先生の目がわたしを捉える。その仕草で、先生が切実に「関係者」を探しているのだと分かった。

「……うちのおじいちゃん、柔道やってたんです。今もたぶん、稽古はしてますけど」

先生は黙ってわたしを見ている。

「わたしが恭心《ここ》に入れられる時、唯一反対してくれたのがそのおじいちゃんだったんです。うちは母が絶対にわたしをここに入れたかったみたいで、一度は、うちに来たおじいちゃんと母で喧嘩になりました」

あの時はわたしも居間にいた。ただ座って縮こまっているだけだったが、祖父に加勢していればよかったと後悔している。

「……その時、おじいちゃんが言ってたのをちらっと聞いたんです。『あの学校は危ない噂があるんだぞ』って。おじいちゃんが反対してる理由はそれみたいでした」

きしり、と椅子が鳴る音がした。先生が座り直したのだ。わたしは先生を見て言う。

「わたしはその時、途中で席を立っちゃったので、その『危ない噂』がどういうものなのか、詳しくは聞いてません。でも、おじいちゃんは誰かからそれを聞いたみたいでした。誰なのかは、おじいちゃんに訊かないと分かりませんけど……」

わたしはそこまでしか言えなかったが、この話がかなり先生の役に立ったらしい、ということは、先生の目を見て分かった。

「山口さん」先生は手帳を出しながら言った。「……私の知り合いが、あなたのおじいさんに会いたがるかもしれない。連絡先を教えてもらっていい？」

20

普通の家だな、と思った。だが正確にはただの普通の家ではなく、「昭和の普通の家」というべきだろう。ブロック塀に囲まれた瓦屋根の二階建て。紫色で半透明の屋根に埃が積もったカーポート。まあ、三軒ほど先に当然という顔で葡萄園《ぶどうえん》があったのがこのあたりならではと言えなくもないが。

家の外もきちんと掃除しているらしく、表札の「山口利道《としみち》」という文字は綺麗に黒光りしていた。中に通されて玄関に上がるとすぐ目の前に、二階に上がる狭くて急な階段がある。靴箱の上にはアロエの鉢があり、一部だけ茶色く欠けた肉厚の葉が、揺れもせず静かに僕たちを迎える。こういう家を見ると「実家だな」という気がする。

利道さんに案内されたダイニングのテーブルには初老の男性が一人座っていて、僕たちが入ると、席から立ち上がって挨拶をしてくれた。

「藤本英人の従兄の、藤本拓也です」

「篠田沙雪です」

沙雪ちゃんと並んで挨拶をする。利道さんは、今女房が出かけてるから、と言いつつ慣れた手つきでお茶を入れてくれた。茶会というのんびりしたものではなく調査、というよりすでに「捜査」なのだが、それでもまずは持参した最中《もなか》を出す。

この間会った女子部の金尾先生から連絡が入ったのだった。保健室によく来る山口唯香《ゆいか》さんという生徒の祖父が、学園のことについて何か知っているかもしれない、と。母親が避けているため、唯香さんは何年も前から祖父の家には行っておらず、住所も電話番号も分からないそうだったが、山梨県笛吹市《やまなしけんふえふきし》という地名と、唯香さんが昔、親の車で行った時の記憶から住所は分かった。沙雪ちゃんはハローページから電話番号を確認し、アポも取っていた。

利道さんの隣に座った初老の男性は徳原《とくはら》です、と名乗った。利道さんの行っている道場の後輩で、昨年まで高校の柔道部で顧問をしていたらしい。なるほど利道さん同様に、耳朶《じだ》の潰れたいわゆる「柔道耳」をしているし、肩や二の腕の筋肉がすごく、四角い印象だ。それなのに可愛らしいレモンイエローのカーディガンを羽織っているのがなんだかアンバランスでおかしく、禿げ上がった頭をつるりと撫でる仕草が好印象だった。

「山口《ヤマ》さんから聞きました。この度は大変、お気の毒でした」

そう言って頭を下げる徳原さんに応じて、こちらも頭を下げる。沙雪ちゃんはすぐに本題に入った。

「電話で山口さんから伺いました。恭心学園の柔道部を、練習試合で見たことがあるそうで」

徳原さんが頷く。利道さんが恭心学園を不審に思ったのも、徳原さんから恭心学園柔道部の印象を聞いていたからだという。

「いや、練習試合で対戦したというだけですから、その時の印象でしかないのですが」徳原さんは言った。「どうも顧問の教師がね、やたらと生徒を怒鳴るんです。試合中でも関係なく」

「厳しかった、ということですか？」

利道さんが徳原さんを見る。徳原さんは額に皺を寄せて言葉を探している様子だったが、視線をテーブルに落としたまま腕を組んだ。

「……厳しいのはいいんですよ。でも、あれはそういう感じじゃなかった。ただやたらと怒鳴っているだけで、顧問の教師が、自分の感情をぶつけているだけに見えました。つまり……ですね」徳原さんは続けて言った。「厳しくするというのはつまり、相手の成長のために、妥協しない態度をとることです」

「はい」沙雪ちゃんが頷く。

「たとえば、生徒を怒鳴るとしてもですね。試合後半になるとどうしても消極的になってしまい、いつも反則をとられている生徒がいたとしますよね。その子が消極的になってしまった時に『何やってんだ！　行け！』と怒鳴るのなら、それはまだ『厳しさ』なんです。でもね、たとえば生徒が試合に負けた時に『何やってんだ！』って怒鳴るのは、指導でも何でもないじゃないですか。生徒は精一杯やったのに、負けた、という結果だけを見て怒鳴られても、何にもなりません。それは『厳しさ』ではなくて、ただ教師が、自分の苛立ちを発散させているだけなんです」

さすがに元教員だけあって、徳原さんはよどみなく話す。「恭心学園の顧問、あれは何と言ったか名前は忘れましたが……」

「芦屋正親《まさちか》です」沙雪ちゃんが言う。ちゃんとフルネームを調べていたようだ。

「ああ、そうですか」徳原さんが頷く。「その芦屋という教師ですが、あれはまさに、それでした。怒鳴っていても、内容が全く具体的じゃないんですよ。『何やってんだ』とか『この馬鹿』とか。『てめえなんか辞めちまえ』とかも言ってたな。それに殴っていました。平手で、こう、何度もね」

「殴って強くなりゃ苦労しねえよ」利道さんが憤然とした様子で言う。「選手が勝てねえのは、てめえの指導がなってねえからじゃねえか。恥じるとこだろうよ普通は」

「それが分からない指導者が多いんです。柔道だけじゃないんですけどね」徳原さんはそう言い、それから少し仕切り直すような調子になって沙雪ちゃんと僕を見た。「ただね、一番気になったのはそこよりも、むしろ生徒の方でしてね」

「……生徒、ですか」隣で沙雪ちゃんも身を乗り出している。

「あの学校の生徒がね、まるで兵隊みたいなんです。坊主頭でね。殴られたり怒鳴られたりすると、こう、ね。びしっとお辞儀をして『ありがとうございました』って叫ぶんです。その様子がどうもね、部内ではいつもそうなんだな、って分かる感じでしてね」

顧問に、いや教師には絶対服従。僕もネットなどで恭心学園のことはいろいろ調べてみたが、確かにあの学校はそうらしかった。だが、血気盛んな男子高校生がそう簡単に、そこまで従順になるはずがない。あの学校では何か、相当強圧的な方法が採られているのだ。だとすれば、顧問である芦屋の独裁帝国であろう恭心学園柔道部で、仮に芦屋が何か「まずいこと」をしても、それを生徒が告発できる雰囲気はないだろう。

「……徳さんからそれ聞いてたからね。あの恭心学園については、俺もインターネットなんかで調べたんだよ」利道さんがお茶をすすり、「ちょっと薄かったな」などと呟きながら言う。「だいたいは『素晴らしい』って意見なんだけどね。でも、それ全部、預けた親が言ってるだけなんだよ。で、逆の噂もあった。あの学校はどうも、前の学校を体罰なんかで辞めさせられた人間を呼び寄せて雇っているらしい、っていうね」

沙雪ちゃんが頷いた。

「それに関しては、こちらも少し、調べました。女子部はまだ分かりませんが、少なくとも男子部の教師には、同じような評価がある人間が複数いました。体罰や暴言などがひどく、問題を起こして処分などをされているんです。それどころか、体罰事件で懲戒処分を受け、辞職していた人間も複数いました。その一方では、『熱意がある』という形で、いい評判もある。……出身地も前の勤務地も全国にばらけていましたから、全国からそういう教師を集めたんでしょう」

初耳だった。だが利道さんと徳原さんは、さもありなんという顔で頷いている。

「そういうのを『熱意がある』って言って歓迎する保護者も、確かにいます。殴ったり怒鳴ったりするのを見て、『それだけ本気なんだ』ってね」徳原さんは少し早口になった。やはり経験上、言いたいことがあるのだろう。「でもね、私に言わせりゃそれって本当に『熱意』なんですかね。では、決して手を出さない教師は熱意がないんですか。感情のままに怒鳴り、殴り、理由もろくに説明せず、とにかく厳しくせよの一辺倒で、暴力への恐怖で言うことを聞かせる教師。どう言えば伝わるかを工夫して、理由を説いて聞かせ、生徒が自らルールを守ろうとするように導く教師。怠けているのはどちらで、熱意があるのはどちらなんでしょうね」

僕は頷く。なんとなく想像がつく。ただ強圧的で横暴なだけの「熱意ある教師」をありがたがるのは、やはり「教育熱心な」親なのだろう。恭心学園はおそらく、その二者の共犯関係で成り立っている。たとえば「教育熱心な」親がああしろこうしろと過剰に干渉する。小学校くらいまではいいだろうが、子供は次第に反発を始める。もともと子供を思い通りに動かすことしか考えていない親は、反発の原因が自分にあるとは考えもしないだろう。そして「もっと厳しくしてもらえば」と考えて子供を恭心学園に入れる。今度は恭心学園の「熱意がある」教師が、子供を殴って従わせるわけだ。

そういう教育環境を想像した時、僕の背中にはうすら寒い感覚が走るのだ。そういう教師が「行きすぎた指導」により生徒を死なせてしまったとして、教師は素直に誤りを認めるだろうか。親が自分の態度を反省するだろうか。

「それでね、俺は調べたんだが」利道さんが言う。「恭心学園の生徒、二年ほど前に一人、自殺してるようなんだ。……それも、同じ柔道部の部員だ」

沙雪ちゃんを見る。だが彼女はすでにそれを調べていたのか、特に表情を変えず、小さく頷いただけだった。

「ただ、俺のインターネットが下手なのかもしれないが、自殺したという生徒の名前は分からない。それに、この件は特に事件にも問題にもされた様子がなくてね。そういうことがあったらしい、というだけで、それ以上は分からないんだ」

「……こちらでも、調べてみます」沙雪ちゃんが答える。

「ええ。……藤本さん」

利道さんが座り直し、背筋を伸ばしたので、僕と沙雪ちゃんもそうした。切りのいい時刻になったのか、ダイニングの時計がかしゃり、と音をたてた。

「どうか、よろしくお願いします」利道さんは頭を下げた。「孫が……孫の唯香が心配なんです。もしあの学校に何かあるのなら、今度こそ息子と嫁を説得して……いや、引っぱってでも辞めさせなくちゃいかん」

皺の寄ったその表情から、僕には分かった。利道さんは、息子の嫁——山口唯香さんの母親が唯香さんを恭心学園に入れるのに、最後まで反対していたらしい。だとすれば、あの時に自分がもっと頑張っていれば、という気持ちがあるのだろう。

「私はね、怖いんですよ」利道さんは僕と沙雪ちゃんを見る。「ああして軍隊みたいにして、ただ盲目的に命令に従えと……全体に奉仕しろ、と強制する。それじゃあまるで、戦中の軍国教育じゃないですか」

体育祭の時に見た恭心学園の生徒を思い出すと、確かに軍隊のようだったと思う。いや、現実の軍隊なら兵士を壊さぬよう配慮するだろうし、士気が下がらぬようガス抜きもさせる。そしてもっと柔軟に、合理的に生き残るための方策を教えるだろう。あれは「そういうのが好きな人」たちのための、ファンタジーの「軍隊」だ。

「私自身は戦後の生まれです。でも親父は戦死しましたし、お袋から、戦中のひどい話はたくさん聞いてます。贅沢は敵だと言われて楽しいことはみんな禁止された。近所同士で密告しあい、他人のあら探しをして非国民だとがなりたてる奴が一番威張っていた……」利道さんは言う。「まだ子供だった自分たちは工場に動員されて爆弾を作らされた。男の子たちはお国のために死ねと言われて、手榴弾を持って戦車に突撃しろと命令された、と」

そのくらいは僕でも知っている。学徒動員に学徒出陣。ひめゆり学徒隊の死。住民が手榴弾で自爆してゆく悲惨な沖縄戦。そして戦争が終わると、大人たちは百八十度言うことを変えた。あれほど「お国のために死ね」と叫んでいた教師が日の丸を引きずり降ろして捨てた。

軍国主義に全体主義。滅私奉公と殉死。そういったものにロマンを感じる人間がいるのは知っている。だがそういう人たちの「ロマン」はあくまで他人の滅私奉公であり、他人の殉死なのだ。かくあれかしと叫ぶ人間ほど、自分が苦労をする気はない。自らが前線に行くなどとは全く思っておらず、後ろで号令をかけるだけのつもりでいる。松田が色々な場で唱えている教育論は、僕もネットで見た。あの男はまさにそういう人間だった。

僕は利道さんに礼をして、調べてみます、と約束した。

だが実際には、捜査は難航した。英人君はとっくに荼毘《だび》に付されているし、死亡診断書を書いた富市医院は口をつぐみ、咲子おばさんも同様である。浩二叔父さんはそもそも関心がないらしい。そして金尾先生も、女子部の養護教諭、というだけでは、そうそう情報収集をする手立てがない。二年前の生徒の自殺についても調べてみたが、結局、利道さんが知っている以上のことはどこにも出ていなかった。

つまり、手詰まりな状況は変わらなかったのだ。そのまま一ヶ月が過ぎ、二ヶ月が過ぎ、年が替わって、進展なしの状況が続いた。沙雪ちゃんもまだ独自に聞き込みなどをしているようだったが、収穫はないらしかった。

だが二月のある日、その状況が一転する。

21

――日本代表の菱伊《ひしい》大輔《だいすけ》選手は高校時代、松田先生の指導を受けていたことになりますが、「高校時代の指導があったおかげで今の自分があると思う」と言っていますね。

そのように理解してもらえるのは本当に嬉しいことですね。やってよかった、と。

しかしプロ選手でもオリンピック選手でも、大成する選手ほど理解していますよ。学生時代に厳しい練習に耐えてきたからこそ今の自分がある、監督は怖かったけど熱意があった、とね。怒鳴ったり殴ったりするのは、それだけ選手を気にかけて、選手のために本気になっているということです。

——殴らないのは本気ではないからだ、と？

必ずしもそうとは限りません。絶対体罰はしない、と決めて本気でやっているつもりの人もいるでしょう。

でもね、私はそういう人に訊きたいんです。それで結果が出せるんですか、と。たとえば恭心学園の場合、新設校でありながら、創立十年で菱伊君のような結果を出した。おたくはどうですか、と。周りを見てください。スポーツの世界で結果を出した選手の中で、体罰絶対反対なんて言っている人がどれだけいますか？　そんなことを言って成功している指導者がどこにいますか。子供はきつい練習を嫌がるし、放っておけば楽な方に行きたがります。それで勝負の世界でやっていけるんですかと。

体罰絶対反対なんて言う人間は結局、子供に嫌われるのが怖くて叱れない親と一緒です。自分が嫌われたくないから、厳しくすべきところで厳しくしない。それを「人権」という言葉でごまかしているだけなんです。本当に子供のためを思うなら、たとえ自分が嫌われてでも厳しくやらなければならない。子供のために一番必要なことは、結果を出してやることですから。

恭心学園の場合、菱伊君ばかりが取り上げられますが、彼だけじゃない。恭心学園では、部活動に退部者が出ませんでした。十五年間で一人もですよ。誰一人として脱落せずに卒業まで耐え抜いている。やればできるんですよ。耐えているうちに強くなる。

――結果は出している、と。

そうです。

それと、私は現在の、人権人権と言って子供に甘いだけの風潮に危機感を覚えています。単にその子供の将来というだけでなくて、これは十年後、二十年後の日本の危機です。

日本という国は本来、何もない国だということを忘れてはいけないんです。国土は小さい。資源もない。日本人は体格にも恵まれていません。その日本がこれほどの経済大国になり、戦中には国土も人口もはるかに勝るアメリカと互角以上の戦いをしていた。なぜそれができたかといえば、これは昔の日本人に「精神があった」からに他なりません。だって物量が足りないんですよ？　普通に考えたら絶対無理じゃないですか。でも戦中は、米兵は精強で勇猛果敢な日本兵を恐れていました。実際に、熟練兵は一人死ぬまでに米兵を十人倒すぐらいが普通だった。それはなぜかといえば、当時の日本人には「精神があった」からなんです。必勝の精神。忠義の精神。堅忍不抜の精神。資源でも体格でも不利な日本人は、精神で米兵を圧倒していたんです。それしか手段がないからです。

現代の日本人はそのことを忘れかけている。精神まで失ったら、日本の凋落《ちょうらく》はますます加速します。戦後の経済成長だって、月月火水木金金の気持ちで必死に働いたからなし得たものじゃないですか。欧米人にも中国人にもない、日本人唯一のこの武器を失ったら、今後三十年で日本は下流国に転落します。それを止めなければならない。

22

なるべくしてなったのか、それともただの偶然か。両方だという気はする。もともと俺は、恭心学園を支配する理不尽な全体主義、密告といじめの蔓延、そしてその手段として飛び交う身体的精神的、さらには性的暴力に反吐《へど》をこらえながら生活していた。今この瞬間、地球に巨大隕石が落ちてきて世界ごと学園が消滅したならどんなにすっきりするだろうと思っていた。そういう気持ちを喉の奥二センチの浅さでぎりぎり飲み下しながらの生活だったのだ。だから今でなくても、いずれこういうことになっていたと思う。

だが、俺がこの日「やらかしてしまった」のは、完全な偶然だった。

二月上旬の土曜日のことだった。その日は柔道部の練習が午後からで、俺はいつものように、ほとんど唯一の楽しみと言っていい本を借りに図書室へ行っていた。図書室の本の帯出は一回に二冊までしかできなかったので、あちこちで売らなくてもいい喧嘩を売り自分からどんどん敵を作っていくジャン・クリストフの今後が気になって仕方がないまま一週間も放置してしまったのだ。窮屈な社会から飛び出し、自由奔放に芸術を追究して自由奔放に貧乏するジャン・クリストフの行動はまさに「生きざま」というやつで、彼の傍に寄り添いそれに憧れる単純な俺と、彼を冷笑的な目で見るつまらない俺と、その二人の俺を面白がって眺める思索的な俺が分裂し、またそれを眺める四人目の俺が生まれる。そうやって別世界に行き、無限に俺が増殖する。読書は楽しかった。

そんな様子でようやく三巻にありついたものだから、俺はつい借り出す前に、図書室の椅子を引いて机で読み始めてしまった。司書の先生はうるさいことを言わないが、図書室には規則違反の監視用に死角なくカメラが設置されている。そんな落ち着かない場所よりは寮の自室で読むべきだったが、その時はたまたまこらえられなかったのだ。

ページをめくり、すぐ次のページをめくるために左側のページに右手を添え、しばらく読んでからはっとする。あまり前のめりになって覆いかぶさるように読むのは「本に何か隠しているのではないか」と疑われてよくない。ここには監視カメラがあるのだから。

顔を上げてついカメラの方を見そうになり、ぎりぎりで止める。監視カメラをじっと見るという行為も、場合によっては指導の対象になる。監視に対して抗議しているかのように解釈できるし、「監視カメラを意識して行動している」ということ自体がそもそも、「見られているから規則を守っている」のではないかと、行動姿勢を疑われるに充分だった。少し迷う。やはり部屋に戻るべきだ。だがもう少し読みたい。しかし、不審な動きをした直後に本を閉じて部屋に戻れば、あとで映像を確認した教師に疑われるかもしれない。

迷いながらページをめくる。目は文面を上から下へ、また上から下へと追っている。

もともと俺は生徒間のいじめに参加しないし、自由時間でもつるまずに本を読んでいる「変わり者」なので、その分行動には気をつけなければならない立場だった。全体主義の管理社会では、理由や態様を問わず、ただ「皆と違う」というだけで敵視されるのが普通なのだ。加えて俺は、例の「十一人」を忘れていない、という秘密を持っている。だから本当は、目立つ図書室通いはほどほどにすべきなのだ。だが窮屈なこの生活の中で唯一の娯楽まで制限するのは辛すぎたし、逆にそのストレスで精神のバランスを崩してぼろが出る結果になるかもしれない。そう自分に言い訳をして、危険な図書室通いを続けていた。

しかしよく考えてみれば、恭心学園が生徒を管理するためにこれだけ手間をかけている一方で、図書室の本を自由に閲覧させているというのは、驚くべき手落ちだった。生徒の図書室通いというのは、学園側にとっても危険なはずなのだ。本を読むと頭を使うようになる。盲信というものができなくなる。俺の定位置である岩波文庫の棚だけを見ても、処女の美しさを賛美する『三人の乙女たち』だの、それどころか処女の肉体賛美甚だしい『伊豆の踊子・温泉宿　他四篇』だの、明らかに生徒の「よからぬ欲望」を刺激するものもあったし、

『ラ・ロシュフコー箴言集《しんげんしゅう》』など、もっと危険な「批判的思考能力」を生徒に身につけさせてしまいかねないものもあった。もし生徒が全員本を読むようになったら、学園は多かれ少なかれ俺みたいなところのある奴ばかりになり、この学校の管理体制など成立しなくなるだろう。合理的根拠のない序列を押しつけて被支配者をコントロールする権力者の手法、自らそれに迎合する被支配者の狡さ、根拠のない戒律を盲信する心理からいじめられる立場の者が浸るマゾヒスティックな快感まで、本を読めばいずれは理解し、管理者側の手の内が分かってしまう。つまり教師より賢くなってしまうのだ。なのに図書室は、漫画や娯楽小説を置かない、というだけであとは放置されている。なぜだかは分からない。本を選んで入れたのは司書の先生だろうが、一度読めば「不適切」だとはっきりする本が山ほどあったから、あるいは学園長も教師たちもろくに本を読まないのかもしれなかった。

知らず前のめりになってしまっていることに再び気付き、やはりここではまずい、と本を閉じて、いつもカウンターの中に閉じこもってろくに顔すら上げない司書教諭に頼んで帯出の手続きをする。常に処分を言い渡された直後のような死んだ目をして、陰気に本の紙面だけを追っているこのやる気のない司書のおかげで、図書室の監視は若干緩いのだ。『ジャン・クリストフ』の三巻と四巻。今週の楽しみはこれだ。

廊下に出たところで、なぜか平出とすれ違うことになった。壁に背をつけ、一体何に苛ついているのか教室にいる時と変わらぬ仏頂面の平出を規則通りの敬礼でやり過ごそうとすると、平出はなぜか立ち止まって俺を見た。

「どこに行っていた」

「図書室です」

ここで整容指導かと思ったが、どうも風向きが違う。平出は俺の持つ岩波文庫を見た。

「お前は読書をしてるのか」

「はい」

それだけでは答えが足りないかもしれない。俺はとっさに考え、直立不動で言った。「これは事実上、ベートーヴェンの伝記のようなものだと知り、興味を持ちました」

「伝記が好きか」

「偉人の伝記はためになります」視線をやや斜め上に外したまま答える。恭心学園の教師たちは例外なく偉人伝が好きなのだ。「不平不満を言わず、若いうちに人の三倍努力すること。そして何からでも学ぼうとすること。二宮尊徳も松下幸之助もそうしてきました。自分もそれに倣いたいです」

「いいことだ」平出はなんと褒めた。「若いうちにたくさん本を読め」

「はい。ありがとうございます」

適度に抑制のきいた大声を工夫しつつ答えると、平出は何もせずに去っていった。俺は再び歩き始めながら、これは一体何なんだろうと思った。こういう時に限って、ここの教師たちはどうしてこうも素直なのだろうか。

この学校の制度も、教師たちの態度も、彼らの考え方は「子供を信用しない」が大原則のはずだった。放っておくと子供ははまりこんで馬鹿になるから携帯もゲームもテレビも禁止。放っておくと子供は自制心なく食べ続けるから菓子も禁止。快楽に溺れるから異性との接触も禁止。縛りつけておかないとすぐにだらしなくなるから整容指導。尻を叩かないとすぐ怠けるからスパルタ授業。そういう方針だったはずではないのか。甘くすると無限に増長するから殴って苦労をさせろ。いくらでも嘘をつくから弁解を許すな。そういう態度ではなかったのか。彼らは一片たりとも子供を信用しておらず、常に疑いの目を向け、子供に対してだけは異常なまでの性悪説で警戒していた。

それがこれは何だ。ちょっと教師が喜びそうなことを言ったら、その時だけはあっさり信用して頬を緩める。うんうん俺たちの教育は間違っていなかったなと悦に入る。なぜ、自分たちの望むことを言った時だけあっさり性善説になるのか。嘘でごまかそうとしているとは思わないのか。普段はそうじゃないか。「言い訳をするな」だの「甘ったれるな」だの言って、正当な弁解もすべて「口答え」として殴り、少しでも気に食わないことがあると「反抗するつもりか」と殴ってきたではないか。このダブルスタンダードは何だ。

これまでもぼんやりと考えてきたことだったが、はっきりと分かった。要するにそういうことだった。彼らに一貫した考えなどなく、ただ単に自分たちに都合のいいことを子供に押しつけているだけなのだ。個別の事情など考慮せず、すべて殴って強引に従わせる。俺たちは偉いのだ敬えと強制し、さっきのように道を開けさせてふんぞり返る。社会のルールを覚えるためだとか理不尽に負けない強さを身につけるためだとか言っているが、要するにその方が自分たちが楽で、気持ちいいからだった。厳しくしろ殴れ敬わせろ口答えをさせるな。そういうやり方をしていれば、生徒の興味を引き出す工夫をしなくても授業を聞かせられる。理由を説明しなくても規則を守らせられる。たとえ生徒が「殴られたくないから教師の前でだけ従って見せている」だけでも、とりあえず外面は整うから「実績」をでっちあげられる。脅しつけ、殴り、限界以上に勉強をさせれば進学実績もあがるだろう。そして何より、押さえつける側の自分たちは気分がいい。好きな時に呼びつけて好きなように殴れる。いじめられる。現に整容指導の時の平出は実に気持ちよさそうだった。坊主頭の子供たちを一列に並ばせ直立不動をさせ、自分はゆっくりとその間を歩きながら、さてどいつをやってやろうかと周囲を睥睨《へいげい》し物色する。視線を送ればそいつは縮みあがる。怒鳴りつけて殴れば「ありがとうございました」と叫ぶ。さぞかし気分がいいことだろう。

薄暗い廊下を歩きながらそう考えると、今日の二時間目も整容指導をした平出の顔が思い出され、むらむらと腹が立ってきた。あの馬鹿が。だいたい国語の教師のくせに『ジャン・クリストフ』も読んでないのか。何が「厳しくするべき」だ。何が「苦労させるべき」だ。お前らがいいだけじゃないか。だいたい、そう考えてみれば五戒がそもそもひどい。俺たち子供だけが社会のルールを遵守し、自分の利益より社会全体を考え、大人に感謝する。じゃあお前ら大人は何だ。得するばかりじゃないか。この恭心学園は、一部の保護者から絶大な支持を得ているという。当たり前だった。子供が苦労して、大人は気持ちよく楽をするのだから。

考えるうちにますます怒りが燃え上がる。怒りは連鎖し、怒りがそれそのものを燃料にして新たな怒りを呼ぶ。普段はこんなふうにならないのに、なぜ今になって、特に何もないこの瞬間になっていきなり爆発するのか、俺自身もよく分からなかった。さっきの平出の馬鹿さ加減が着火剤になったのか、それともジャン・クリストフに影響されたせいか。これまでさんざん罵倒され、殴られ、辱《はずかし》められてきたのに、それによってではなく逆に「褒められた」ことをきっかけに怒りに火がつくというのは意外であり、自分のことながら奇妙な心理だと、頭の中のまだ燃えていない部分で思った。だが怒りの炎はもう止めようがなかった。それまで抑圧していた恨みつらみがずるずると繋がり、あれもそうだこれもそうだったと記憶が呼び覚まされ、もう、すべて出尽くすまで止まってくれそうもなかった。心の片隅には、今の自分がまずい状態になっていると心配する冷静さもわずかに残っていた。きっと不満が顔に出てしまっている。そういう顔で校内を歩いているだけでも「何が不満なのだ」と問い詰められ、受け答え次第では懲罰点をくらう危険がある。それでもこらえられなかった。俺は、俺たちは不自由なのだ。漫画ひとつ読めず、ネット一つできず、楽しいことはみんな禁止されて、理不尽な強制と暴力に怯え、尊敬と服従を強制されている。普通の高校生はこうではないはずなのに、なぜ俺たちだけがこんな、なぜ俺たちだけがこんな、刑務所の方がましなような青春を送らねばならないのか。なぜ俺たちだけがこんなにも自由を奪われる。

その気分のまま大股で寮に戻った。寮の部屋に誰かがいれば、まだ警戒して普段の顔を作ったと思う。だがその時はたまたま、誰もいなかった。俺はその気分のまま柔道着を出し、部活に向かったのだった。

袖を掴む手を引く。しっかり手首を返して前方に大きく。それと同時に踏み込んで背中を向ける。全身で掴んだ相手を引く。石松の体がよろける。手を離して向きあう。袖を掴む。襟を掴む。袖を掴んで手を引く。しっかり手首を返して前方に大きく。踏み込んで背中を向ける。

この位置は嫌だなと思うのに、一本打ち込むごとに石松がふらつき、どうしてもこの位置に戻ってしまう。入口側の試合場、右奥のライン際。角が二か所毛羽立ったこの畳と、その隣の畳の上。この位置は、嫌だ。だが呼吸が苦しく、口の中は数十分前からすでにからからで声が出ない。汗が眉毛を越えて目の中にしたたってくるが、拭っている暇はない。体落《たいおとし》の打ち込みはどうしてもかけられる方がふらつくので、速やかに連続させるためにはかけられる側にもある程度のコツが必要なのだが、石松はそれが全くできないので、一回ごとにどうしても時間のロスがある。それが積み重なって俺たちの組だけだいぶ遅れている。早い組はもう体落が終わりかけているのに、俺たちはこれから交替して石松が百本打ち込まなければ次に行けない。あと何本だろうか。終わったらすぐ石松と交替になるが、技をかけられる方は大声で本数を数えなければならない。だが声がちゃんと出るだろうか。石松が「あく」と叫び俺から離れようとするので反射的に追ったが、おわりおわり、と言っていることに気付いて手を離した。さっきのは「ひゃく」と叫んでいたつもりらしい。百本。次は石松の番だ。

「急げ」

ここまで背負投、大外刈《おおそとがり》、内股と続けてやってきたからとっくに息絶え絶えなのだが休むわけにはいかない。受ける側の石松がばてているようだが責められない。百本続けて技をかけてから、休む間もなく技を受け続け叫び続けるのだ。喉が嗄れて声がかすれるが、稽古中に水を飲むなと言われている。今は冬だから喉だけで済む。空気の籠もった柔道場で、夏場は地獄だった。

相変わらず安定感のない石松の踏み込みを受けて「一」と叫ぶ。怒鳴り声が飛んできて一瞬身が縮んだが、まずは一旦無視して続ける。すると怒鳴り声は二つ隣の上総川たちに向けられたのだと分かった。その間も打ち込みは続けている。練習中、怒鳴り声は数十秒に一回の間隔で常に飛び続けているので、いちいち動きを止めていてはいつまで経っても終わらないのだ。上総川が「すいません」と叫ぶ声と、ばちん、と張りとばされる音が聞こえる。誰もそちらを見ない。見ている暇などないし、誰かが怒鳴られるか殴られるのもいつものことなのだ。見るほどのものでもない。

恭心学園柔道部の打ち込みはとにかく本数が多いのが特徴だった。百本、というと少ないように感じるが、七、八種類の技それぞれに百本ずつなのだ。休憩はなく、移動打ち込みなどのバリエーションもなくひたすら通常の打ち込みだけを数多く繰り返す。その間、顧問の芦屋は奥の壁際のパイプ椅子に脚を組み腕組みをしているが、たるんでいる者を見つけては間断なく怒鳴り、あるいは殴っている。「声が小さい」「手を抜くな」「ちんたら動いてんじゃねえ」――理由はだいたいそんなところで、これ以外の何かであっても大同小異だった。もっとも芦屋の方はお茶なり何なりのペットボトルを持参しているから喉が嗄れるということはない。

くそったれ、と思う。いつも思っているが、今日は特に怒りが強い。こんな稽古で強くなれるのか。ただ闇雲に数をこなすだけじゃないか。俺たちは無駄な苦労をさせられている。パイプ椅子にふんぞり返っている柔道着姿の芦屋を見る。奴はおそらく、自分のことを「鬼コーチで名コーチ」だと思っている。それが腹立たしい。昔の部員に菱伊大輔がいるからだ。だがあれは別に芦屋の教え方が良かったわけじゃない。たまたま才能のある選手がいただけじゃないか。ただ根性根性とわめくだけなら九官鳥でもできる。なんなら俺がコーチを替わってやろうか。お前なんかよりよっぽど部を強くしてみせる。

「二十三」

呼吸の合間をぬって声を張り上げる。辞めたいな、と思う。柔道は小学校からやっていたが、こんなに毎日怒鳴られ、殴られまでして続けるほど好きだったかどうか、今では分からなくなっている。ただ辞められないから毎日ここにいるだけだ。

そう。辞めることはできないのだった。辞めたいなどと言いだせば反抗ととられて重い指導がくるに決まっているし、そもそも全員が運動部に強制入部の制度であり、中学の頃のように退部というシステムがあるのかどうかもよく分からない。それ以前に、退部などと言いだせばあいつは根性なしだと認定され、寮や学級でのポジションが下がる。だから石松のような明らかに不向きな奴もまだ部員なのだ。そしてそういう奴が部内でいじめられる。皆、逆らえない顧問から毎日怒鳴られて殴られている。だから自分たちも、逆らえない奴をいじめなければもたなかった。

「二十九」

声を張り上げ続けている間は気持ちが切れないから、動き続けることはできる。ばてきっている石松の打ち込みはもはや技ではなく、同じ動作をひたすら繰り返すだけの奇妙なダンスになっている。これは怒鳴られるなと思うがよそ見はできない。体勢を立て直す動作に紛れさせてさっと壁際の時計に視線をやる。五時五十分過ぎ。今日は乱取りまでで終わるな、と思う。

技をかけた石松の方がなぜかふらついた。

「グズ松。てめえ何ふらふらしてんだ」間髪容れずに芦屋の怒鳴り声が飛んできた。

芦屋が石松を怒鳴る時の発音には三種類あって、通常の「グズ松」とやや早口で最初の「グ」にアクセントのある「グズ松」、最も苛ついている時は今のような「グーズーまーつ」と伸ばして最後の一音にアクセントを置く怒鳴り方になる。ただ、理由は分からないのだが、俺はその響きに何か甘ったるいものを感じてしまう。新婚の妻が無意味に夫の名前を呼んで甘えるシーンのようだとも思う。三ヶ月前まではこのアクセントで藤本が怒鳴られていた。「ふーじーもーと」がそのまま「グーズーまーつ」になったのである。怒鳴られる部員は毎日違ったが、石松だけは毎日怒鳴られた。今日は石松の他に誰が怒鳴られるのか、という感覚なのだ。だから石松は「芦屋のお気に入り」などとも言われる。石松からしたら冗談じゃないだろうが、意外とこれは正鵠を射ているのかもしれなかった。ちなみに俺たちが一年の頃、石松を「グズ松」と呼び始めたのも芦屋で、それが生徒に広がった。

今日は走り込みがきつかったが、それ以外にどうも石松は調子がよくないらしい。数分前から動きが妙に緩慢だったが、怒鳴られた今も反応が鈍く、虚ろな目を芦屋に向けただけだ。

「何だその顔は。文句あるのか」

芦屋は大股でやってくると、いきなり石松を力一杯平手打ちした。石松は殴られた勢いでそのまま横倒しになり、バウンドするようになりながら畳に倒れた。隣の武藤たちが脚にぶつかられて慌てて場所を変える。

「立て。誰が寝ていいと言った」

芦屋が襟首を摑んで引きずり起こす。石松は下を向いたまま無言で立ち上がった。それを芦屋がまた右、左、と殴る。石松は大きくよろけ、膝をついた。

だが何も言わず自分の顔を見もしない石松の様子を、芦屋は反抗的なものととらえたらしい。ますます激昂して怒鳴った。「何フラフラしてんだ。疲れたふりしてりゃ許してもらえるだろうってか？　甘ったれんな」

芦屋は逆上癖があり、キレるとわけがわからなくなる。周囲で打ち込みをしている連中が動きを止め、気配を殺して俺たちから離れる。また石松がやられる時間が始まった、ということを察したのだろう。

芦屋の集中的な指導が始まると、俺たち部員の間には共通の、「これで済んだ」という感覚が走る。石松が殴られている間は練習を止めていていいから一息つけるし、その日は石松以外に指導が来ることはあまりない。それゆえの、微妙な安心感を含んだ感覚だった。だが誰も、露骨に喜べはしない。皆、明日は我が身かもしれないとどこかで思っている。

ひと通り石松を殴った芦屋は、それでもまだ石松からはきはきとした反応が返ってこないことに苛ついた様子で怒鳴った。「受身《うけみ》、百」

百かよ、と思う。芦屋の与える罰は二十、三十の次は五十だが、その次はなぜか倍の百になる。だいたい途中で受ける生徒が動けなくなり、それを理由に何発か殴られて終了するから、「百」がきちんと百で終わることはほとんどないのだが。

芦屋が俺の方を向いて怒鳴った。「小川。貴様がやれ。体落だ」

「はい」

俺は直立不動になるしかない。「受身」は腕立て伏せやスクワットと同じく芦屋がよく与える罰で、二十なら二十回、五十なら五十回、任意の誰かに同じ技で投げられ続けるのである。投げる方はばてれば途中で交替を命じられるが、罰を受ける側はとにかく、その数に達するか途中で動けなくなるまで投げられ続けなければならない。

「おい石松。受身いくぞ」

ちゃんと受身がとれるのか心配でそう言うが、石松はひゅ、ひゅ、と大きく鳴らして肩で息をしたまま顔を上げない。だが俺が体落をかけると、石松は一応きちんと畳を叩いた。やんわりと優しく投げていては俺が殴られるし、「大丈夫か？」などと声をかけることもできない。芦屋は、自分に聞こえない部員同士のやりとりはすべて自分をごまかすための密談であると断ずるようなところがあったから、「しっかり受身とれよ」と囁くこともできない。

俺は再び投げた。周囲の部員たちが、二、と唱和する。これが百まで続くのだ。俺は途中で交替だろうが、代わりに投げる奴が庄司や高杉《たかすぎ》あたりでなければいいがと思う。なにしろ無抵抗な相手を好きなだけ投げ飛ばしていいのだ。調子に乗って痛めつける奴も出てくる。

だが、八まで投げた時、立ち上がった石松が急にぐにゃりとよろめいた。

「おい」

摑んだままの襟を引っぱって立たせようとする。だが石松は全く反応せず、そのままどさりと畳に寝てしまう。

「何寝てんだ」案の定、すぐに芦屋の怒声が飛ぶ。

俺は石松を起こそうとして気付いた。顔色が真っ白だ。これは意識がないのではないか。

「起きろグズ松。誰が寝ていいつったんだ」

芦屋が怒鳴り、俺から石松の襟を奪い取って引き上げる。だが石松はぐったりしたままで、怒鳴り声にも反応しない。

「グズ松」

芦屋が石松の顔を平手打ちする。右から。次に左から。石松は頑なに反応しない。

だが、その石松の顔を見て、俺は背筋がすっと冷えていくのを感じた。演技じゃない。これはやばい。

「せ、先生」

つい声がどもる。だが、やばいのだ。おそらくほとんど意識がないのではないか。「やばいです。石松、意識がないかもしれません」

「ああ?」芦屋が振り返って俺を睨む。「黙ってろ。貴様も次は受身百だ」

「いえ、あの」

「何だ貴様。口答えするな」

「で、ですが」疲労と恐怖で言葉が出ない。「そいつ死ぬかもしれません」

そう言った瞬間、柔道場の空気がさっと冷えて固まった。芦屋は目を見開いた。それだけでなく、周囲の部員たちも動きを止めている。

――死ぬかもしれない。

必死でそう口にした俺は、ああやはり、と気付いていた。やはり皆、忘れていないのだ。直接訊いても「知らない」と答えるだろうし、本人たちも意識の表層では「知らない」つもりになっているかもしれない。だが完全に忘れ去り、なかったことにするなど無理なのだ。藤本英人も、今のような状況で死んだ。その記憶。おぞましい記憶はおぞましいものほど、どんなに拭いきったつもりでも意識の深層にしつこくこびりつき、残り続ける。だから今の反応なのだ。

俺は皆が動けない間に石松を運ぼうとした。だがぐにゃりと脱力する石松の体がなぜこんなにと思うほど重い。もう死んでいるのではないかと怖くなったが、石松は細く息をしていた。

「おい、誰か……」

言おうとしてやめた。皆、困ったように突っ立っているだけで動かない。石松を保健室に運んでいい、という許可が出ていない以上、勝手に俺を手伝えば「指導妨害」であり、懲罰点がつく。無論俺にも絶対につく。何しろ教師に口答えしたのだ。三点か四点か。いや、タブーに触れたと見做されれば一発で集中指導になる。

でも、と呟きながら、石松をなんとか背負う。さっき立っていた位置の、畳の感触がまだ足の裏に残っている。俺は何も手伝ってくれない奴らを心の底から軽蔑した。こいつが死んだらお前らのせいだ。お前らはまた見過ごすのか。藤本だってここだった。ちょうどこの畳の上だった。覚えていないとは言わせない。

例の十一人の名前が頭の中で繰り返される。

二年一組・高杉。二年一組・庄司。二年一組・上総川。二年一組・岸田――

突然足が横に払われ、俺は背負った石松もろとも畳の上に横倒しになった。肩を打ちつけられ、呻きながら見上げると、首筋に血管を浮き立たせた芦屋が俺を見下ろしていた。

こいつが足を払ったのだ。

そう理解した瞬間、胸のあたりに生じた熱いものが一瞬にして頭に上った。

「何すんだてめえ」

怒鳴りながら石松を押しのけ、立ち上がる。芦屋を睨みつけていた。「邪魔しやがったな。助けようとしてたんだろうが。てめえこいつを殺す気か」

一瞬、反応が遅れたかに見えた芦屋の顔が、怒りでぐしゃりと歪んだ。「何だ貴様。何だその口のきき方は」

「うるせえ。てめえ人殺しじゃねえか。偉そうにしてんじゃねえ」

芦屋の背後に、部員たちの姿が見える。目の焦点を合わせたのは一瞬だったが、唖然として突っ立っているのは分かった。場の空気が凍りついている。

だがもう止まれなかった。どうせ「口答え」で懲罰だ。それならとことんやってやる。いつか言ってやろうと思っていたことが山ほどあるのだ。

「死にそうな奴助けて何がいけないんだ。死ぬの眺めてろって言うのか。てめえそれで藤本殺したじゃねえか。また殺すのかよ」

「何だと」

「うるせえ低脳。毎日毎日気分で殴りやがって。威張るんならまともな練習メニュー組んでみろよ。ただ怒鳴ってるだけなら猿でもできるんだよ」

芦屋が突進してきて、気がつくと俺は殴られ、倒れて天井を見ていた。この野郎殴りやがったな、と頭が再び沸騰する。だが体を起こそうとすると横から蹴られた。そちらを向くと今度は背後から。誰だ、と思う間に部員たちがわっと集まってきて、背中と脚を蹴られる。反撃しようとしたら一斉にのしかかられ、動けなくなった。

「てめえら。殺してやる」

なんで芦屋の味方をするんだ。それなら同罪だ。全員殺してやる。

そう思って叫んだが、顔から脚までのしかかられてもみくちゃにされ、体が動かせなかった。その間に耳を蹴られる。顔の前に乗っていた奴がどいたと思ったら顔面を踏みつけられた。腕で顔を守ろうとしたが、押さえつけられていてそれもできない。

俺は全身を滅茶苦茶に殴られ、蹴られた。手足が解放された瞬間に体を丸めて横向きに畳にうずくまったが、全方向から続く衝撃は止まなかった。痛みはあまりよく分からず、目を潰されたり歯を折られたりすることだけが怖かった。

教師に反抗した。それもかなりはっきりと。それだけで集中指導決定だ。だが俺は、タブーのはずの藤本のことも叫んでしまった。おそらくこちらの方が重要だった。事態を重く見られれば、一発で一〇一教室行きになるかもしれない。俺は終わりだ。

柔道場の木の壁と、部員たちの道着の脚が見える。目の前に星が散り、目に何か入って視界が赤くなった。俺は目を閉じた。腹を蹴られて息ができず、むせながら、これはまずいと思った。痛みはよく分からないので、とにかく息ができないことだけはなんとかしようと努めているうちに、がつん、というひときわ強烈な一撃が後頭部を襲い、金属のようなものがぶつかる奇妙な音が頭の中で響く。かろうじて覚えているのはそこまでだった。

23

――つまり、現代の子供は叱られる体験に飢えている、と？

実感としてそう思いますね。叱られるということはその時は嫌ですが、後々になってためになるし、本気で叱ってくれる大人というのは、本気で自分のことを考えてくれているわけです。だから叱られるということは、大人の愛情を感じられることでもある。

ある時ね、私は電車の中で、他の乗客の子供を怒鳴ったことがあるんです。母親は子供を見もせずに携帯に夢中。子供は好き勝手に車内を走り回っていました。静かにしろと怒鳴ると、母親はこちらを睨みましたが、子供の方は興味津々という顔で私を見ているんです。ああこの子は叱ってもらった経験がないのだな、と分かりました。

——そうした子供は言うことを聞きますか。

むしろそうした子供の方が素直ですよ。実際、熱意をもって厳しく叱れば、子供は最後には必ず、子供らしい素直さで言うことを聞くようになるんです。子供はもともと大人の言うことを聞くように本能ができているんです。それを甘やかすことばかりするから、この本能が鈍ってしまう。

学園でも、問題を起こす生徒はゼロじゃありません。ですが、そういった生徒でも、手厚く集中的に指導をすれば、自分がいかに甘えていたか、教師がいかに生徒のためを思っているか、最後には理解するようになっています。何にでも反抗していたような悪ガキが、指導の最後には人が変わったように素直になり、涙を流して教師に感謝する——なんていうことも、うちじゃよくありますよ。

24

あそこまで、あそこまで、とぼんやりする頭で考えながらただ水を掻くことだけを考えていた。あそこまで。早く。早く。あそこまで行けば。

　呼吸のリズムが乱れ、喉に水が入って急激に苦しくなる。止まるな、と思う。あそこまで止まるな。だがもがいて姿勢を戻そうとしても、体は悪夢の中にいるようにゆっくりとしか動いてくれない。いや、本当は普通に動いているのかもしれない。分からないのだ。水の冷たさは最初の数瞬で痛さに変わり、その数分後にはもう体表が麻痺して水の感触が分からなくなっていた。だいぶ前から手足の感覚もほとんどなく、動かすたびに襲ってくる激痛以外何も判別できないほど麻痺してしまっている。自分がまだ溺れずに泳いでいることが不思議だった。ただ伸ばし、曲げ、水を掻く。それだけを考え続けているから、なんとか浮いていいられるのかもしれなかった。

指先が不意に硬いものにぶつかり、突いてしまった中指と薬指に、別種の痛みが新たに生じる。自分が前に進んでいたことに気付く。いつの間にかターンしている。一瞬前方を向いたら、視界の中で上下する水面のむこうに、反対側の壁がはるか遠くに見えた。苦しい。冷たい。痛い。寒い。次はあそこまで。助けてくれ。

息継ぎの瞬間にプールの天井が視界に入る。明かりがついていないプールは薄暗い。前へ進んでいる気がしなかった。だが速く。速く泳がないと終わらない。だが自分が速く泳いでいるのかのろく泳いでいるのかよく分からない。蝸牛《かたつむり》のような速度でしか進んでいない気がする。水着が脱げそうになっているようだがよく分からない。穿き直す余裕はない。気のせいかもしれない。苦しい。あそこまで。向こう側まで行けばあと一往復だ。だがあそこまで行けるのか。行けたとして、そこからまた行って戻ることなどできるのか。水が重い。何も聞こえないはずなのに、頭上から降ってくる怒鳴り声だけはなぜかはっきりと認識している。遅い、と怒鳴られた。速くしないと。

どうしてこんなことになったのだろう。どうして俺が、俺だけがこんな目に。

連続する腕と脚の激痛の中、感覚などないはずなのに、自分の顔を温かい涙が伝っていくのが分かった。俺は泣いている。泣きながら泳がされている。あと一往復。だが本当にあと一往復で終わるのだろうか。

集中指導二日目。俺は冷たい水が張られたままの真冬のプールを泳がされていた。命じられたのは自由形で五十メートルを二十本。だが途中で、「遅い」という理由で十本追加された。やっぱりこうなった。連れてこられた場所が、温水設備がないため冬場は使われていないプールだったので、最初から嫌な予感はしていたのだ。

昨日の午後、芦屋に反抗した俺は、部員たちの手によって滅茶苦茶にリンチされ、さらに逆上した芦屋に殴られ蹴られ、首を絞められ、畳に転がされた状態で集中指導を言い渡された。連絡を受けて応援に来たらしき数名の教師に担ぎ上げられ、柔道場から出された。出される一瞬、石松が起き上がっているのがかすかに見えた。

いっそ大怪我をして動けなくなっていればまだ休むことができたのかもしれなかったが、すぐにうずくまって防御姿勢をとっていたため、よく見ると俺はたいした怪我をしていなかった。数か所の打撲傷と左目の上の切り傷の他は手足の擦り傷程度で、骨折も捻挫もなかった。教師たちは俺を座らせ、そのことを確かめると、そこからすぐ集中指導が始まった。

集中指導を受けるのは初めてだった。恐れてはいたが、現実の集中指導は、それまで想像していた最悪のものですら極楽だと思えるほど過酷だった。芦屋と、応援でやってきた体育の目黒と中島。その三人を中心に殴られながら叱責を受けた後、芦屋が俺にまず命じたのは腕立て伏せ百回だった。その時はまだかすかに気力が残っていて、こうなればもうとことん反抗してやる、意地でも反抗し続ければ、教師たちも呆れかえって教育放棄してくれるのではないかなどと、今から思えばあまりに甘く考えていた。むろんそうはいかなかった。腕立て伏せの指示を無視して突っ立っていると殴られた。それでも立っていると横に控えていた目黒と中島が出てきて、芦屋と三人がかりで俺をプールサイドの床に押し潰した。ごりごりと硬い床に額を押しつけられ、鼻の頭を擦られ、それでも動かずに抵抗していると、突然激痛が走った。

いや、あれが激痛だと気付いたのは一瞬後だった。背中の一点を中心に、皮膚をすべて剝がして剝き出しになった肉を剣山で引っかいたような凄まじい痛みが走り、頭の中が爆発して真っ白になった。舌が突き出る感触で、自分が絶叫していることを知った。見えなかったが、おそらくスタンガンの電撃だった。うつ伏せに倒れた俺はそこでしばらく意識が途切れ、気がつくとそのまま地面に突っ伏していた。意識が戻ってもしばらく体は動かなかったが、「腕立て伏せ百」と怒鳴られると、俺は信じられないほどの馬鹿力で体を持ち上げ、「はい」と叫び、凄まじい勢いで腕立て伏せを始めていた。意地とか反抗とか、練っていた作戦とか教師への怒りとか、そんなものはすべて一撃で吹き飛んでいた。それほどまでの激痛であり、俺の肉体は脳よりずっと早く、あれから逃げるためなら全力で何でもするという態勢になっていた。腕立て伏せをしながらも俺は、どうか電撃が来ないでくれ、またあれが来たらどうしよう、と、吐き気を伴う恐怖に追いまくられていた。もともとの打撲傷が痛むのもあって力が入れにくく、四十五回で腕が張った。六十回でぱんぱんになり、どうやっても鼻先をプールサイドの床のブツブツから離せなくなったが、頭上から「さっさとやらんか」と怒鳴られるとまだ体は動いた。いや、動こうとした。だができないものは、どんなに必死になってもできるはずがないのだった。七十回までは背中を反らし、歯をぎりぎりと噛み、呻き声をあげながら一回ずつ山を越えていたが、七十八回で腕が突然、発狂した別の生き物のように痙攣《けいれん》し、手が滑って顔から落ちた。この程度か、甘ったれるな、と怒鳴られ、二度目の電撃に俺は甲高い悲鳴をあげた。二度目の電撃による苦痛は一度目より長く尾をひき、俺は十数秒の間、激痛に悶えながらぎくぎくと痙攣した。絶叫し続けることでわずかなりとも激痛が和らぐのか、そんなものは全く意味がないのか分からないが、それでもとにかく絶叫し続けずにはいられなかった。

そこからはもう、とにかく電撃を避けることしか頭になくなった。スクワット三百回を命じられ、腕立て伏せと電撃で消耗しきっていた俺は、腕しか使っていなかったはずなのに体が重く、百六十三回で動けなくなった。するとまた怒号が降ってきた。「貴様は甘ったれだ」「はい。自分は甘ったれです」「貴様は馬鹿だ」「はい。自分は馬鹿です」「貴様はこの程度の課題もできない無能だ」「はい。自分はこの程度の課題もできない無能です」怒号のままに応えた。電撃の恐怖は絶叫で紛らせるしかなかった。なぜか、絶叫している間だけはきっとやられない、という思い込みがあった。

腕も脚も限界になった俺にはさらにシャトルランが科せられ、途中で倒れると平手打ちと罵声を浴びせられ、ふらふらになった俺の意識が曖昧になった頃、なぜか俺は力強く温かい腕に抱きとめられた。芦屋が耳元で怒鳴った。「だが俺は貴様を見捨てん。貴様に最後まで根性をつけてやる」

連続する苦痛からの解放と、苦痛から「助けてもらった」ありがたさで、俺は涙を流して芦屋に感謝していた。「はい。ありがとうございます」俺は本気でそう叫んでいた。休憩が与えられ、かと思うといきなり立てと命じられ、シャトルランがひたすら続いた。息が苦しくなると「甘ったれるな」と怒鳴られた。頭の中は白濁しながら嵐になり、俺は電撃の恐怖から逃れるためひたすら走り、突然来る目黒と中島の「五戒」の号令に素早く応じて五戒を叫び、また走り、時々休憩を与えてもらい、しばらく後には水を飲む権利さえ与えてもらった。俺は泣きながら感謝し、怒鳴ってくる芦屋に対し素直に応えた。「申し訳ありません。自分は愚かでした」「なぜ愚かなのだ」「こんなによくしてくださる先生方に反抗した自分は愚かでした」「規則違反をした貴様は自分をどう思う」「規則違反をした自分は自分を愚かだと思います」

本気でそう叫んでも罰は続いた。本心からは反省していないのだから当然だったが、そもそも本心とは何なのかが分からなくなっていた。疲労と激痛と恐怖で頭がおかしくなっているに違いなかった。走らされ、かすれる声で反省の弁を叫んでいるうちに、俺は本気で自分の愚かさに腹が立ってきた。むらむらと湧く怒りを、先生方のありがたい指導にいきがって反発し、守るべき規則を勝手に破った幼稚で甘ったれな自分にぶつけた。「自分は甘えていました」叫びながら涙が出ていた。こんなに罰を受けるなんて自分はなんと愚かなのだろうか。そんな自分にこんなに熱い指導をしてくださる先生方はなんと優しいことだろうか。何十度目かの絶叫の後、俺は言われた。「今日はここまでだ。休んでよし」「ありがとうございます」「だいぶよくなった」「ありがとうございます」気がつくと周囲はほぼ真っ暗であり、わずかに見える壁の時計の針が八時半を過ぎていた。プールを出ることは許されなかったが、夕食は与えてもらった。口の中が切れていて痛かったが、俺は正座したまま夢中で食べた。プールのシャワーを使うことは許されたが、お湯が出ないため、歯をがちがち鳴らしながら水で汗を流した。震えながら、自分はなぜこんな目に遭わなければならないのだろうかと思った。それさえ分かれば全力で直すのに、と思った。だが疲労と肉体的ダメージで頭が使えず、その答えは先生方が教えてくれるまで待つしかなかった。そしてプールサイドにいつの間にか持ち込まれた毛布にくるまって眠った。意識がなくなるように眠りに落ち、床のごつごつした感触で目覚めた。

二日目の今日は、朝から目黒だけが隣についている。日曜だし、芦屋たち全員がずっとついているわけではないのだろう。叩き起こされた俺は午前中、やはりプールサイドに運び込まれていた机につき、ずっと反省文を書かされていた。三十枚書けば終わりだと言われ、ようやく外に出られる、と思ったが、それは甘かった。目黒はようやく書き上げて渡した原稿用紙の束を受け取り、二枚か三枚だけめくると、「全く駄目だ。反省の気持ちが見えない。書き直せ」と怒鳴り、俺の目の前でびりびりと破り捨てた。また一からなのかと絶望した俺は「手が止まっている」と怒鳴られながら再び書き上げたが、やはり二枚か三枚見ただけで破り捨てられ、今度は殴られ、腹筋百を命じられた。三度目の反省文は渡すのが怖かった。今度も駄目だったらまた一から。しかも今度は何を命じられるのだろうか。恐怖にさいなまれながら渡した反省文はやはり破り捨てられ、俺はまた腹筋を命じられた。「貴様はろくに反省もできないのか」「はい。自分はろくに反省もできません」どうすれば反省文が通るのかが分からず、言われるままに復唱するしかなかった。復唱しながら、新入生合宿の時にも似たようなことをやらされたことを思い出した。だとすれば、これはそもそも終わらない作業だった。

目黒が中島に交替し、そこに芦屋も加わり、昼食を与えられた午後、恐れていたことが起こった。水着に着替えろと言われたのだ。その時にはもう、命令に反抗する気はなくなっており、いかに早く、苦痛を短くして集中指導を終えるかしか頭になかった。だが水着に着替えて空気の寒さに震え、眼下に揺れる鉛色の水面を見ながら「五十メートル二十本。迅速に」と命じられた時、俺はどうしても水に入れなかった。今は二月で、こうして立っているだけでも全身ががたがた震えるほど寒い。ならば、いつから溜めたままなのか分からないプールの水はどれほどの冷たさなのか。屋内でも、水温が七度か八度程度しかないことは明らかだった。これに入れば心臓がおかしくなるのではないかと思った。

だが後ろから突然、あの電撃が走った。俺はそのまま硬い水面に落下し、沈んだ数秒後、あまりの冷たさに水中で飛び跳ねようとして足を滑らせ、また沈みかけてむせた。水に落とされたショックは電撃の激痛による麻痺をあっさりと吹き飛ばし、俺は白濁する意識の中ででたらめに手足をばたつかせていた。急いで上がろうとしたが、プールサイドでは、スタンガンを持って何かを怒鳴る芦屋が見下ろしていた。水は冷たいのではなく痛い。そもそも昨日の運動で最初から筋肉がバキバキと音をたてていたが、それでもあの激痛を逃れるために俺は泳ぎ始めた。あれから逃れるためなら、すべてのことがやむを得なかった。

そして今。最初の二十本を死に物狂いで泳ぎ、ようやく終わると思った瞬間、俺は「遅い。十本追加」と怒鳴られ、まだ上がることができずに冷たい水の中でもがいている。さっきまでは全身の激痛があっても手足は動いていた。だがそれが動かなくなってきた。脚がつるな、と思った一瞬後、右脚の膝から下ががくがくと痙攣した。溺れるパニックの中で、痙攣しているはずなのに何の痛みも感じない右脚を訝しんだ。

気がつくとプールサイドに仰向けになっており、体を水滴が伝っていたものの、温かい毛布がかけられていた。芦屋が助けてくれたのだ。やはり芦屋の愛は口だけではない、と思った。だって助けてくれたのだから。

「立て」

芦屋はそう怒鳴り、かがみこんで俺の頬を張った。俺は急いで起き上がった。助けてもらったのに怠けるなどあってはならないことだった。俺が命じられるままに立ち上がると、中島と、いつの間にか来ていた目黒が、なぜか大型の全身鏡をプールサイドに立てかけていた。

「鏡の前に立て」

命じられ、俺は感覚のない脚を動かそうとした。その瞬間に激痛が走り、そのせいで後ろから「早くしろ」と怒鳴られた。

鏡に自分の顔と体が映っていた。唇は青紫になり、目の下にくっきりと隈が現れ、口をだらしなく半開きにした土気色の男。こいつは誰だと思ったが、俺が右にふらつくとその男も同じ方向にふらついた。映っているのは俺だった。

「復唱しろ」

「はい」

芦屋が叫んだ。「貴様は甘ったれだ」

俺も叫んだ。「自分は甘ったれです」

「貴様は甘ったれだ」

鏡の中の男も叫んだ。「自分は甘ったれです」

「貴様は甘ったれだ」

「自分は甘ったれです」

「貴様は甘ったれだ」

「自分は甘ったれです」

何度も続けて叫んだ。

何度も叫んでいるうちに、芦屋が叫ぶタイミングから一拍のずれもなく続けて叫べるようになってきた。

「貴様は甘ったれだ」「自分は甘ったれです」

「貴様は甘ったれだ」「自分は甘ったれです」

時折「声が小さい」と他の声が怒鳴ってくる。そのたびに俺は電撃の恐怖に胃液がせり上がるのを感じ、口が割れるほどの全力で闇雲に叫んだ。「自分は甘ったれです」

鏡の中の自分も叫んでいる。何十回も続けて叫んでいると、俺は徐々に自分の叫びが、鏡の中で叫んでいる男に向かって怒鳴りつけるような調子になっていることに気付いた。「貴様は甘ったれだ」「自分は甘ったれです」すると、自分の意思と体が鏡の中の男に向かって鋭くなっていくのが感じられ、徐々に俺は、鏡の中の男に腹を立てるようになっていた。この野郎。この自分め。「自分は甘ったれです」目の前のこいつは甘ったれだ。自分の野郎は甘ったれだ。「自分は甘ったれです」全身が極限まで疲れていたこともあり、叫び続けているると酸欠になってくる。頭の中がぼんやりするにつれて、目の前の男が自分に向けて何か腹の立つことを怒鳴っているような気がしてきた。俺は怒鳴り返した。「自分は甘ったれです」

牙をむき、憎悪を露にし、目の前の自分を怒鳴りつけた。「自分は甘ったれです」

「よし。貴様は無能だ」後ろでまた声がする。俺は怒鳴りつけた。「自分は無能です」

叫びながら、極端に狭まった思考でかすかに考える。目の前の男は甘ったれだ。こいつは無能だ。それに対して憎悪を燃やすことが心地よかった。俺は憎んだ。こいつは甘ったれで無能。後ろから声がする。こいつは自分勝手で幼稚で馬鹿。後ろの声の言う通りだった。先生方の言う通りだった。何だこいつは。こいつを消さなくてはならない。「貴様は先生方に感謝しているか」「自分は先生方に感謝しています」「貴様は先生方に感謝しているか」「自分は先生方に感謝しています」「貴様は規則を守るか」「自分は規則を守ります」

そうだ。自分は先生方に感謝する。自分は規則を守る。自分は公共に奉仕する。こいつとは違う。こいつのせいで俺がこんな目に遭っている。こいつが悪い。後ろの声に合わせて叫びながら俺は、自分の考えを先に声にし、導いてくれる後ろの声に心地よく身を任せていた。呼吸が薄くなり、体力が限界だった。ふっと感覚がなくなり、暗い、と気付いた瞬間、耳の近くで何かが、硬いものにごつりとぶち当たる感覚があった。死んだのかもしれないと、かすかに思った。

25

毎朝鏡の前で髪を三つ編みにしてゴムで留めるたび、溜め息が出る。

出ていきたい、とは、前から思っていた。こんな学校にあと二年二ヶ月もいるなんて地獄だ。毎日ねちねちと叱られ、規則でがんじがらめにされ、そのことに対する感謝を強制される学園。唯一の楽しみは図書室の本だけ。何で目をつけられ規則違反で懲罰を受けるか分からないからいつもびくびくして、周囲には密告といじめが溢れている。いつか出ていきたい。だがそんな機会もなければ、いざ機会が来ても、さっと飛び出せる勇気が自分にあるとは思えなかった。だからわたしは卒業まで、ずっとここで囚人なのだ。そう思っていた。

だが、変化はその日、急に訪れた。

きっかけはただの偶然だった。二月上旬の日曜日だった。昼過ぎ、わたしは外出許可を取るため管理棟に行っていた。外出しても特に何があるわけでもなかった。勝手に買い物はできないし、しても寮に持ち帰れば規則違反になるし、喫茶店などには規則で入れないし、本当にただ外に出るだけだった。こっそり規則違反をしようにも、この街では街中に地域住民の目が光っている。制服とこのお下げのせいで、恭心学園の生徒は遠くからでもすぐ分かる。そして告げ口をされる。外出時の持ち物は厳しくチェックされるから、私服をこっそり持って出て外のトイレ等で着替える、という技も使えない。行くべき場所といえば街の図書館ぐらいしか思い浮かばなかったが、それでも監視カメラのついた学園の図書室とか、近くで始まった誰かへのいじめに参加させられるおそれのある寮よりはましだと思った。なので最近は休日になると、外出許可がとれる限り一人で外出するのが習慣になっていた。

そういう無目的な外出だったから、特に急ぐでもなくのろのろと歩いていた。ただその時は、管理棟の正面玄関からではなく、裏側の出入口から出てきたのだ。正面玄関は来客用のものだったし、敷地の奥にある女子寮から門の前にある管理棟に来るわけなので、わざわざ正面玄関側に回る人はいない。規則で禁じられているわけでもなかったから、休日、管理棟へ出入りする生徒は皆、裏口から入って裏口から出ていた。彼らに遭遇したのはそのせいだった。

管理棟の裏口は敷地の端の方になり、高い塀を挟んで男子部の敷地に最も接近するエリアだった。そして管理棟の脇には、男子部の管理棟との間を教職員が行き来するための通用門がある。周囲の樹に遮られるため、門のむこうを覗いても、数メートル先に男子部の管理棟が見えるだけだったが、それでもこんなところにずっといたら、「不純異性交遊の疑い」で非常にまずいことになる。だからいつも通り、わたしは門の前をさっさと通り過ぎようとした。

だがその時、聞こえてきたのだ。複数の男性の声と足音と、何かが地面に落ちるようなどさりとした音だった。無視した方がいい、というのは分かっていたが、何か普通じゃないような雰囲気のやりとりが聞こえてきたので、つい門越しに男子部の方を見てしまった。

男子部の管理棟の前に、ジャージを着た三人の教師の背中が見えた。そのうちの二人が、どうやら担架を持っているようだった。担架にはジャージ姿の男子が寝かされていた。この季節なのになぜか上は体操着のシャツ一枚で、しかもなぜかじっとりと湿っているのが異様だった。そのせいで目が離せなかった。

教師たちが騒いでいるのは、担架で運んでいたらしい男子部の生徒を誤って落としてしまったからで、彼らはぐったりしている生徒を担架の上に戻し終えたところらしい。それで慌てているのだ。怪我人、あるいは病人。仰向けに寝かされている男子生徒を見る。この人はこの季節になんでこんな恰好でぐったりしているのだろう。何をしていたのだろうか。何部の人だろうか。

そこで気付いた。その人の耳に。

わたしは勉強も運動も苦手だが、視力はいい。その人の耳の形ははっきり見えていた。祖父と同じだった。

柔道耳。

小さい頃、どうして耳がそんな形なのかと祖父に質問したことがあった。柔道をやっていると畳で擦れたり打ちつけたりして、耳たぶの形が餃子の皮のように変形してしまうことが多いのだという。その耳だった。祖父以外では初めて見た。だとすれば、倒れているあの人は。

「おい。何見てる」

教師の一人がこちらに気付いて振り返り、わたしに怒鳴った。他の二人も振り返る。わたしは反射的に危険を感じ、頭を下げながら大きな声で「すみません」と謝った。「声がしたので」

「男子部を覗くな」

門のむこうから飛んでくる怒鳴り声に「すみません」と繰り返し、回れ右をして逃げる。クラスと出席番号を特定されなければ懲罰にはならないはずだ。

だが小走りで逃げながら、保健室の金尾先生のことを思い出していた。三ヶ月ほど前に話をした、柔道部員の不審な死。その証言のため、同じ柔道部員が必要だと言っていた。だとすれば、今倒れているあの人がそれではないのか。もしかして、倒れているのも、それに関係する何かがあったからなのだろうか。

考えはまとまらない。だが脚は管理棟に向かっていた。裏口から入り、靴をスリッパに履き替える。心臓が鳴っているのが分かる。わたしは何か、切迫したものを見た。これは保健室の金尾先生に言った方がいい。それも、急いで。

保健室の戸を開けた時、わたしを見た金尾先生は最初にっこりと微笑んだが、わたしの様子が普通でないことにすぐ気付いたらしい。すぐに表情が変わり、緊張した声になった。

「何かあったの?」

仕事柄、急病や事故かと思ったのだろう。わたしは急いで戸を閉め、先生に報告した。

「先生。男子部の生徒が担架で運ばれてるのを見ました」

先生が椅子から立ち上がる。わたしはつい言ってしまう。「たまたまだったんです。覗くつもりはなくて、ただ、声がしたから。わたしは外出許可を」

「それはいい」先生が手を突き出してわたしを止める。「落ち着いて。担架で運ばれてたってことは急病人ね。分かった」

「でも、男子部の管理棟の方に向かってたみたいでした。今日って……」

先生は眉をひそめた。「……男子部の坂田《さかた》先生は今日いないから、あっちで何かあったら私に連絡が来るはずだけど」

やっぱり、そうだったのだ。あの男子生徒を運んでいる教師三人の様子は、何か妙に焦っているというか、こそこそしているようだった。

わたしにはもう一つ、先生に伝えなければならないことがある。

「……柔道部員みたいでした」

「えっ？」

「先生、たしか柔道部員に話を聞けたら、って、前……」

わたしが言い終わるより早く、先生はノートパソコンの画面を閉じ、わたしの脇を抜けて保健室の戸を開けていた。

「先生」

「通用門のところね？　行かなくちゃ」

先生の白衣がはためく。その背中を追って廊下を走り、先生に続いて裏口で靴に履き替える。先生の動作は速く、置いていかれそうだった。通用門に駆け寄った先生は素早くナンバーロックのキーを操作すると、あっさりと門を開けて男子部の敷地に入った。

「先生」

先生は走っていってしまう。わたしは困った。開いたままの通用門。このまま一人でここに突っ立っているのをもし見つかったら。

わたしは門をくぐった。先生についていくしかなかった。それに、ここで降りたくはなかった。人の死に関わる何か。この学校が隠している何か。それを放り出したまま、あの窮屈な日常に戻る。そうなった場合、わたしはきっとどこかで破裂してしまう。

とにかく先生から離れないようにして、裏口でスリッパに履き替えて男子部の管理棟へ上がる。男子部の管理棟は女子部の管理棟とほぼ同じ造りのようだった。何か男子部ならではの特徴があるのだろうかとかすかに興味が湧いたが、周囲を見回している余裕はなかった。「保健室」と書かれたプレートの下の戸を先生が荒々しくノックし、返事を待たずに開け放す。

中にはジャージ姿の男性教師が三人いて、ベッドの白いシーツの上に、さっきの男子生徒が寝かされたところだった。三人が振り返ると同時に、前の金尾先生が中に踏み込む。

「おい、あんた」

「ちょっと。これはどういうことですか」金尾先生は教師の言葉をばっさりと遮る。「日曜は坂田先生が不在ですから、私の方に連絡することになってるはずでしょう。どうして勝手に保健室を開けてるんですか」

先生は言いながら三人の教師を押しのけ、ベッドに近付く。わたしは動けず、入口の所に突っ立っていた。

「この子、意識がないんじゃないの？　大変じゃない」先生は言いながらもう男子の肩を叩き、呼びかけている。

「いや、ちょっと。金尾さん」

教師の一人が慌てて言う。「いいです。こっちでやりますから」

「できるわけないでしょう」男子生徒の反応を確かめながら、先生が教師に怒鳴る。「それよりどんな状況だったのか教えなさい。この打撲症は何？　なんでこの季節にこんな薄着なの？　なんで体が濡れてるの？」

「いや、それは」答えに窮する様子の教師はきょろきょろとし、入口で突っ立っているこちらに気付いた。「おいお前。ここは……」

「そんなのどうでもいいでしょう」タオルを出して生徒の体を拭きながら先生が怒鳴る。

「その子は急病人を見たって私に連絡してくれたの。それより質問に答えなさい」

「いや」

「答えないなら外に出てなさい。邪魔」先生の怒声が保健室の空気を震わせる。「何よあんたたち。説明もしない。手伝いもしない。ここは保健室よ。私の指示に従いなさい」

激怒して、もう止めようもなくなった様子の金尾先生に気圧され、教師たちがベッドから後退する。年かさの一人が残り二人をつついて何か囁くと、三人はこちらに振り返った。わたしはぎょっとしたが、三人は入口を見ているだけらしく、わたしが道を開けると、先生に「応急処置が済んだら連絡してください」と言って大股で出ていった。

「山口さん。戸を閉めて」

「はい」先生に指示され、廊下から飛んでくる三人の視線を戸で遮断する。

「鍵をかけて」

「いいんですか？」

「いい。早く」

「はい」

わたしは戸についているシリンダーを動かした。学校の戸の鍵をかけるのは初めてだが、かたりと音がしたから、これでかかったのだろう。

振り返ると先生が男子生徒のズボンを下ろしていて驚いた。

「濡れた服、着替えさせちゃうからちょっと待ってて」

「はい」わたしは慌てて横を向いた。この部屋にいていいのだろうか。

衣擦れの音がするいたたまれない時間に耐えていると、先生がわたしに言った。「もういいわよ」

男子生徒は新しいジャージに着替えさせられていた。ベッドの足元のロッカーが少し開いているから、汚した時の着替え用にここに置いてあったものなのだろう。ベッド前まで来て見下ろすと、毛布をかけられている胸が上下しているのが見え、生きているのが分かってほっとしたが、彼の顔色は死人のような白っぽさで、左目の下に紫色の痣がくっきりとついている。わたしは怖くなった。教師三人が運んできたこの人は、今まで何をされていたのか。

「先生……」

「なるほど、柔道経験者の耳ね」先生は男子生徒の耳たぶに触れる。「全身に打撲傷があった。筋肉も強張ってる。集団で殴られた上に、この季節に水泳をやらされたみたいね」

先生はポケットから携帯を出すと、素早く操作して誰かにメールを送信したようだった。どうやら先生は何か、わたしの知らない事情を知っているらしい。

「水泳って……」温水設備はない。まさかこの季節に水の中を泳がされたのだろうか。

「ズボンの下、水着だった。集中指導ってやつだったんでしょうけど……」先生は生徒にかけた毛布を直しながら言う。「信じられない。あいつら、殺す気だったんじゃないの?」

ようやく暖房がきき始めた男子部の保健室はうす寒く、外套の中でわたしの体がぶるりと震えた。

「これはもう事件ね。警察に……」先生は言いかけ、戸の方を振り向いて舌打ちした。「その前に、ここで話を聞いておいた方がいいか」

戸の外は見えない。さっきの教師三人はまだ廊下で見張っているのだろうか。

死人のようだった男子生徒の瞼が痙攣するように震え、うっすらと目が開かれる。

「……起きたね。気分はどう?」

先生が彼に囁くが、彼の方はまだ状況が呑み込めていないようで、何も答えなかった。先生はそれを察しているようで、穏やかな声で言う。「ここは保健室。あなたは倒れて、ここに運ばれてきたの。……集中指導はもう終わり。よく頑張ったね」

言いながら、先生はタオルで彼の頭を拭く。彼の方は相当緊張しているようで、頬にタオルが触れると、まるで刃物が当てられたかのように怯えた表情を見せた。

「もう大丈夫よ。落ち着いて」

先生が優しく言うが、混乱しているのか、男子生徒は慌てて体を起こそうとした。

「寝てなさい。寝てていいの」先生はそれを分かっていたように彼の肩を優しく押さえ、寝かせてシーツをかけ直す。「もう休んでいいのよ。誰も怒らない。殴ったりしない。指導も懲罰もない」

男子生徒の様子を見て、彼がこれまでどういう状況に置かれていたかを推測していたのだろう。生徒はその言葉に反応し、怯えて強張りきっていた目元がすっと緩んだ。

その途端、戸がどかどかとノックされた。くぐもった声でさっきの教師たちが何か言っている。わたしがぎくりとして体を硬くしたが、先生は戸に向かって怒鳴った。

「うるさい。処置中よ。どっか行ってなさい」

戸の外が静かになる。

「先生」

「やっぱり外で聞き耳立ててたか」先生は憎々しげに戸を振り返る。「まあ、あまりしつこかったら追っ払うわ」

「……すごい」

「不本意だけどね」金尾先生は肩をすくめた。「ああいう男にはとにかく先にキレて怒鳴るといいのよ。ヒステリー女のふりをすれば『これだから女には話が通じない』って思って勝手に退散してくれるから」

あっさりとそう言う。わたしは教師たちが怖くて仕方がない。だから、金尾先生が他の教師より強い、というのはとても心強かった。

一方で、ベッドに寝かされた男子生徒は信じられないような目で金尾先生を見ている。おそらく、教師を怒鳴りつけられる人間がいることに驚いているのだろう。一度わたしの方を振り返ったが、まずいものを見た、というふうにぎょっとしてむこうを向いてしまった。

「あの」彼が再び体を起こそうとする。「ありがとうございました。もう」

「大丈夫じゃないでしょう。寝てなさい」金尾先生が彼の肩に掌を添える。「……だいたい何があったのかは分かったわ。あなた、集団で暴行されたでしょう。もう懲罰なんて言い訳できる範囲じゃないわ」

彼は答えない。だが金尾先生は「馬鹿じゃないのあいつら」と吐き捨てる。

「れっきとした事件ね。教育委員会に報告しないと」先生はデスクの椅子をベッドの前に動かしてきて座り、彼に言う。「あいつらに何をされたか、何をさせられたか、私に話してくれる?」

横で聞いているわたしは緊張したが、彼は寝たまま、ゆっくりと首を振った。

「いいえ。……規則なので」かすれた声で言い、それからまた、ちらりとこちらを振り返る。「それに、規則なので、ここには」

「いいの。規則は無視しなさい。これは私の指示」金尾先生は厳しい声で言う。「規則と教師の指示、どちらが優先？」

彼の視線が揺れる。迷っているのだ。そうだろうなと思う。わたしは金尾先生を知っているから、保健室内では「ここは理不尽な規則を忘れていい解放区なのだ」と考えてリラックスすることができた。でも普通の生徒からすれば、そんな空間は想像もしたことがないはずなのだ。

「あなた、クラスと名前は？」

「……二年二組、小川希理人です」

普通の名前だ、という当たり前のことになぜか驚く。一年先輩だったようだ。

先生は続けて訊く。「小川君。あなたは柔道部員ね？」

「……はい」

小川さんはまだ迷っている。自分が助けられたことは理解したものの、先生から何かを探られていると感じ、それに抵抗するべきか、するとしてもどこまでできるのか、分からないのだろう。横で見ていて、わたしはだんだん彼が可哀想になってきた。わたしには金尾先生がいてくれるが、おそらく男子部にはそういう味方が一人もいなかったのだ。

とにかく警戒を解いてもらわなくてはならなかった。学園にとって不都合なことを堂々と話せる今は、奇跡のような幸運に恵まれてやっと手に入れたチャンスなのだ。今のこの時間だって、廊下にいる教師に怪しまれて邪魔をされれば終わりなのだ。だがこうやって本人に警戒されていてはどうしようもない。早くなんとかして、小川さんに信用してもらわなければならない。

わたしはベッドから立ち上がり、隣の小川さんのベッドを回り込んで正面から向きあった。目のやり場に困る、といった様子で、小川さんの視線が揺れる。

「安心してください。ここでは、規則を守らなくても誰も何も言いません」

わたしはそう言うと、髪に手をやり、ヘアゴムを外した。規則に従ってまとめていたお下げが右、左、とほどけ、揺れる髪が顔にかかる。小川さんは目を見開いた。これだけではっきりと規則違反だということは、男子でも知っているのだ。

小川さんは、絡んだ髪を指で梳《す》いてストレートになってゆくわたしを、信じられない、という顔で見ていた。わたしは恥ずかしさも感じたが、それよりも晴れやかさの方が強かった。本当は櫛《くし》かブラシが欲しかったが、まあいい。ついにやってやった。入浴・就寝時と水泳の時以外、髪をおろしたのは初めてなのだ。しかも、人が見ている前で。

ここは堂々としていようと思う。髪質にわりと自信のある方でよかったと思いつつ小川さんを見下ろし、どうですか?　と髪を揺らしてみせる。

「保健室で話したことは絶対に秘密。そういうふうにできるの」金尾先生は椅子をくるりと回して小川さんに向きあった。「だから、少し話をしましょう」

それまで不安げに揺れていた小川さんの眼差しが、急速に落ち着きと知性を取り戻していくのがはっきりと分かった。紫がかっていた唇にも赤みが戻り始め、どこか、ほどけそうで頼りなかった表情がきゅっと締まる。こうしてみると結構恰好いいではないか、と、わたしの胸に暖かいものが灯る。

「小川君。あなたに訊きたいことがあるの」

小川さんも察しはいいらしく、先生の口調にすぐ応じて、鋭い顔になった。「……はい」

金尾先生は一度戸のむこうの様子を窺うと、低く抑えた声で話した。藤本英人さんの死に不審な点があり、両親と地元の医者までがグルになって事件を隠蔽している疑いがある。それを藤本家の親戚が調べている。その人たちがわたしの祖父に会い、どうやら過去にも柔道部員に自殺者が出ているらしいと連絡をくれた。しかし外部からは学園の中が全く窺えないため、藤本さんの事件について証言をしてくれる人を探している……。

わたしは見ていた。小川さんが途中から拳を握り、話を聞きながら握ったり開いたりしているその手にじわりと汗がにじんでくるのを、先生の隣で見ていた。彼の視線は先生をとらえて観察している。それはたぶん、先生がどこまで味方でどこまで当てになって、どこまで追及するつもりなのかを探っていたのだと思う。わたしと同じだ。容疑イコール有罪で、告げ口と足の引きあいが日常である恭心学園の生徒は皆、簡単に他人を信用しない。きっとわたしも普段はこんな目をしているのだろうと思う。知らない人間が近付くとさっと身構える野良猫のような目だ。

だが先生が話を終えると、小川さんはふうう、と長く息を吐き、上を向いて目を閉じた。

「……藤本、やっぱり死んでたんですね」独り言くらいの音量でそう呟き、目を開いて金尾先生を見る。

「……つまり、確認してはいないけど、『死んでいるのではないか』という状態だったのね」

金尾先生も静かな声で言う。二人の声の静けさは、藤本さんを悼んでいるからだろうか。

「死んだんじゃないか、ということは、部員たちの間でもこっそり話題にしていました。でも何の発表もなかったし……。一組の方でも何の発表もなくて、藤本は『いつの間にかいなくなっていた』という感じだったみたいで。芦屋の感じから、下手に蒸し返したら指導だってことはみんな分かってましたし」小川さんは教師を呼び捨てにした。「……だから、もしかしたら生きてて、ただ学校を辞めただけなのかもしれない、とも思っていました」

「当時の、練習中の状況を話せる？」金尾先生はあくまで小川さんを気遣う様子で見る。

「思い出すのが辛いようなら、今ここで無理に話さなくてもいいけど」

「話せます」

小川さんは先生を見て、それからちらりとわたしにも視線をくれた。何かわたしを気遣うふうだったので、わたしは「大丈夫」という意味を込めて強く頷く。まとめていない髪がさらりと揺れた。

小川さんが口を開く。「俺が見た限りのことですが……」

26

あの日は普通の一日のはずだった。十一月。暑くも寒くもなく、快晴でも雨でもなく、特別な行事があったわけでもない。一時間目の体育はわりとすんなり終わったし、三時間目の後の整容指導でも、あまり時間がなかったのか、三人ほどが手早く殴られて「終わり」の宣言が入った。昼食では石松が班の奴らにおかずを全部取られてかわりにブロッコリーだのミニトマトだのを盛りつけられていたが、それで石松がキレるということもなく、いつも通り「平穏に」時間が過ぎた。俺は明日、部活が休みで図書室に行けるのが楽しみで、どうかその時間が突発的な指導やその他教師や須貝たち権力者の気まぐれなどによって奪われませんようにと祈っていた。

だがその日の部活はきつかった。最初のランニングからしてすでに、普段は「武道場の周りを二十周」だったのが「三十周」と言われ、藤本を含む数名が「遅い」と怒鳴られ殴られていた。それを横目に見た俺は、ああ、どうも今日の芦屋は機嫌が悪いな、と、厄介なもやもやが胸の内で膨らむのを感じていた。担任のクラスか職員室内で何か嫌なことがあったのだろう。基礎トレーニングの回数や分量を突然増やすことはこれまでも芦屋がよく示してきた気まぐれの一種だが、半笑いで「一年は今日、三十周」などと宣言する上機嫌の時と、仏頂面のままそう宣言する不機嫌な時では、後者の方が断然危険度が高かった。不機嫌な時の芦屋は何で激昂するか全く予想がつかず、息切れした生徒が膝に手をついて俯いたら「手を抜くな」とキレるとか、「はい」の返事が大きすぎて「うるさい」とキレるとか、そういうことが多い。普段は平手打ちだが、こういう時は拳で腹や胸を殴ってくるか、脚や股間を蹴ってくる。手加減せず力任せに殴るので、肋骨にひびが入った奴もいた。

ランニングが終わり、遅い奴らが殴られ、罰として全員プラス二十、と宣言された。この時点で部員たちは皆、今日の芦屋はヤバい、と気付いていたから、即、直立不動で「はい」と応えると、一斉に全力疾走しだした。というより、芦屋の前から逃れるために走り出した。案の定、反応が遅かった奴らが「早く行け」と怒鳴られているのが後方から聞こえてきた。脚は張っているし息は上がっているし、心臓の方も、ようやく苦行が終わってひと息つけると思ったのにまた全力疾走なので、ぎくぎくと悲鳴をあげていた。だがそれでも殴られるよりはよかった。

ようやく柔道場に上がり、ストレッチと受身をしている間も、芦屋の苛々は続いていた。定位置である壁際の椅子にどっかりと座ったまま「タラタラすんじゃねえ」と全体に向けて怒鳴り声が飛んでいたうちはまだよかったが、「何だそのでんぐり返しは」という怒鳴り声とともに、ぼすん、という蹴りが入る音が聞こえてきた。後ろの方なので見えなかったが、呻き声から藤本だと分かった。この当時、苛々した芦屋に怒鳴られたり殴られたりするのは大抵藤本の役で、まず藤本が殴られるか、他の奴が殴られた時「藤本。てめえ何ヘラヘラしてんだ」「何見てんだ。文句があるのか」と、特に笑ったり見たりなどしていない藤本がついでのように殴られるかのどちらかだった。そして俺を含め、誰も藤本のことを助けなかった。罵声も蹴りも平手打ちも、藤本一人に集中すれば集中するほど、他の部員は助かるからだ。もっともこの日は俺も、寝技の乱取り中に一度、「小川、なんでそこで降参する。やる気あるのか」と怒鳴られて体がすくんだ。

そういえば、あの時もやはり打ち込みで、体落だった。寝技の乱取りが終わり、休憩などあるはずもなく打ち込みを命ぜられ、いつもは百本ずつだったものが二百本ずつと言われた。そんなにやっていては立ち技の乱取りまで行かないのはもちろん、時間内に打ち込みが終わるかどうかも分からず、そもそも普通の打ち込みであっても、二百本も連続で体力がもつのかどうか分からなかった。しかも相手は弱い上総川で、こいつは何度頼んでも逃げるようにふにゃふにゃ腰を引くのでやりにくい。それでもぐずぐずしていたら殴られるから息が上がるのも構わず動くのだった。

「藤本」

何度目かの怒号は今までより苛つきがはっきり出ていて、皆、思わず芦屋の方を見てしまった。芦屋はどすどすと畳の上を歩いて、藤本と、組んでいる武藤に歩み寄ると、何も言わずにいきなり藤本の脚を蹴った。武藤が慌てて離れる。

「何度言えば分かるんだ。タラタラ打ち込むんじゃねえ。てめえは本当に頭が悪いな」

藤本がまた脚を蹴られる。同じことをやっていてもなぜかいつも藤本だけが怒鳴られるのだった。

「武藤。体落百」

命ぜられた武藤は慌てて藤本を摑み、体落をかける。しかし慌てすぎて動きがぐにゃぐにゃになり、藤本と一緒に畳に倒れ込んだ。

「何やってんだ。真面目にやれ」

怒鳴られた武藤はすぐに「はい。すみません」と返したが、芦屋は藤本の方を蹴った。

「てめえがふにゃふにゃ立ってるからだろうが。脳味噌ついてんのか」

芦屋の怒り方にはパターンがあった。他の部員に怒鳴る時は動きや型に駄目出しをするが、藤本を集中攻撃する時だけは頭とか性格とか、本人の精神面を難詰するのだ。そのあたりの差は他の部員も気付いていて、藤本は芦屋のお気に入り、などと言われる一因になっている。

不条理なことだが、そう言っている時の部員たちの口調には「芦屋に特別扱いしてもらいやがって」とでも言いたげな、妬みのような響きが入るのだった。

その日の藤本は最初のランニングですでにかなりばてていたから、受身も精彩がなく、武藤に投げられているうちからすでに、大丈夫か、というような落ち方を何度かしていた。だが武藤の投げるペースの遅さに苛立った芦屋が彼に代わって直接藤本を投げ始めると、藤本の様子が明らかにおかしくなった。引かれても押されてもされるがままになり、芦屋が思いきり投げても、畳を全く叩かずに背中からもろに落ちたりしていた。

「ふにゃふにゃしてんじゃねえ。受身をちゃんとやれ」

芦屋はその様子にますます苛ついたようで、首筋に血管をみちみちと浮き立たせながら怒鳴り、思いきり藤本を投げ、ろくに引き手も引かずに畳に叩きつけた。

「なんだ貴様。やる気あんのか」

激昂した芦屋が、反応しない藤本を力まかせに引っぱり上げる。藤本はこの時すでに視線が定まっておらず、引っぱり上げられるままに立ちはしても、芦屋を見ようともしていなかった。

「なんだその態度は。文句あんのか」

芦屋が怒鳴り、また投げる。畳からは幅の広いものがぶつかった正常な音ではなく、ばちり、という嫌な音がした。引き上げられる藤本の首がぐらぐらと揺れているのを見た時、やばいんじゃないか、と思った。だが芦屋は藤本を引っぱり上げながら、顔面を空いている手で殴った。藤本の顔がのけぞり、人形の首のように変な角度まで曲がる。鼻からたらりと鼻血が出ていた。

「返事はどうした」

芦屋の方も異常だと思ったのは俺だけではなかったはずだ。芦屋の怒り方は普段と違い、俺たちは恐れを通り越して引いていた。だが止める部員はおらず、芦屋は周囲の部員たちの視線に気付かないまま一人で激昂し続け、どんどん怒りを膨張させていった。藤本の頬を張り、反応がないと、襟元を摑んで壁際に押しつけ、今度は拳で顔を殴った。二発、三発と、鼻血の赤い筋をつけた藤本の顔がぐらぐらと動く。芦屋は止まらなかった。片手で襟を摑んだまま、顔を殴り、腹を殴り、股間を蹴り上げた。うう、という藤本の呻き声がかすかに聞こえた。それが俺たちが聞いた、藤本の最後の声だった。

「てめえいつもいつも。舐めてんのか」

芦屋は壁に押しつけた藤本の顔面に頭突きを入れ、顔を殴り、腹に膝蹴りを入れた。藤本は鼻血を垂らし、しかし謝るでもなく虚ろな目で宙を見ている。芦屋の攻撃が全く効いていないかのように見え、おそらくそれにますます激昂した芦屋は藤本を壁から引きはがし、引きずられているのか歩いているのか分からない足取りの藤本を畳の上で再び投げ始めた。藤本はもはや全く受身をとらず、後頭部から畳に落ちる。引っぱり上げられる藤本の口が半開きになり、口の端から白い泡が出ていた。芦屋はまたそれを背負い、全く引き手を引かずに畳に叩きつけた。めきり、という音が確かに聞こえ、藤本の首がおかしな向きに曲がったままになった。芦屋はそれを引っぱり上げ、もう藤本が自力で立とうともしないと分かると、足払《あしばらい》で倒して畳に叩きつけるようになった。白目を剝き、口を半開きにした藤本の唾液が長く糸を引いて畳に垂れる。引き起こされるとそれがちぎれ、また顔が畳に叩きつけられる。その度にどたん、どたん、と畳が鳴り、足の裏から振動が伝わってきた。

足払は十本以上続いた。芦屋は「この野郎、この野郎」と怒鳴っていた。もはや自分が誰に、なぜ怒鳴っているのかも分かっているかどうか怪しかった。叩きつけると同時に芦屋の手が滑り、藤本は畳にうつ伏せに倒れる。摑んで引き上げようとしたがまた指が滑った芦屋は舌打ちをし、ぜいぜいと呼吸しながら周囲を見回した。

柔道場は静かになっていて、芦屋の呼吸音だけが埃の舞う空間で鳴っていた。芦屋は部員たちの呆然としている顔に異状を感じたようだったが、どう反応していいか分からないようで、「なんだ貴様ら」とだけ怒鳴った。うつ伏せに倒れた藤本は首を捻じ曲げ、内出血で青黒く変色し、鼻血がすれて赤く広がった顔面を俺たちに向けていたが、舌を出したまま全く動いていなかった。芦屋はそれと俺たちを比べると、「もういい。今日の練習はここまで」と叫んだ。

それから藤本の片足を抱えるように摑み、そのままずるずると畳の上を引きずり、壁際まで動かした。引きずられる藤本は万歳をした姿勢のままぴくりとも動かず、ただ鼻血と涎を垂らして畳に筋をつけるだけだった。

芦屋はそれを見下ろし、一瞬、何かまずいものを見てしまったような顔になったが、すぐに額に青筋を浮かべ、怒鳴った。「整列」

俺たちは動かない藤本と向きあう形で、いつもよりだいぶのろのろと整列した。芦屋は怒鳴らなかった。

「今日の練習はここまで。明日は休み。以上」いつも通りの言葉だったが、芦屋の視線は明らかに足元の藤本を避け、空中を落ち着かなげに彷徨《さまよ》っていた。「五戒」

練習後にいつもやる通り、俺たちは直立不動で五戒を叫んだ。芦屋もそっくり返り、前を向きながらも藤本からできる限り視線をそらして叫んでいた。藤本は芦屋の足元で首を不自然な方向に曲げ、舌を出して目を見開いていた。そんなはずはないと思いながらも、俺は藤本が自分をじっと見つめているように感じていた。俺は目をそらした。そっぽを向かない限り藤本がどうしても視界に入ってしまうので、正面の壁に焦点を合わせて藤本を見ないようにした。吐き気がしていた。

一、私たちは社会のルールを遵守し、違反するものには、毅然とした態度で臨みます。

一、私たちは自分の利益より社会全体のことを考え、行きすぎた個人主義を憎みます。
一、私たちは親に感謝し、先生方に感謝し、社会に感謝し、与えて頂いた日々の生活を喜びます。
一、私たちは学級の秩序を守り、クラス全員が仲良く協調します。
一、私たちは常に反省し、甘えようとする自分や、怠けようとする自分を自分で罰します。

藤本の視線から逃れようとして、俺は闇雲に叫んだ。隣の上総川も、斜め前の庄司も、異常とも言えるほどの裏返った声で叫んでいた。全員が、藤本が自分を見つめているように感じていたのかもしれない。

俺たちは五戒を叫び終わると、クールダウンなど全くせずに、逃げるように柔道場を出た。少なくとも引きずられ始めてから俺が柔道場を出るまでの五、六分の間、藤本は全く動かなかったし、瞬きもしていなかった。

27

　小川さんはそこまで話し、一つ、深い溜め息をついた。本の最後のページのような余韻があり、保健室内は静かになった。

　予想していた話ではあったはずなのだが、わたしは胸の内側で気色悪さと恐怖が脈打って動く感触に、思わず口許を押さえた。

「……完全に刑事事件ね。傷害致死……場合によっては殺人事件になるかもしれない」金尾先生はわたしと全く違った落ち着いた表情で小川さんを見た。「ありがとう。よく話してくれたわ」

「藤本がどうなったのか、分からなかったんです。騒ぎにならなかったってことは、きっと大人同士で解決したんだろう。藤本は生きて学校を辞められたんだろう、って……」小川さんは目を閉じる。「……そう思いたかったんです。でも、話しながらはっきり思い出しました。明らかに、あの時点で藤本は死んでいた」

「小川君」金尾先生は小川さんに向かって身を乗り出した。「警察に行って、今のことを話してくれる?」

「そのつもりですが、ただ」小川さんは先生を見る。「警察が動きますか? だって、藤本の親まで隠蔽に手を貸してるんですよね? 死亡診断書を書いた医者もグル。そもそも肝心の死体がもう火葬されてる」

「確かに難しいと思う。でも、私も一緒に行くわ。高校生一人で訴えるよりは取り合ってもらえるはず」

小川さんは沈黙した。わたしは告発するかどうかを迷っているのだろうと思っていたが、彼が次に言ったのは、意外な言葉だった。

「いえ。……俺だけじゃありません。あと十一人います」

「……十一人?」

「十一人です。二年二組・九重。二年二組・鈴本。二年二組・石松……」小川さんは指を折りながら名前を言い始めた。「……二年一組は高杉と庄司。それに上総川と岸田。一年は武藤。あと塙と、畠田と阿川。その十一人が、事件発生時に練習に参加していました。全員、藤本が殺されるところを見ています。協力してくれるかどうかはまだ分かりませんが、外で、警察相手にならば、証言してくれるかもしれません」

「なるほど。それじゃあ……」

「俺を含めた十二人の証言が、細部は違うでしょうが一致するはずです。そうなれば警察は本気で動く。警察の手で調べれば、揉み消した痕跡が出てくるかもしれません」

わたしの心に風が立ったようなざわめきが走った。警察。事件。この恭心学園が捜査の対象になる。外の世界の光が当たる。

見てもらえるかもしれないのだ。わたしたちを。

「いけるわ。それなら」金尾先生も拳を握っていた。「……ええ。きっといける」

「でも、気をつけてください。俺たちがしようとしていることがばれたら……」

わたしはぎょっとした。まさか、ばれたらわたしたちが消されるのだろうか。わたしももう、秘密を知ってしまった。

だが小川さんはわたしがそう考えたことに気付いたようで、わたしに目配せをして冷静に否定した。

「俺たちが何かされるというより、他の十一人が圧力をかけられると思う。警察が来ても応じるな。何を訊かれても『よく覚えていません』と答えろ。あるいは……」

続きを金尾先生が言った。「……嘘の証言を強要されるかもしれない。『藤本君は練習中いきなり倒れた。病気だと思った』」

「……もちろん、それとは別に俺たちもかなり痛めつけられるでしょうけどね」

否定したくとも否定できないことだった。この学校の教師たちなら、そのくらいは絶対にやる。個別に呼び出されて教師に命令されれば、拒める生徒はいない。そしてよく考えてみれば、そうやって証言を封じられてしまえば、そこで負けなのだった。「目撃者」である高校生一人の証言を、同じ「目撃者」である十一人、さらに教師全員に、診断書を書いた医者と遺族の親までが違うと否定する。それでも警察は一人の方を信じて動くだろうか？　ありえない。

小川さんはわたしに言った。「その……君、ごめん。巻き込んじまった」

「一年の山口唯香です」わたしは名乗り、首を振った。「わたしを信用してくれて、嬉しいです」

とっさだったので言いたかったこととはニュアンスがずれたのだが、小川さんは、照れたように頬を掻いた。

いつの間にかデスクの上のパソコンを拝借して操作していた金尾先生が振り返る。「今の証言、メールにまとめたんだけど、これをさっき話した篠田沙雪さんに送っておいていい？」

「はい。お願いします」

「それと、さっきの十一人の名前ももう一回お願い」

金尾先生と小川さんのやりとりを見るうちに、わたしは緊張してきた。そうなのだ。今すぐにでも、少しでも証拠を残しておかなくてはならない。戦いは、もう始まっていた。

メールを送り終えた金尾先生が振り返る。「とりあえず第一報は送ったけど、もう少しまとまった第二報を送りたいところね。さっきの話、悪いけどもう一度してくれる？」

「はい」

金尾先生はもう完全に、学園を告発することに決めたらしかった。まるで女刑事のように小川さんから話を聞き、正確な時間や、藤本さんの具体的な様子などを訊き返しながらパソコンに「証言」をまとめていった。その間わたしにできることはなく、ただ小川さんのベッドの端に座っていただけだった。不安だった。これからどうなるのか。わたしは、この二人は、学園はどうなるのか。

もしこの話がマスコミに伝われば、たぶん大ニュースになるはずだった。学園には警察が来るし、評判は落ちて、場合によっては学園長が逮捕されて学園そのものが廃校になるかもしれない。そうなればわたしたちは、堂々と青空の下に出られることになる。それはとても素晴らしい革命だったが、結果が大きすぎて具体的に思い浮かべることができなかった。うちの母も少しは反省してくれるだろうか。そうなれば、もしかしたらわたしにも、人並みの幸せな人生が手に入るのだろうか。

希望が膨らむが、その分だけ不安も一緒に膨らんでいった。そんな夢みたいなことが本当に起こるのか。そもそもそのためには、警察が十二人の証言で動いて、学園の犯罪がある程度立証されないといけない。それ以前に小川さん以外の十一人がちゃんと証言してくれるか分からないし、さらにそれ以前に、警察が小川さんと金尾先生の話を聞いて、他の十一人にちゃんと話を聞こうとしてくれるかどうかすら分からないのだ。

……いや、そもそも小川さんは警察に行けるのだろうか？　彼は集中指導中で、外出は禁止されているはずだった。

わたしがぐるぐると悲観と楽観の間を彷徨っている間に、小川さんと先生はゆっくり時間をかけて情報をまとめ、それも送信したようだった。

そして、先生はすぐに言った。「じゃあ、今から警察に行きましょう」

わたしは驚いた。「え……今から、ですか？」

「当然よ」先生は頷く。「時間が経てば経つほど目撃者の記憶は薄れていく。それ以上に、今は状況が切迫している。誰かが私たちの動きに勘付いて、先に十一人に圧力をかけてしまったら、もうそこで終わりだもの」

「そうですね」小川さんの方は驚いていないようで、頷いた。「でも、学校から出られますか？　いくら先生が一緒でも、たぶん俺の外出は止められます」

「強引に出るのよ」先生は立ち上がる。「小川君。あなたには今から『容体が急変』してもらう。担架に乗って受付まで行って、タクシーを呼んで医者に行くと見せかけて警察署に行く。駅前の西署なら、車ですぐよ」

「それは、疑われる気が」小川さんは視線を外して考える。「……いや、それしかないか」

「あなたが校外に出る口実が作れるのは、集中指導で暴行を受けた今しかない。それに暴行の痕跡が残っていれば、あなたに対する傷害に関してはまず間違いなく事件にできる。今を逃したら次はないわ」金尾先生は言いながらさっさと入口付近のロッカーを開け、折り畳み式の担架を出した。「それに、あなたはここまでの行動で目をつけられている。私もたぶん、そうでしょう。学園長たちがいつ私たちの考えに気付いて動き出してもおかしくない」

わたしはそれを聞くと居ても立ってもいられなくなったが、できるのは先生を手伝って担架を広げることくらいだった。広げた担架に、先生の指示で毛布を折り畳んで敷く。先生はその間に受話器をとり、電話機の横に貼ってあるタクシー会社に電話をかけた。

わたしを気遣ってくれたのは、むしろベッドから降りた小川さんの方だった。電話をかけ終わった金尾先生に声をかける。「先生、山口さんは……」

金尾先生はわたしを見て、今初めて気付いたようだった。「……そうか」

「すでに関わってしまってます。それだけじゃない。たぶん……」

「そうね」先生は頷いた。「山口さん。いきなり巻き込んでしまって悪いのだけど、あなたは担架を運んだ後、一緒にタクシーに乗って学校を出て」

「え……」

「ごめん。そうしてくれると助かる」自分で担架に座りながら小川さんも言う。「関わった以上、間違いなく集中指導になるし、俺たちが動けば尋問される。それだけじゃないんだ。君が学園内に残っていたら、俺たちにとっては人質になってしまう」

「え……あの」

小川さんの視線に圧されて金尾先生を見るが、金尾先生も同じ目でわたしを見ていた。冗談で言ったのではないのだ。

考えてみれば当たり前だった。犯罪、それも殺人事件かもしれないものを揉み消そうとしている人たちなのだ。その事実を警察に告発しに行くのだ。それを揉み消すためなら、ここの教師は何でもしてくるだろう。ぐずぐずしていたら証人の十一人とわたしたちは圧力をかけられ、藤本英人さんの死は「事故」に、小川さんの怪我もたぶん「生徒同士のけんか」にされてしまう。

いきなりのことで実感はないし、こういう時どうしていいかも分からない。でも、時間がないのは分かった。本気で動かなければ、何が起こるか分からない。

「分かりました。でも……」

「タクシーは七、八分で来るわ。乗ったら、とりあえずは警察に保護してもらう。小川君だけじゃない。あなたも証人だから。だけど……」先生は断固とした目でわたしを見た。「家に帰れなくても居場所は用意するわ。とりあえずどこか宿をとってもいいし、なんなら私の家に来なさい。若い子が来れば母も喜ぶし」

心臓が締めつけられたようにきゅっと縮む。わたしはもう、ここにはいられないのだ。いつも出ていきたいと、一日も早く出ていきたいと願っていたのに、そのことがひどく不安だった。わたしはこれからどうなるのだろう。どうすればいいのだろう。金尾先生が助けてくれるのだろうか。

だが、不安は驚くほどすぐに消えていった。どうせもともとわたしには、居場所なんてものはなかったではないか。学校にいれば教師から叩かれる。家に帰れば母にいたぶられる。それなら、どこでもいいから出ていってしまってもいいじゃないか。もし金尾先生の家に置いてもらえるなら、これほど嬉しいことはない。働くし家事もする。昔、渾名をつけられたように、本当に家政婦になって生きていくというのはどうだろうか。

「よし。行くよ」先生が担架に横たわった小川さんに声をかける。「小川君。あなたは疲労と低体温と脳震盪《のうしんとう》で倒れた。症状は特に意識して演技しなくていい。意識はあるのかないのか分からないぐらい。呼びかけには応えなくていいけど、狸寝入りはいらないわ。ただ目を閉じて息をしていて」

「了解です」

小川さんが目を閉じ、がくりと力を抜く。演技力があるのだなと思ったが、もともと限界まで疲れていたのだ。だがそのおかげで、ただ寝ているのではなくちゃんと意識が混濁しているように見える。

「山口さん。あなたは私に無理矢理手伝わされているの。途中、何か訊かれたら、無口なふりをして黙っていていいわ。代わりに私が答えるから」

「はい」

小川さんは目を閉じている。金尾先生は言った。「行きましょう。戸を開けて」

わたしは入口の戸の鍵を外した。これからタクシーに乗って学校を出る。そうしたら、もう二度とここには戻らない。脱出できるのだ。今。

寮の自室を思い浮かべる。惜しいものは何もなかった。

だが、思いきり開けようとした戸が、なぜかひとりでにすっと開いた。

わたしは思わず声をあげそうになった。外に教師がいた。四角い体の男の教師が三人。それに、体育の宮入。いずれもジャージ姿だった。

そんな馬鹿な、と思った。いつからここにいたのだろうか。だが人数が増えているということは、わたしたちが話をしている間に教師間で連絡を取り、呼んだのだろう。女子部の宮入がいるということは、わたしもすでに何かの罰が決定しているのだ。

わたしを見て、宮入が最初に口を開いた。

「……山口さん。あなたがどうして男子部にいるの？」

わたしが答えられずにいると、金尾先生が先に言った。「すみません。道を開けていただけますか。こっちの子を玄関に運ばなくてはなりませんので」

四角い男の教師は担架を見て、金尾先生に言った。「なぜです」

「容体が悪化しました。脳震盪が原因かと思われますので、検査が必要です。救急車までは必要ありませんが、急がなくてはいけませんから」先生は言う。「こっちの山口さんが見つけて教えてくれたんです。ついでに手伝ってもらうつもりでした」

保健の金尾先生が言うのだから反論のしようがない。そう思っていた。

だが、四人の教師はなぜかそこから動かなかった。四角い教師が言う。「本当ですかね？さっきはもっと元気に見えましたが、仮病ではないですか」

「これのどこが元気なんですか」金尾先生が言い返す。「運ばれてきた時だって意識に混濁がみられました。あなたたち、この子に何をしたの？」

「それはこちらが訊きたいですね」

なぜか、四角い教師は動じなかった。逆に金尾先生に詰め寄る。

「金尾先生。宮入先生によれば、その山口という生徒は、よく保健室に入り浸っているそうですね。それに、今まで小川と一緒に保健室にいたわけだ。あなたも何か隠しているようだったが……」四角い教師はわたしと先生を見比べた。「女子生徒に男子の体を触らせるなんて規則違反ですよ。あなたもしかして、保健室で不純異性交遊の手引きをしていたんじゃないでしょうね」

横にいたもう一人の男の教師が、保健室の中に視線を這わせ、ベッドのところで止めた。

「あなた一体、保健室でこそこそと何をやっていたんです？」

「いいかげんにしなさい。一体何を言ってるの」金尾先生が怒鳴った。「いやらしい想像をしている暇があったら搬送を手伝いなさい。あまり馬鹿なことを言うとセクハラで訴えるわよ」

だが、四角い体の教師は全く動じなかった。どかり、と大股で保健室に入ると、担架に寝ている小川さんの上にかがみこみ、いきなり頰を張りとばした。

小川さんが呻いて目を開ける。四角い教師は顔を上げた。「……元気じゃないですか」

「小川。起きんか。いつまで仮病を使っている」もう一人の教師も入ってきて、小川さんの頭を摑んでがしがしと揺らした。「立て。集中指導に戻る」

「ちょっとあなたたち、病人に」

止めようとする金尾先生は、四角い体の教師に遮られる。「病人じゃないでしょう。仮病ですよ」

そんな馬鹿な、と思った。さあ脱出だと思っていたのに、いきなり止められた。疑われていたのだ。最初から。最初から、作戦どころではなかった。

小川さんが頰を張られ、腋の下を支えられて毛布から引きずり出される。小川さんは最初、あくまで意識が朦朧としている演技をしていたが、立たされて頰を張られると、諦めて自分の足で立つしかなかった。

「小川君。山口さん。それに金尾先生」ジャージの腰に手を当て、宮入が言った。「あなたたち三人とも、よく話を聞かせていただきますよ」

金尾先生がとっさに白衣のポケットに手を入れ、携帯を出した。宮入がわたしの横を駆け抜け、その手を押さえた。体育の宮入と金尾先生では力が違う。宮入は簡単に先生から携帯を奪い取った。「勤務中は携帯禁止では？」

駄目だった。失敗なのだ。

眼前が真っ黒な壁で遮られたようだった。おしまいだ。わたしも金尾先生も、小川君も。懲罰。集中指導。十一人の証人のことをいつまで隠し通せるだろうか。いや、仮にわたしたちが隠そうとしても、じきに気付かれるだろう。わたしたちは負けたのだ。先生はどうなるのだろう。クビだろうか。そうなれば、わたしはこの学園に一人の味方もいなくなる。

小川さんが両脇を抱えられ、廊下に引きずり出された。わたしも宮入に腕を引っぱられ、暖房のきいた保健室から、薄暗い廊下に出された。空気が冷たい。

宮入が宣言した。

「山口さん。あなたは重大な規則違反のおそれありね。ただちに集中指導に入ります」

28

——松田先生は、現代日本が安全になり過ぎたことが、昨今の教育崩壊の原因の一つだと。

現代の子供は危険から遠ざけられすぎて、これが生きる力を失わせる結果になってしまっているんです。動物は皆、危険に接近し、そこから生還することによって、生の本能、なんとしてでも生き残ってやるぞという本能にスイッチが入る。

昔の人間は子供の頃に危険な経験をしていることが多かったですし、そもそも成人するまでの死亡率が高かった。死亡率が高いことが望ましいとは言いませんけれども、「命がけ」の経験ができたということが、昔の子供を逞しくしていたのは間違いがありません。

また、野生動物の子供は人間よりはるかに危険な環境で生まれますが、生まれてすぐに誰にも頼らず餌を探すし、引きこもりや精神病などといったものも存在しません。生まれ落ちたその瞬間からすでに生きるための戦いが始まっているわけですからね。甘ったれたことをしている場合じゃないんです。

——危険な環境の方が子供が強くなる?

そういうことです。現代では、子供が少しでも怪我をすると大騒ぎで、少しでも危険なことは皆、親が遠ざけてしまうでしょう。擦り傷一つで学校を訴えたりする。だから今の子供は殴りあい一つしたことがないし、一つ事故が起こると遊具をみんな撤去してしまう。自転車だってみんなヘルメットをかぶらせる。あれではぎりぎりの経験というのができません。過保護ですよ。昔はヘルメットなんかかぶっていませんでしたが、それで死んだ子供の話なんか聞かなかったでしょう。頭を打って死にかけるというのも、子供にとっては貴重な経験です。

——危険な経験をさせる過程で死者が出る可能性もありますが。

それを言いだしたら檻に閉じ込めておくしかなくなります。本来どんなことをしても事故で死ぬ可能性はあるわけですから。もともと子供というのは、育つまでに何パーセントかは死ぬものなんです。そうやって弱い個体が淘汰されることで群れ全体の強さが維持できている。自然の摂理ですよ。

29

夢であってくれ、などという情けない願いを抱いたのは久しぶりだった。学園の生活はそんなありえないことを悠長に願っていられる余裕などない現実そのものだったし、そもそも「夢であってくれ」などというのはある程度幸福な状態から急転直下突き落とされた人間が言うことであり、常にどん底の人間には当てはまらない。そのはずだった。だが、『ジャン・クリストフ』を読んで石松を助け、集中指導で肉体と精神をぼろ布にされ、そこから一転、告発と脱走への希望が降ってわいた状況では、俺がそう思ったのも無理はないかもしれない。

最初はまだ大丈夫だと思っていた。金尾先生が味方なのだ。あくまで病人だと主張すれば、どんなに疑っても手を出すことなどできないと思っていた。甘かった。担架に寝かされている「病人」をいきなり殴るとはどういうことなのだろうか。だが両脇を抱えられ毛布から引きずり出され、もはや演技をしても無駄だということは明らかだった。

俺は薄目を開け、金尾先生が携帯を奪われ、山口さんが女の教師に引っぱられて集中指導を宣告されるところを見ていた。そうしていると細い視界が「びん」という音とともにいきなり揺れ、また頬を張られたのだと分かった。俺は目を開けた。金尾先生は芦屋に押さえられ、山口さんも引っぱられていく。俺は目黒に捕まっている。現実はこれだった。

あとはもう、引っ立てられていくだけだった。俺はまたプールだろうか。そこで今度は指導ではなく、「何をしていたか」という尋問が始まるのだろう。実質的に拷問だ。俺はすでに知っている。あの電撃の恐怖の前で、何かを隠し通すことなど絶対にできない。だが、俺たちがしようとしていたことが告発だとばれた時、俺はどうなるだろうか。山口さんは。金尾先生は。

後ろから引っぱられ、保健室の空間が離れていく。殺されはしないはずだと思った。だが死んだ方がましで、早く殺してくれと願うような苦痛がいつまでも続くかもしれなかった。そうなった時、どこかから飛び降りるように仕向けられるかもしれなかった。誰も目撃者などいないのだから、最後に自分の足で飛びさえすれば、俺の死は「疑惑」のまま自殺として処理される。うちの親は騒ぎたてなどしないだろう。むしろ手間のかかる穀潰しが片付いて喜ぶかもしれない。あるいは藤本のように、「指導が行き過ぎて」暴行の結果死ぬのだろうか。

いずれにしろ、おしまいだった。一度徹底的に痛めつけられた記憶が染み付いている俺の頭はもう言うことを聞かず、とにかく「どうすれば苦痛が最も短く終わるか」だけを必死で考え始めている。

だが一瞬後、金尾先生の叫び声が廊下を貫いた。

「――逃げなさい！」

意識をまるごと張りとばすような強烈な声だった。俺は死のことをぼんやり考える麻痺状態から一瞬で引き剝がされ、次の一瞬には、重心を落として目黒の袖を取っていた。

完全に不意をつけば、大きな相手でもこんなにすんなりと浮く。軽くはなかったが、目黒の体は稽古中のように綺麗に背負うことができた。落とす時、反射的に引き手を引いてしまったことを後悔するぐらいだった。床がどたりと揺れ、仰向けになった目黒の悲鳴が聞こえる。

全身の筋肉がびきびきと張っている。だが体はまだ動く。

――行け！

俺は取っていた目黒の袖を振り払い、裸足で廊下を蹴り、走り出した。だが横から芦屋が突進してきた。

「貴様」

かわせたと思ったが、袖口のあたりが摑まれたらしく、急に体が止められた。とっさに振り返るが、相手は芦屋だ。投げて振りほどくのは不可能だった。何事か怒鳴る芦屋が腕を伸ばしてきて、俺の肩を摑もうとする。

だがその瞬間、芦屋は横に弾かれ、肩から壁に激突した。見ると、山口さんが芦屋の腰に突進し、組みついていた。芦屋の手が離れる。見ている暇はなく、俺は彼女に背を向けて走り出した。後ろから怒号が追ってくる。

逃げる。もう、走って逃げるしかなかった。捕まったらそこまでだ。

踵と脚先で冷たく硬い廊下の床を蹴る。着せられているジャージは少々きつかったし、その下にいつの間にか穿かされていたブリーフの感触もきつい。腕も脚も疲労で軋んでいるし、打撲している背中と脇腹が動くたびに鈍く痛む。だが走れた。管理棟廊下の薄暗い空間が加速する。

後ろの山口さんと金尾先生はたぶん、ここまでだ。でも逃げる。もう、賭けるしかなかった。俺一人でも走って脱出し、とにかく外の大人に助けを求めるのだ。俺の様子から、只事でないことは伝わるかもしれない。二人を助けてもらえるように頼むしかない。職員室から出てきた教師が正面に立ちつくして、呆然とした顔のまま俺を見ている。何か声をかけてくるのを無視してステップを踏み、壁に肩をぶつけながらその横をすり抜ける。後ろからは足音が追ってきているから、一瞬たりともスピードを緩められない。受付の横を抜け、両手と肩でガラスドアに突進して開け放す。そのわずかなタイムロスの間に後ろの足音が十メートルも迫った気がして体が冷えた。裸足のまま外の石畳に飛び出し、斜め前から顔を捉える太陽に目を細める。花壇と樹に挟まれたほんの数十メートルの道。その先に真っ黒な正門がある。あそこまで行けばいい。

だが俺の目の前で、車一台分開いていたはずの門扉の隙間ががらがらと狭まり始めた。なぜか守衛が詰所から出ていて、俺を見つけて何か呼びかけた。俺はどうしてよいか分からず、そのまま正門に突進する。

「おい、お前」

守衛は俺の姿をみとめると表情を険しくした。門が閉まる。駄目だと悟った俺はとっさに方向転換し、植え込みを飛び越えて芝生を横切り、中等部管理棟の方へ走り出した。後ろから守衛の怒鳴り声が追ってくる。駄目だった。芦屋か女の教師がすぐ守衛に連絡し、門を閉めさせていたのだ。

そうなれば正門からも離れなければならなかった。恭心学園の敷地内は植木で各建物が隔てられているものの、グラウンド周辺は見晴らしがよくて丸見えになる。俺は中等部管理棟を迂回し、グラウンドを避けて奥に続く石畳の道を走り、特進クラスの教室棟に向かう。再び植え込みを飛び越えて芝生を踏み、ショートカットする。右足の裏に何か細かいものが刺さって痛いが、足を上げて取っている暇はない。追っ手がすぐそこまで来ているかもしれない。

腕を振り、腿を上げる。体は重く張っている。なぜこんなに重いのかと思ったが、そういえば俺の筋肉は集中指導で限界まで酷使されていたのだった。長くは走れないだろうし、いつもならもっと速く走れるはずなのにそれもできない。とにかく敷地の外に出なければならないということは分かっていた。だが正門は駄目だ。残るは北側、山に続く最奥部の裏門しかないが、ここは生徒使用禁止であり、職員宿舎につながっているから、仮にここから出たとしても目立つ。だが職員が宿舎から学園を通らずに外に出られる裏口があるはずであり、そこに辿り着けなくても、最悪の場合そのまま裏山に逃げ込んでしまえばいい。俺は芝生を蹴り、ジャンプしてまた石畳の道に戻り、北の端の裏門に向かって走った。走りながら後方を振り返る。背後に追っ手の姿はなかったが、今頃は「脱走者あり」の連絡が教職員間でされているはずであり、出勤している全員が俺を捜し始めているはずだった。

高等部の教室に続く道を無視し、特進クラスの寮がある北の端まで向かう。北側の塀が見えた。高さ四メートル以上の見上げるような塀だ。そして上部には触れる者すべてを拒絶する金属の棘がびっしりと生えている。仮に裏門も駄目なら、どうにかしてここを乗り越え、裏山に逃げ込まなくてはならなかった。教師たちはおそらく、俺が敷地の「奥」にあたる北側に逃げたとは思っていない。とっくに閉まっているであろう女子部への通用門という選択肢は捨てる。追っ手に見つかる前に裏門に辿り着く。

だが、人の声が後ろではなく前から聞こえてきた。俺は慌てて立ち止まり、いきなりの負荷に太股が悲鳴をあげたため膝をついてしまう。先回りされている。いや、連絡を受けた別の教職員がこちらに回ったのだろうか。いずれにしろ、前方の裏門はもう張られているはずだった。俺は反転し、植木の間に飛び込んで塀の下を来た方向に戻る。もう最後の選択肢しかない。この塀のどこかをよじ登って越える。

一か所でも低くなっているところはないかと探しながら走っていると、後ろからばたばたという足音が聞こえてきて、俺は塀を見るのをやめてまた全速力になった。追ってきている。今は塀をよじ登る時間もない。どこかに隠れて一旦追っ手をやり過ごし、それから見つかる前に塀を越えるしかない。

すぐ横にあるのが特進クラスの寮だった。俺は樹々の間を走り抜け、そちらに向かう。特進クラスの寮は二階建ての小さい建物だが、ＨＰで宣伝する俺たちの男子寮より、安普請に見えた。特別待遇のはずの特進クラスの寮だが、ＨＰには載っていないし奥の方なので来客からも見えようがない。だからかえって汚いのだ。皮肉なことだった。

壁沿いのどこかに身を隠せないかと思ったが、植え込みは低すぎ、そんな場所はなかった。俺は意を決して玄関のガラスドアに飛びつき、引き開けて裸足のまま中に上がった。中のどこかに隠れるしかない。特進クラスの連中が相手なら、いざとなれば投げ飛ばす自信もあった。

特進クラス寮の廊下にはモスグリーンの絨毯が敷いてあった。そして廊下なのに妙に空気が暖かかった。俺たちの寮とは違って全館暖房が整っているのだ。天井も壁も創立当時から何も替えていないらしく古かったが、常に整頓し余計なものは一切置けない監獄のような俺たちの寮と違い、特進クラス寮は柔らかい生活感があった。そしてはっきり見てはいないが、さっき上がった玄関のところにあったのは確かに自動販売機だった。一年の頃はいつかここに入りたいと切望していた特進クラス。こんな形で訪れるとは思っていなかった。きっと、ここにはいじめもなければ、生徒間の理不尽な序列もないのだろう。いや、ほぼ同じメンバーだけで常に顔を合わせているのだから、そういったものはやはりあるのだろうか。

前方の階段を制服姿の男子が下りてきて、隠れ場所を探しながら歩く俺を見て、ぎょっとして立ち止まった。俺は無視して前をすり抜けた。だが冷や汗が出ていた。廊下にいては目立ちすぎる。どこかの部屋に隠れなくては。だが居室のどこに人がいるのか、ドアの並びを見ているだけでは分からない。

どうする、どの部屋だ、と肩で息をしながら早足で歩いていると、部屋の名前を示す一つのプレートが目に入った。

〈娯楽室〉

思わず立ち止まっていた。娯楽室。周囲の連中が夢に見て、その存在を常に噂していた娯楽室。本当にあったのだ。

俺はドアノブを摑んでいた。隠れる場所としてここが一番適切なのかは分からず、ただ「ここなら開いているだろう」という合理的な期待と、せっかくだから娯楽室を見るだけでもいい、という状況にそぐわない興味が半々だった。だがこの建物に入る直前まで足音が聞こえていた追っ手が、この建物を嗅ぎつけて入ってくるのも時間の問題に思えた。どこかに入らなければならないのは確かなのだ。それに、一度止まってしまった今ではもう、すぐに走り出す気力も体力もない。ドアを開ける。もし噂通り中に女がいるなら、そいつを人質にとれる。外に知らしめれば計りしれないスキャンダルにもなる。

だが、飛び込んだ娯楽室には、なんともいえない淀んだ空気が充満していた。空調がきいているらしくくぐもった駆動音が続いていたが、男の汗と皮脂の脂っこさと、籠もった空気の埃っぽさが混ざりあった、生ぬるい臭いがした。床は廊下と違い、ところどころ色のくすんだ白のビニール材のままだ。教室よりだいぶ狭い部屋の中央になぜか卓球台が置いてあり、その傍らには古ぼけたソファとテーブルがある。壁際には飲み物の自動販売機があった。

制服を着た、四人ほどの男子生徒がこちらを見ていた。全員、中央のテーブルを囲むソファに座っており、テーブルの中央にはだいぶ古くなっているオセロ盤があった。その隣に黄緑色の液体の注がれた紙コップがあり、それがかすかにちりちりと泡をたてている。

焦っていて、中に人がいることは考えていなかった。だが俺は当然という顔を作って踏み込み、裸足の足を冷たい床に打ちつけて進むと、空いた奥のソファにどかりと座った。特進クラスの連中は部活動が免除されているガリ勉ばかりだし、揉め事により懲罰点がついて一般クラス落ちすることを何より恐れているはずだった。失うもののない俺に文句を言う奴はいない。

「何だよ」

見ている四人を睥睨《へいげい》し、威圧する。四人はおどおどし、オセロ盤に目を落として逃げた。予想通りだった。不審に思われているし、俺が通常クラスの人間だということもおそらくばれている。だがこいつらは、問題になることを恐れて何もしてこない。ならばこのままここで追っ手をやり過ごし、ついでに体力も回復させればいいのだ。

俺は娯楽室を見回した。真ん中の卓球台のせいで狭く感じるが、入口から見た時の印象よりはやや広いようだ。十畳かそこらくらいだろうか。その他にはソファとテーブル。壁際の自動販売機は紙コップが出てくるやつで、どうやら金を入れなくてもいいようになっているらしい。

これが娯楽室のすべてだった。床は汚れて埃がついているし、卓球台のネットも破れている。ソファはところどころから黄色いスポンジを覗かせ、テーブルに置かれたオセロ盤すら、緑のフェルトが剝がれかけ、駒も白と黒が分離しているものが交じっている。寮の連中があれほど噂し、いつか特進クラスに上がって行ってみたいと夢見ている娯楽室は、どうしようもなく古びていた。もちろんパソコンなど置いていないし、ネットも繋がらない。よく見ると壁際の自動販売機すら、半分近くのボタンに「売り切れ」のランプが灯っていた。本を読んでいるおかげで、俺はこの部屋のこの雰囲気にぴったりな語彙《ごい》を見つけていた。これは「場末」の雰囲気だ。うらぶれた場末の一室。

……こんなものだったのだ。現実は。

考えてみれば当然のことだった。この学校が用意してくれる「娯楽」などこんなものだ。

思わず笑いが漏れてしまい、ぎょっとしてこちらを見る奴を睨みつける。

向かいのソファに並んで座っていた二人が、こそこそと目配せを交わすのが見えた。俺はドスのきいた声を作って睨む。「おい」

「すいません」二人は揃って頭を下げた。片方が上目遣いで俺を見る。「俺たち、そろそろ帰りますんで」

「帰るなよ」なるべく威圧的になるように気をつけながら言う。「座ってろよ」

二人が萎縮してなんとなくオセロの駒をいじりだし、俺は心の中でほっと息をついた。立ち上がって駆け出されたら捕まえてここに留めることはできないし、そもそもこの部屋では四対一だ。一対一ならまだしも、限界まで手足が疲れている今、一斉に襲いかかられたらひとたまりもない。

しばらくの間は静かだった。沈黙が続き、エアコンの駆動音だけが一定の強さで続く。ようやく与えられたかすかな休息時間を最大限に活かそうと、俺は必死で呼吸を整えた。部屋の暖房が暑く感じられ、自分が汗臭い。追ってきた教師をやり過ごし、外に視線がなくなるまでどのくらいかかるだろうか。いや、その間にこいつらの一人を脅し、制服を奪って変装した方がいいかもしれない。俺に一番サイズが近い奴はどいつだろう。

だが、ぶつり、という不気味な音に続き、スピーカーから割れた音声が響いた。

――全校生徒に連絡。男子に脱走者が発生。校内を逃走中。生徒はただちに周囲を捜索、脱走者を確保するように。繰り返す。男子に脱走者が発生。校内を逃走中……

動けない俺の頭上で放送は三度繰り返され、またぶつりと終わった。

どこにあるか分からないスピーカーの姿を求めて頭上を見ていた俺は、全身の肌に視線を感じていた。周囲の四人が俺を見ている。まさか、生徒を使って脱走者を捕まえさせようとしてくるとは思っていなかった。

「何だよ」

四人全員にきちんと視線を行きわたらせて精一杯威圧するが、さっきまでとは反応が違っていた。四人とも睨むと顔は伏せるが、上目遣いで視線をずっとこちらに張りつけている。いつまでも威圧して従わせるのは無理だと分かった。さっきは下げられたはずの水位が下がらない。これでは限界点を越えるのもすぐだ。

「……お前ら、分かってるのか」先に動くしかなかった。「俺が今捕まったら、お前らも共犯だって言ってやるからな。お前らが娯楽室に俺を匿った」

四人がぎくりと身じろぎし、右側の一人などは何か抗議めいたことすら言いかけたようだったが、全員、沈黙したままだった。

だが、生徒まで俺の捜索に加わり始めた今ではもう、ここでのんびりしてはいられなかった。学園の敷地内にいる全員が敵になり、俺を捜している。生徒たちも手近なところから捜し始めるだろうから、特進クラスの連中がじきにここにも入ってくる。相手がこれ以上大勢になったら、脅すのも無理だ。何より、ぐずぐずしていたらこの寮の廊下も外も、俺を捜す生徒たちで溢れてしまう。

俺はゆっくりと、ソファから尻を浮かせた。急いで一刻も早く、しかしこの四人を刺激しないように部屋を出なければならなかった。今、四人は葛藤しているはずなのだ。誰か一人が動けば全員がそれに呼応して襲ってくるだろう。なるべくなら物音すらたてたくなかった。俺はゆっくりと立ち上がり、テーブルの横を抜け、四人に背を向けてドアノブに手をかけた。

その瞬間、ソファがきしむ音が後ろで聞こえた。俺は全力でドアを開け放し、廊下に飛び出した。すぐ横に生徒がいたので、その反対方向に駆け出す。後ろで、おい、とかいう声が聞こえた。追って出てきたのだろう四人の足音も聞こえる。廊下を走り、さっき入ったのとは別の出入口から外に飛び出す。正面すぐのところに北側の塀がある。右に行けば東の端、女子部の敷地と男子部を隔てる塀がある。こちらを越えても脱出したことにはならない。北側の塀だ。

だが西側、男子部の教室棟がある方から、サッカー部のユニフォームを着た連中がぞろぞろと現れた。何かをがやがやと話しあい、きょろきょろと周囲を窺っている。裏門、とかいう単語も聞こえてきた。

もう皆、捜し始めているのだ。部活の練習中だった生徒も全員。だとすれば北側に行くのは無理だ。

後ろでドアの開く音がして、俺は反射的に東側へ走り出した。急激に負荷がかかり、すでに疲労で硬くなっている腿の筋肉がごりりと痛む。こちら側の塀を越えても女子部に入るだけだが、女子部の方ではまだここまでの状況になっていないはずだし、そもそも異性との接触を極端に恐れる女子たちが俺を捕まえようとするはずがなかった。女子にならば、たとえ見つかっても教師に通報されるだけだ。教師が来るまでに塀をよじ登ればいい。

石畳の上を走り、特進クラスの教室棟の脇を走る。女子部の敷地に近いこちらには、男子部の生徒たちは近寄りたがらないのだ。このまま南に走って正門の様子を見たかったが、危険すぎると判断してやめた。特進クラスの連中がぞろぞろ外に出てくれば、ここにいてもすぐ見つかる。かといって他の場所には行けない。グラウンドも体育館付近も男子棟も、今は俺を捜す生徒で溢れかえっているはずだ。わずかなりとも余裕があるのはこのあたりだけだった。

俺は並木の間を抜け、東側の塀に飛びついた。高さが四メートル以上ある。バスケットゴールより高いそれをどう越えるか、具体的な方法を考えているわけではなかった。羽織っているジャージの上を脱ぎ、袖のところに輪を作って縛る。後ろから声が聞こえた。大丈夫、あれは生徒だからすぐに襲ってくるわけがない、と念じながら下がり、助走をつけてジャンプしながらジャージを振り上げる。高さは足りていたが、輪が棘に引っかかってくれない。生徒が集まってきたらしく後ろからざわめきと足音が聞こえる。近付いてきたらたとえ誰であっても殴る、と決め、もう一度助走をつけて飛ぶ。精一杯に腕を伸ばしてジャージを振り上げると、輪にしたところが棘の先端に触れた。着地しながら、わずかに手応えがあったのを感じた。

見上げると、ジャージの輪を作った部分はきちんと上部の棘に引っかかっていた。恐る恐る引っぱってみるが、引っかかったままで外れて落ちはしない。強めに引いたが、ジャージが伸びるだけだった。

迷っている暇はなかった。俺はジャージの下部にしっかりと指をからめて両手で摑み、塀に足の裏をつけると、ゆっくりと体重をかけていった。ジャージがずるりと伸びる。落ちるな、と祈ると同時に、外れる前に登りきってしまえ、というおかしな考えが浮かぶ。ジャージを引っぱって塀を蹴り、体を持ち上げる。

——いける。

青空と、塀の上部に並ぶ棘が見えた。ジャージをたぐりながらあそこまで、三歩か四歩だけ登ればいい。棘に手が届きさえすれば、何としてでも懸垂で体を持ち上げてやる。塀さえ越えれば、あとは女子部の敷地を走り抜け、どこからでも脱出できる。この際他人の家の中でもどこでも逃げ込んでやる。住人を人質に取れば警察沙汰にできる。

ジャージを頼りに体を持ち上げると、自分が地上何十メートルかの高さにいるように感じられた。落下の恐怖が増す。だがジャージはまだ持ちこたえてくれている。体を持ち上げるだけでいいのだ。あと二歩。

だが、下から男の声がした。それと同時にどたどたと複数の足音が近寄ってくる。

聞き覚えのある声だ、と思った瞬間、シャツの背中が下に引っぱられた。手にかかる力が大きくなり、落ちそうになる。慌てて体を揺すり、ジャージにしがみついて持ち上げようとすると、今度は塀につけている脚にしがみつかれ、両足が塀から離れて宙吊りになった。下を見ると、いくつもの坊主頭がこちらを見上げていた。中等部のガキならまだよかったが、高等部の連中だった。そいつの後ろからもう一人が来て、逆の脚にもしがみつかれた。何かの小説でこんな構図を見たことがあるな、と、場違いなことを考える。この構図は誰の何という作品だったか。

ずるりとジャージが緩み、次の瞬間、俺は地面に引きずり落とされていた。尻から植え込みに落ち、一緒に倒れた男子たちが背中の上にのしかかってくる。ざわめく声が聞こえ、左右の二人を振りほどこうとした俺はまたうつ伏せにねじ伏せられる。

……ああ、『蜘蛛の糸』か。芥川の。

群がってくる男子たちに押し潰されながら、俺はそう思った。

「やった」「捕まえた」俺にのしかかっている連中が騒ぐ。

怒鳴りつけてやろうと思った。確率は三分の一だが、もしこいつらが一年なら、居丈高に命じれば俺を放すかもしれない。

だが、正面から太った男子が近付いてきた。

「……よう。小川じゃねえか。何してんだこんなとこで。女子部覗いてんのか？」

根本だった。この野郎は、放送が流れるといち早く女子部の方向に走ってきたのだ。いい読み、いや、どさくさに紛れて女子部の敷地を覗きでもするつもりだっただけかもしれない。

しかも、俺にやられてから周囲の連中に見向きもされていなかったはずなのに、俺が集中指導を受けているたった一日の間に取り巻きを連れる立場を取り戻している。

最悪の奴に見つかったと思った。根本に脅しが利くわけはないし、根本は俺への恨みだけでなく、自分の権勢を誇示して俺との上下関係を確かなものにするため、どんなに頼んでも手を緩めてはくれないだろう。教師に引き渡される前に、体に障害が残るような怪我を負わされるのではないか。

押さえつけられ、囲まれ、身動きのとれない俺の脇腹に根本の蹴りが入る。息が止まり、俺は体を折り曲げてむせた。二度、三度と蹴りが入り、根本の様子を見て調子に乗った取り巻きどもの爪先が鼻に食い込む。熱い鼻血が流れる感触があり呻き声が出るが、根本はにやにやするだけで、視界がぼやける俺の髪を摑んで顔を上向かせ、空いた手でがつりと顔面を殴ってきた。赤く振動する視界の中で、鼻息を荒くし、口の端から涎を溢れさせる根本の、醜い顔がぼやけて見える。俺はせめて「歯が折られることだけは避けよう」と決め、歯を食いしばり続けることだけに集中した。

どれだけの間、殴られる時間が続いただろうか。途中からは根本だけでなく、取り巻きどももかなり積極的に俺を殴ってきて、根本よりそちらに腹が立った。だが人間の顔面を殴り慣れていないのだろう。しばらくすると取り巻きの一人が「手が痛くなった」と言い始め、それで根本は汗を拭いながら宣言した。

「立たせろ。管理棟に連れてくぞ」

保健室でそうだったように再び立たされる。脇腹も太股も蹴られて痛く、顔面はおそらくぐしゃぐしゃになっているだろうと感じた。全身にはもうどこにも力が入らなかった。両腕と背中をぎゅうぎゅうに抱えられ、引きずられるように歩く。歪む視界の中で、野次馬の生徒たちが恐々と身を引くのが見えた。根本が得意げに、彼らに向かって何か声をかけている。

がちがちに固められ、引きずられながら、駆け抜けてきた道をゆっくりと戻る。ウイニングラン、ではなく、負けた時のこれは何と言うのだろう。根本の方は凱旋の気分らしく、集まってきた周囲の男子に手を振っていた。特進クラス教室棟の裏を抜ける頃には、周囲は野次馬でパレードのようになっていた。人垣をかき分けて教師が出てくる。

俺は教師から目をそらし、塀を見た。あと二、三メートルだった。あれさえ越えればよかったのに。できなかった。ここで終わりなのだろうか。俺はこれからどこに連れていかれるのだろうか。連れていかれて、ただ苦痛に耐えるだけの時間がどれくらい続くのだろうか。終わりはあるのだろうか。死ぬ以外の終わりは。

教師に引き渡され、俺の両脇はそれまでより余計にがっちりと摑まえられる。そんなに強く押さえなくても、もう逃げる力などない。できることといえば喋るくらいだ。管理棟が近付いてくる。どうやら、あそこに連れ込まれるらしかった。そうなればもう生徒の目もない。泣き叫んでも誰にも届かないだろう。

せめて何か、最後に残したかった。歯を食いしばっていたおかげで口の中の被害はそれほどではなく、腹に力を入れれば、一回や二回ははっきりした声が出せるかもしれなかった。せめて言ってやろうと思った。この学園はクソだ。生徒を殺して隠蔽している。五戒なんてクソだ。教師どもはただのサディストだ。何が「感謝しろ」だ。生徒はみんな騙されている。そう叫べば、それを聞いた誰かの目が覚めるかもしれなかった。そしてもしかしたら、俺の後に続く人間が出てくるかもしれない。

だが、痛む胸で息を吸い込み、叫ぶと、別の言葉が出た。

「助けてくれ」

両脇がより強く固められる。何か怒鳴られたようだ。だが俺は叫んだ。「助けてくれ。人殺しだ。誰か助けて」

口の中にごわごわした布が押し込まれ、それもできなくなった。

30

「……その証言者って、柔道部員なんだね？　で、どうして電話がつながらないの？」

――分かりません。ただ、メールではかなり切迫している様子でした。送信した直後に、メールにあった十一人のことが学園側にばれたのかもしれません。だとすればもう、一刻の猶予もありません。

「だけど、携帯もつながらないってどういうことなんだ？　まさか捕まって監禁されてるとかじゃないだろうな」

――金尾先生に対してまでそれをするかどうかは分かりませんが、拘束されている可能性はあります。証言者の生徒の方は「懲罰」という名目で何をされているか分かりません。

「警察に通報するべきじゃないの？」

――何て言って通報するんですか？

そう言われ、僕は携帯を握ったまま動けなくなった。仮にその証言者の生徒が監禁されているとする。それをどう警察に訴えるのか。本当に監禁されているかどうか分からないし、そう考える根拠をうまく説明できる自信もない。どこに監禁されているかも分からない。

電話口の沙雪ちゃんは僕より状況を把握しているようだった。

――警察という機関は、学校、しかも私立には踏み込みたがらないものなんです。仮に私たちの通報で一応、警察が動いてくれたとしますよね？　駆けつけた警察官はまず受付で事情を話します。そうすると教師が出てきますよね。出てきた教師は「そんなことはない。悪戯でしょう」と答える。それを聞いた警察官はどうすると思いますか？　「そうですね。失礼しました」で帰っちゃうに決まってますよ。

彼女の言う通りだった。たとえ中で生徒が殺されるところだろうが、教師が「何もありません」と言えば、警察がそれを押しのけて強引に踏み込んでくれることなど絶対にない。学校とはそういう場所だ。

「じゃ、どうすれば……」体を傾けてフロントガラス越しに前方を見る。路地のむこうに、恭心学園の高い塀が見えた。

――とにかく学校に急いで来てください。今、タクシーですよね？　あとどのくらいですか？

「いや、もう着いた……」

答えようとしたら彼女が先に言った。――いえ、見えました。前の緑のタクシーですね。後方を見ると、同じ色のタクシーが停まり、ドアからコートをはためかせて沙雪ちゃんが降りたところだった。急いで財布を出し、お釣りはいいです、と言って車を降りる。

「拓也さん」

「とにかく受付まで行こう。中で何か起こってるのかもしれない」

僕が言う間に沙雪ちゃんはもう走り出している。とにかく、まずできるのはそれだけだ。

一時間ほど前に、金尾先生からのメールを受け取った沙雪ちゃんから連絡が来た。だが金尾先生から来た最後のメールには「今から学校を出る。出たら連絡する」とあったのに、未だ続報はないらしい。金尾先生と証言者の小川希理人君は現在、どうなっているのだろうか。

受付に行こうとして異変に気付いた。平日なら車一台分開けられているはずの黒い門扉が完全に閉じられており、初老の守衛さんが中に立っている。その向こうを、制服を着た男子生徒三人組が通った。にこやかに談笑しているふうではなく、ざわついた様子で何かを捜している。見ると、管理棟の向こうからも四人組が出てきて、同じようにきょろきょろしていた。

「何だ……?」

様子がおかしい。大掃除でもしているのか、というのが第一印象だったが、何か違う。全校生徒が出ているのだろうか。何かを探しているようでもある。

「すいません」沙雪ちゃんが門扉を叩いた。「保護者ですけど、受付ってこちらから入るんですよね？」

守衛さんが振り向き、ちゃんと聞こえていなかったのか「何か御用ですか」と言いながらこちらに来る。

「一年二組、小林大貴《こばやしひろき》の保護者です。担任の逸見《いつみ》先生からお呼び出しを受けて伺ったんですが、どこから入ればよろしいのでしょうか？」

沙雪ちゃんは出鱈目を言ったが、担任の名前はおそらく正しいのだろう。守衛さんはああ、と頷き、困ったように管理棟を振り返る。「今ちょっと、ごたごたしててねえ。もう少し待ってくれますか」

「四時半のお約束だったので、急いで伺ったんですけど」沙雪ちゃんは腕時計を見て演技する。

実際にはもちろん約束などない。だが守衛さんは面倒になった様子で、門扉を操作して少し開けてくれた。

その隙間をすり抜け、沙雪ちゃんが尋ねる。「何かあったんですか？　生徒さんたちがなんだか……」

「ああ、いえ」守衛さんは困ったように首を振り、管理棟を示した。「受付、あちらですんで」

僕はその間に周囲の様子を窺った。やはり何かおかしかった。さっきとは違う、サッカー部のユニフォームを着た生徒たちがまた建物の陰から顔を覗かせ、きょろきょろとこちらを窺い、引っ込んだ。やはり皆、何かを捜しているのだ。それも落とし物のような小さなものではない。あるかないか遠目にも分かるような大きさの何か。

金尾先生とは連絡がとれない。……まさか。

僕は守衛さんに訊いた。「あの、生徒さんたち、何を捜してるんですか？」

守衛さんは困った顔になり、ああ、と言って目をそらした。「まあ、ちょっとトラブルがありましてね」

沙雪ちゃんと顔を見合わせる。

「……トラブル？」

「ええまあ、ちょっとしたことで」

「生徒が何かしたんですか？　まさか、うちの大貴が」

「いえ、そういうのじゃないんですが」守衛さんはこちらを見た。「……あなた方、親じゃないですよね？　うちの生徒とどういう関係で？」

「いとこです。大貴の親は仕事中ですから、学生の私たちが代理です」当然だろう、という顔で沙雪ちゃんが言う。「でも何か騒ぎになってません？　ちょっと見てきます」

いろいろ質問される前に逃げる方がいい。僕もそう思い、会釈をして管理棟に向かおうとしたが、守衛さんが僕たちの前に回り込んだ。

「ちょっと待ってください。身分証の提示をお願いできますか？」

まずいな、と思う。どうやら不審者に分類されたようだ。本名を名乗るわけにはいかないし、小林という名前の身分証など持っていない。

だがそこで、遠くから叫ぶ声が聞こえてきた。

――助けてくれ……

声のした方を見る。管理棟のむこう。正確な場所は分からない。だが男の声だった。

「あの、今のは」

「悪戯でしょう」そう言う守衛さんはこちらを見ない。「ふざけて叫んだりするんですよ。高校生は」

だが、叫び声が再び聞こえた。

――助けてくれ。人殺しだ。誰か助けて……

全身がざわりと緊張する。悪戯やふざけ半分の声ではない。

「ちょっと」

声のした方に行こうとすると、守衛さんに腕を摑まれた。「結構です。こちらのことですから」

「『こちらのこと』って」沙雪ちゃんが詰め寄る。「今の、助けを求めてたでしょう。行かなくていいんですか？　一体どうなってるんです」

「だから、部外者の方には関係ないでしょう」

「人殺しだって言ってましたよ。どうして見にいかないんですか？　何が起こっているか知ってるんですね？」

「うるさいな。あまり騒ぐと警察に……」

「だから、どうして様子を見にいかないんですか？」

守衛さんに詰め寄り詰問しながら、沙雪ちゃんは僕に目配せしてきた。おい、まさか、と思う。確かに摑まれていた腕はもう自由になっているのだが。

もう声は聞こえない。だが男子生徒の声だった。金尾先生には連絡がつかない。何かを捜している生徒たち。助けて、という声。つまり、考えられる状況は……。

僕は横方向に体を反転させ、走り出した。とっさに反応した守衛さんを沙雪ちゃんが遮る。揉めている二人の声が後ろへ遠ざかっていく。

くそったれ、と思う。これでは完全に僕たちの方が不審者、というか、建造物侵入罪で犯罪者ではないか。理屈では分かる。仮に僕たちの思いすごしであったなら、僕が起訴猶予のつくかもしれない犯罪者になるだけで済む。だが、もしそうでなかったのに看過してしまったら、英人君の死を立証する手立てを永久に失うかもしれないし、それどころか、助けられたはずの子供一人を見殺しにしてしまうかもしれないのだ。取り返しがつかない。だが。

後ろを振り返る。守衛さんは沙雪ちゃんに摑みかかり、何か説教するような調子で怒鳴りつけている。なんでこんな目に遭うのだろうか。あとで警察を呼ばれても、「声がしたので事件かと思った」の一点張りでなんとかなるのだろうか。だが身分を偽ってしまっている。

とにかく守衛さんに追いつかれないのと、大ざっぱでもいいから声のした方向に行くことだけを考え、管理棟の脇を回り込む。隣の高等部教室棟との間の渡り廊下を横断し、管理棟の裏側に出る。管理棟の裏は歩道と芝生を挟んで見晴らしのよいグラウンドであり、そこにも生徒たちがうろうろしていた。高等部の生徒たちらしいが、どうも練習を中断して何かを捜しているようだった。それを見て確信する。金尾先生、それに証言者の小川君だ。だとすれば、さっきの叫びは捕まった小川君のものだ。告発しようとしたのがばれ、脱走しようとして失敗したのだ。

「マジかよ……」

だが、周囲を見回してもそれらしき姿はない。ひと目の多いグラウンドの前に来たせいで僕の方が目立っており、武道場の前にいた生徒たちがこちらを指さしている。

まずいな、と思った。コートを羽織っているとはいえ僕はジーンズにスニーカーだ。教職員や保護者ではなく明らかに不審者に見える。じきに生徒たちが教師にそれを伝える。僕も追われるようになってしまう。とにかく突っ立っているよりはと思い、高等部教室棟の方に駆ける。小川君の声はこちらの方向からしてきたということしか分からない。どこかの建物に連れ込まれたとして、管理棟と武道場とこの教室棟、三つの建物がある。もう一度声が聞こえてこないと見当がつかないが、建物内に連れ込まれたならそれは望み薄だ。かといって校舎内をうろうろ捜し回ることもできない。捜しようがない。

仕方がなかった。どうせ時間的猶予はほとんどない。わずかでも可能性があることをしなければならない。僕は大きく息を吸い、雲の多くなってきた空に向けて怒鳴った。

「小川君。小川希理人君。助けにきたぞ。返事をしてくれ」

息を吸い、体の向きを変えて全方向に声が響きわたるようにする。「小川希理人君。どこだ。助けにきたぞ」

一文字一文字をできる限りのばし、精一杯遠くに声を飛ばした。叫びながら祈っていた。どうか届いてくれ。もう一度声をあげてくれ。

最後の一音を叫びきり、空になった肺に空気を入れる。僕の声はほとんど反響もせず、学校からは何の反応も返ってこない。もう一度叫ぶか。それとも、場所を特定されないよう移動してから叫ぶか。だが、今の声を聞いて人が集まってくるだろう。何しろ教職員だけでなく生徒まで動員しているらしい。捕まったらそれまでだ。

後ろで足音がして、しまった、と思った。振り返ると、制服を着た眼鏡の男子生徒が一人、じっとこちらを見ていた。

とっさに逃げようとしたが、相手が一人の上、あまり強そうに見えないひょろりとした子だったので、僕は勝負に出ることにした。高等部の生徒のようだが、気が強そうには見えない。僕はその子に駆け寄った。

「おい、君」

驚いて立ちすくんでいる生徒に声をかける。「さっきこの辺で、高等部の二年生が一人、捕まったのを見なかった？」

「いえ……ええと」

眼鏡の生徒はしどろもどろになっていたが、なぜか彼は逆に質問してきた。「小川君を助けにきたって、ほんとですか？」

質問を返されてこちらも面喰らったが、僕は頷いた。「そうだ。きっと小川君は今、捕まってどこかに連れ込まれてる。見なかった？　いや、そういう場所に心当たりはない？　頼む。知ってたら教えてほしいんだ。誰にも言わないから」

こうやって訊いたとしても、恭心学園の生徒が協力してくれる可能性は低かった。それよりも僕が通報される危険の方が大きい。だがもうこれしか手段がなかった。

しかし、なぜか眼鏡の生徒は身を乗り出してきた。「あります」

「教えてくれる？」

「はい。小川君、たぶん一〇一教室行きです」

「一〇一教室？」

「はい」眼鏡の生徒は頷く。「集中指導でも治らない生徒がそこに送られるって噂なんです。どこにあるかは知らないけど、たぶん」

生徒が背後の管理棟を振り返る。確かにそうだ。この子の言う通り生徒を監禁するための部屋なら、普段他の生徒が入らないこの建物しかない。

「ありがとう」僕は眼鏡の生徒に素早く言った。「行ってみる。それと、すまないけど、友達にはこのこと、黙っててくれ」

「大丈夫です」生徒は眼鏡を直しながら、弱々しく微笑んだ。「僕、友達いないんで」

「じゃ、僕が今から友達だ。名前は？」

「石松です」

「藤本拓也だ。よろしく」

名乗ったとたん、急に目を見開いた石松君の手を無理矢理取って握る。「ありがとう。じゃ、行ってみる」

「はい。気をつけて。……あの」

走り出しかけた僕は振り返る。「ん？」

「さっきの、間違いでした」石松君は言った。「友達、一人だけいました。小川君です」

石松君は小声だったが、僕はそれで、自分の幸運を知った。小川君の身を案じる友人が校内にいたのだ。彼はさっき、たまたま僕と鉢合わせたのではなく、僕の叫びを聞いて、真っ先に駆けつけてくれたのだろう。

「なんか、よく状況が分かんないんですけど」石松君は頭を下げた。「……小川君を助けてください。お願いします」

「うん。きっとそうする」

人の気配がして振り返ると、サッカー部のユニフォームを着た二人組が遠くから僕たちを見ていた。見つかった。もう時間がない。僕は管理棟に向かって走った。石松君に挨拶はできない。不審者と親しげにしているところを見られたら彼にまで危険が及ぶ。

管理棟の裏口があった。土足のままなのを躊躇ったが、そんな場合ではない。ガラスドアを押し開け、薄暗い廊下に飛び込む。

階段は奥の方に見えた。スニーカーで廊下を走る。名前は「一〇一教室」だが、一階は受付があり保健室があり、人の目もある。生徒を連れ込むとしたら二階のどこかだろう。階段を二、三段ずつ飛ばして駆け上がる。踊り場のところで、下りてきた中年の教師と鉢合わせになり、声をあげて立ちすくむ相手に詫びながら土足のまま二階に上がる。すでに不審者である以上、本当に小川君を見つけることが、今の僕が犯罪者にならずに済む唯一の手段だった。自分の足音の合間に校内放送が途切れ途切れに聞こえる。「不審者」「侵入」という単語が交ざっている。もう通報されたのだ。

採光の関係か、二階の廊下は一階よりやや明るかった。廊下に教師や生徒の姿はない。進路指導室とか会議室といったプレートが並ぶ廊下の一方に向け、山勘《やまかん》で駆け出す。だがそうした途端に後ろで戸の開く音がし、僕は急いで横の男子便所に隠れた。

首だけを出して音のした方を窺う。出てきたのは小柄な男で、ジャケットを羽織り足元はサンダル、という恰好から、教師であることはひと目で分かった。

だが妙だった。出てきた教師はなぜか閉じた戸の前に立ったままで、廊下の左右を窺い、動こうとしない。何をやっているのだろうかと思った。あれはまるで、見張りをしているような……。

そう思った瞬間に、教師の方に向かって駆け出していた。管理棟のどこかに小川君を連れ込んだなら、戸の外に見張り番が立つのは当然だ。

子供時代に染み付いた教育のため、こんな時でも、学校の廊下を全力疾走するのはなんともいえない抵抗感がある。だがスニーカーのおかげで予想以上にスピードが出て、教師が声をあげる前に部屋の前まで行くことができた。先に言う。「おい。この部屋の中で何やってる」

「な、何だ君は」

臆病な男らしく、教師はいきなり現れた僕に驚き、恐れていた。

それに乗じて脅すしかない。僕は教師の胸倉を掴む。「質問に答えろ。助けて、って声が聞こえたんだ。中で何やってる。この部屋だな?」

「な、し」知らん、と震える声で言いながら、教師はちらちらと戸の方を見る。

答えを待つまでもなかった。威圧したのは正解だ。僕は教師を突き飛ばし、戸を開け放す。廊下に見張りを置いているなら鍵はかけていないだろうと踏んだが、予想通り、戸は簡単に開いた。

広くも狭くもない空間。象牙色のカーテンがぴったりと閉められているせいで部屋は薄暗い。壁際には机や椅子が積まれ、キャスター付きのホワイトボードや丸められたポスターのようなものが、ただ隅に押し込んだだけのような乱雑さで積まれている。床のビニール材が少しくすんでいて、普段あまり開けられることのない倉庫代わりのような部屋なのだろうと思える。

物のない中央の空間に、こちらを振り返っているジャージの男が二人いた。一人は竹刀を持っており、もう一人もシェーバーのような何かを持っていた。体型から、二人とも体育教師だろうと見当がつく。そしてその二人のむこうに、教室用の椅子に座らされた少年がいた。

少年、のはずだった。だが顔が血だらけで真っ赤になっており、元の形が分からないほどにひしゃげている。こすれて汚く広がった古い血の上を、新たに流れた鼻血が洗い流すように伝っていく。

左側の男の持つ竹刀に目がいく。「リンチ」という単語がすぐに浮かんだ。右の男が持っているあれはスタンガンではないか。

「何してる」

怒鳴ったつもりだったが、恐怖で腹に力が入らず、普通の声になってしまう。「……犯罪だぞ。警察を呼ぶぞ」

体がぐにゃぐにゃして毅然とした態度がとれない。座らされているのは小川希理人君だろう。まだ動いているから生きている。間に合ったのだ。

「何だ、あんたは」右の男がこちらに向き直った。「ここは学校内だぞ。なんで部外者がいる」

それを見て、左の男も竹刀を握り直した。「不審者が侵入したってのはあんたか。出ていってもらう」

「ふざけるな」やっときちんと声が出た、と思う。奥の小川君を指さす。「それは何だ。その子に何をした」

左の男は黙ったが、右の男はちらりと小川君を振り返り、舌打ちした。「こっちのことだ。あんたに関係ないだろう」

滅茶苦茶だった。それで済むレベルでは明らかにない。

だが、どう言い返していいか分からないうちに、二人の男が左右から迫ってきた。僕は反射的に後じさりながら、それでも内ポケットに携帯が入っているのを思い出した。

「やめろ」携帯を出して相手に向ける。「録画してるぞ」

二人の動きが止まった。持っている携帯が化け物に対する十字架のように思え、僕は二人に見せつけるように突き出して防御する。

「その子を病院に連れていく。証拠は撮ったぞ。邪魔したら現行犯だからな」

言いながら体が冷えていく。当然、はったりだった。こんなわずかな間に携帯をムービーモードにする余裕などない。だが画面をこちらに向けてさえいれば、撮影しているかどうかは相手からは簡単に判断できないはずだった。

二人の男の顔にわずかに戸惑いが生まれ、お互いに目配せをしあっている。

考える時間を与えてはならない。僕は携帯を突き出しながら大股で歩き、左右に下がる教師二人の間を抜け、座らされている小川君の肩を叩く。「大丈夫？　立てる？　病院に行こう」

片方の目は腫れ上がって塞がり、もう片方も半分しか開いていない。だが小川君が僕の言葉に反応したのは分かった。

「立って。出るんだ。助けにきた」

横の教師二人が動き出す前に早くここを離れなければならない。だが彼が消耗しきっているのはあまりにはっきりしている。手足が折れている可能性もある。彼を助けながら敷地の外まで出られるだろうか。先に一一〇番をし、ここに警察を呼んだ方がいいのははっきりしている。現に重傷の少年が目の前にいるのだ。だがそのためには携帯を使わなければならない。横の教師二人が、僕が通報し終わるまでおとなしく待っていてくれるとは到底思えなかった。

とにかくここを離れる。安全な場所に行かなくては。僕は小川君の肩を叩く。「行こう」ようやく小川君の目が僕を捉えた。僕は言った。「立って。金尾先生が外で待ってる」

小川君の口がかすかに動き、目に光が戻った。これだけ痛めつけられていながら気力が尽きていない。強い子だ。立ち上がった彼に肩を貸す。

だがその時、一瞬だけ携帯を下に向けたのが失敗だった。いきなり横から体当たりされ、僕は小川君もろとも床に倒れ込んだ。携帯が手から離れる。

「あ……」

スタンガンの方の教師がそれを取った。同時に、ぶつかってきた竹刀の方の教師がこちらに歩み寄る。薄暗い部屋の中で、こちらを見下ろす体格のいい教師は巨人に見えた。小川君を抱き起こしながら、上から降ってくる視線を浴び、僕の体が冷えていく。誰か助けてくれ、と思った。沙雪ちゃんは──。

だが脳裏に浮かんだ彼女は、ただ「冷静になれ」と言いたげに僕を見ていた。僕は自分に言い聞かせる。考えろ。戦え。

「……やったな」僕は俯いたまま口を開いていた。「これで決定だ。携帯を返せ。強盗罪もプラスされたいか?」

「ああん?」

チンピラそのものの声が返ってくる。僕は歯を食いしばり、竹刀の教師を下から睨み上げた。

「録音してるつってんだよ」コートの胸元を叩く。「携帯、一個しか持ってないとでも思ったか?」

竹刀の教師の動きが止まった。その後ろでスタンガンの教師も、手にした僕の携帯を見ていた。

「これを待ってたんだ。もう一つの電話は今でも通話状態だ。これ以上何かしてみろ。全部警察に伝わるぞ。あんたたちの声もむこうに伝わってる」小川君を促して立ち上がる。「この子の怪我は言い逃れできても、僕に対する暴行は現行犯だ。これ以上邪魔すると、通話してる相手が一一〇番するぞ」

自分の胸元に目をやってみせる。これもはったりだった。さっきの携帯についてもはったりだから、はったりの上に重ねたはったりだ。だがこれしかなかった。とにかく、相手の動きが止まることが大事なのだ。僕は二人を交互に睨み、そうしながら手では小川君を促し、歩き出した。小川君は左脚を怪我しているらしく、がくりがくりと左右に揺れ、落ちそうになったが、自分でも力を振り絞って歩こうとしてくれているのが分かった。

「あんたもそこでおとなしくしてろ」入口まで歩き、廊下から覗き込んでいた小男の教師に怒鳴る。「警察にどうやって言い訳するか、学園長と相談でもしてるんだな」

部屋の中を振り返ってそう怒鳴る。二人の教師はスタンガンと竹刀を持ったまま、動かずに突っ立っていた。

31

床が硬いせいだろうか。一歩歩くごとに、腰と背中がずしりと痛む。振動がさらに上まで伝わっていき、ばりばりになった顔の、骨の内部にもずしりと響く。二歩に一回は左の太股が痛み、体が落ちそうになる。

支えてくれている人はそういう俺の状態を気遣い、腰を使って体を傾け、できる限り寄りかかってもいいような支え方をしてくれていた。そのありがたさに応えるため、俺はとにかく、倒れずに一歩一歩、足を前に出すことだけに集中していた。階段を下りるのは廊下を歩く以上に体が上下して辛かったが、右手はまだ動いて、それに気付いたこの人が手すりを掴ませてくれた。それでだいぶ楽になった。

自分の体はどうなったのだろうか、と思う。口の中は鉄の味で満ちていて、時々混ざりあった唾液と血で溢れる。そこらに吐いちゃえ、と言われてそうした。歯は折れていないと思う。顔の形は変わっているだろう。化け物みたいなぼこぼこの外見になっているかもしれない。どの程度の怪我か分からないが左の太股が動かすたびに痛む。左の手首もだ。背中と脇腹が拍動とともに痛み、腰も変に曲げると激痛が走る。それに息が苦しいが、派手に吸い込むと胸にも激痛が走る。「こっそり呼吸をしてそっと生きている」ような感じだった。

……だが、生きている。

この人はおそらく、金尾先生の言っていた藤本拓也さんだ。それならば、事情はみんな分かってくれているのだろう。金尾先生が外で待っているという。本当なのかどうかは分からない。だが俺が外に出て訴えれば、仮に先生や山口唯香が拷問されていても助け出せるはずだった。

だから、歩かなければ。

「もう少しだ。頑張って」

隣の拓也さんが励ましてくれる。よく見たら土足だった。俺の叫びを聞きつけて乗り込んできてくれたらしい。

受付のところで横から声をかけられぎょっとしたが、俺が考える前に拓也さんが「怪我人です。病院に連れていきます」と怒鳴ってくれた。玄関のガラスドアが開き、外の光が傷だらけの顔面にしみる。涼しい風が頬を撫でる。

石畳の上を一歩一歩歩く。あと何歩で外だろうかと思って顔を上げると、十メートルほど前に見えてきた正門は閉じられていた。先刻俺を追ってきた守衛はまだいたが、門の外の女性と何かを言い争っている。女性がこちらを向き、拓也さん、と呼んだ。守衛が俺の顔を見てぎょっとする。

「重傷です。病院に運ぶ。門を開けてください」

守衛は拓也さんを見て、あ、とか何か言ったが、拓也さんは歩きながら畳みかけるように怒鳴った。「早く」

守衛は俺たちを見て戸惑っている。俺は思った。開けなくてもいい。どいていろ。開けるスイッチはさっき見たのだ。

だが、早くどけ、と思っているのに、守衛はどかなかった。こちらを見据え、充分な間合いを取って腰から警棒を抜いた。俺たちは立ち止まらざるを得ない。

「こら。怪我人に向かって何抜いてんだ」

拓也さんが怒鳴る。門の外の女性も何か言っている。だが守衛はじっと俺たちを見ていた。

「君、ここの生徒に何をした？」

「助けようとしてるんだ」拓也さんが言う。「見て分からないのか。重傷だ。病院に連れていくところなんだ」

だが、守衛は拓也さんを見たまま目を光らせている。「お前がやったのか」

「何言ってる。ここの教師がやったんだ」

「その生徒を離せ。お前は警察に引き渡す」

話が通じなかった。落ち着いて考えてみれば自分の言っていることがおかしいのが分かるはずなのに、教師連中から何か吹き込まれているのか、それとも拓也さんが外部からの侵入者だからということで思考停止しているのか。

一秒ごとに困惑が増す俺たちと対照的に、どんどん落ち着いてくる守衛は、無線機に何かを喋りだした。俺は焦った。人が集まれば問答無用で拘束されかねない。さっき拓也さんが言った「通話状態」云々ははったりだと思うが、はったりはそもそも、相手に言葉を聞いてもらわなければ使えないのだ。

だが、俺は気付いていなかった。状況はそれより悪かった。

横の方から、耳をつんざく甲高い笛の音が長く鳴った。手が動かず耳を押さえることもできなかった俺が拓也さんの肩越しにそちらを見ると、ジャージやスーツを着た教師たちが数名、どかどかと駆けてくるところだった。グラウンド方面を捜索していた連中だ。

先頭にいるのは芦屋だった。そして数名の教師を従えるように真ん中にいる小男が松田学園長だった。連絡を受けて飛んできたのだろう。日曜にわざわざご苦労なことだ。俺の思考はほとんど停止していて、そう考えるのが精一杯だった。

「おい。分かってるのか。お前ら――」

拓也さんが言えたのはそこまでだった。松田が怒鳴った。

「こら貴様、うちの生徒をどこに連れていく気だ。離せ」

松田は体格に似合わない大声で俺たちに向けて怒鳴った。体育教師から連絡を受け、さっきの拓也さんの「通話状態の携帯を持っている」というはったりを知っているのだろう。たとえ誰かに聞かれていても、これで状況がうやむやになる。俺の怪我は「生徒同士のけんか」、拓也さんは「校内に侵入して生徒を連れ去ろうとした不審者」にされてしまう。

逃げなければ、と思うが、正面では守衛が警棒を抜いていて動けない。あと十歩で出られるのに、その方法がない。学校内では、結局教師の思い通りになる。

走ってきた芦屋に横から押し倒され、俺は肩と側頭部を地面の石畳にぶつけた。もう痛みは感じなかった。目の前で、黒い正門が光っていた。

門の外で女性が何か言っている。だが教師たちが俺たちと女性の間にどかどかと割り込んできて、俺たちの姿は隠された。仮にあの人が警察を呼んでくれたとしても、守衛が中に入れないだろう。俺たちはその間に中に引き戻され、隠されてしまう。

また叫ぼうかと思ったが、胸の激痛でそれもできなかった。芦屋が拓也さんの脇腹に蹴りを入れていた。女性が何かを怒鳴ったようだ。それに対して松田学園長が「生徒同士の揉め事です。お騒がせしました」と白々しく答えているのがかすかに聞こえた。

そこで、倒れた俺たちを白い光が覆った。

爆発するような白い光は、連続して俺たちを照らし出した。俺を押さえつけている手が緩む。

「――週刊パトスです。これはどういうことですか？　松田学園長、説明してください」

一瞬、何を言われたのか分からなかった。

だが顔を上げると、俺たちを押さえつけていた教師たちは、もはや一人もこちらを見てはいなかった。松田学園長も大沼副校長も芦屋も、守衛までもが門の外を見ている。

その彼らに、また白い光が浴びせられた。カメラのフラッシュだった。大きなレンズをつけたカメラを構えた男が、門の中の俺たちに向かって連続でフラッシュを光らせていた。その横に別の男が一名。そして彼らの後ろに、白いワゴン車が停まっている。

そして門の外にいた女性が、「報道」と書かれた白い腕章を着け、俺たちの前に立った。

「週刊パトス編集部記者、黄金崎《こがねざき》です。松田学園長、そちらの生徒さんは大怪我をしているようですが、どういうことなのでしょうか？　先程一一〇番通報はしましたが、その前に説明をお願いできますか」

黄金崎と名乗った女性は手帳とペンも出していた。相変わらず、その隣ではカメラマンがフラッシュを焚きまくっている。教師たちは、まるで光に弱い魔物のように顔を手で覆い、体を縮こまらせている。芦屋は「やめろ」と怒鳴ったが、カメラマンは無視した。

……週刊誌記者が来ていた。門の外にいた女性は記者だったのだ。拓也さんが呼んだのだろうか。

だが拓也さんは地面に手をついたまま、信じられない、という顔で女性を見上げていた。

「沙雪ちゃん……？」

「すみません。私、篠田沙雪じゃないんです」女性は拓也さんを見て、困ったように首をかしげてみせた。「週刊パトス編集部の黄金崎玲奈《れいな》と申します。うちの編集部、恭心学園をずっと追っていたんです。この学校、以前からいろいろと噂がありましたから」

拓也さんはまだ事態が理解できない様子で呆然としている。教師たちも立ちつくしている。松田学園長だけが「撮るな。許可していない」などと怒鳴っていたが、カメラマンたちは聞く耳を持たないようだった。

遠くから、パトカーのサイレンが近付いてくる。

「今回のことはすべて記事にします」黄金崎さんは俺を見て、かすかに顔をしかめた。「ひどい怪我ですね。……でも、もう大丈夫です。とりあえず警察に保護してもらったら、私たちにも学園の実態を証言してくださいね」

32

男子生徒を監禁暴行　教員逮捕

四日午後四時半ごろ、＊＊市内の私立恭心学園高校の男性教員三名が、生徒を教室内に監禁した上、竹刀やスタンガンなどで暴行を加え重傷を負わせたとして逮捕された。生徒は骨折などで全治二ヵ月の重傷、調べに対し教員らは——

（毎朝新聞　二月五日朝刊）

体罰死の疑い　告発しようとしていた

私立恭心学園の教員三名が生徒に対する監禁致傷容疑で逮捕された事件で、被害生徒が「以前、学園内で体罰死があり、隠蔽されていたことを告発しようとしていた」と述べていることが明らかになった。

生徒によれば、昨年十一月、柔道部の練習中に二年生の男子生徒が、顧問の教員の暴行により死亡していたにもかかわらず、学校側は――

（東洋新聞　二月六日朝刊）

「助けて」の悲鳴　私立高校監禁暴行　事件の全貌

日が傾き始めた閑静な住宅街に、「助けて」という悲痛な悲鳴が響きわたった――。悲鳴は塀の中からだった。男子生徒に対する監禁致傷容疑で教員三名が逮捕された＊＊市内の私立恭心学園高校は、敷地が高い塀に囲まれている。そのため中の様子は全く分からず、事件時、周辺住民ですら、何が起こっているのか把握していなかったという。

だが、閉ざされた正門のすぐ内側では壮絶な光景が展開されていた。学園長である松田美昭を始めとする教員四名と、悲鳴を聞いて助けに入った大学院生の青年（23）と、通報を受け急行した本誌記者とが――

（週刊パトス　二月七日刊）

監禁致傷の私立高校　体罰死の疑い

四日午後、私立恭心学園の教員三名が、男子生徒に対する監禁致傷容疑で逮捕された事件に関連し、＊＊県警は十一日夜、逮捕されている教員の芦屋正親容疑者（40）を別の生徒に対する傷害致死で再逮捕、学園長の松田美昭容疑者（61）も傷害致死容疑で逮捕した。芦屋容疑者は昨年十一月、顧問を務めていた柔道部の練習中、二年生の別の生徒に暴行を加え――

（毎朝新聞　二月十二日朝刊）

冷水プールで泳がせ、スタンガンで何度も通電――告発生徒への苛烈な「集中指導」

指導中に男子生徒に暴行を加えて「殺害」、しかもそれを告発しようとした男子生徒を監禁してまた暴行――信じられない報道が続く私立恭心学園では、「規則違反をした」と教師が認めた生徒に対する、「集中指導」という名の苛烈なリンチが常態化していた。

告発しようとしていた男子生徒A君（17）はその前日、柔道部の練習中、意識不明になった友人を助けようとしたところを叱責され――

（週刊パトス　二月十四日刊）

「……ええ、なんと言いますか、このたびは本当に……」

「いや、そういうのいいから」

店内に入ってくるなりコートをばさばさ脱ぎながら最敬礼をする沙雪ちゃん、もとい黄金崎さんを押しとどめ、とにかく椅子に座ってもらう。午後八時という時間帯のせいもあって待ち合わせをした喫茶店に客は少なかったが、それでも奥の席のお婆ちゃん二人組はこちらを見ているし、外の通りには人が多い。僕も彼女もマスコミに顔は出ていないが、そういうこととは関係なく、窓際の席で目立つことをやられるのは困る。「それに電話でも言ったでしょ。ほんと謝らなくていいって。そのおかげで助かったんだし」

「いえ、嘘をついていただけでなく、ご説明するのがこんなに遅くなってしまったことについてもですね」

「忙しかったんでしょ？　このくらい分かるって。大丈夫。まず座って」

黄金崎さんは自分の体積を減らしながら移動する風船のようにしゅるしゅると萎み続けながら椅子に座る。借りてきた猫というより水に落ちたハムスターのようである。

「……ほんと、すみません。あ、これ今週発売の最新号です」

そう言って、テーブルに置いていた、先週発売の「週刊パトス」を手に取って示す。まだ書店に並んでいない「週刊パトス」を出す。表紙はやはり「恭心学園事件」であり、これで三号連続である。礼を言って受け取る。僕も何度もインタビューされているので原稿段階では見ているが、実際に記事になるとどう見えるのかはやはり気になるところである。

だがとにかく、小川君たちから聞いていることを伝えなければならない。もらった「週刊パトス」を開きたいのをこらえて脇に押しやり、僕は黄金崎さんに言う。

「ええと、こっちからまず報告。金尾先生から聞いたことだから、知ってるかもしれないけど」咳払いをする。「小川希理人君と石松瑛太郎《えいたろう》君は、東京の高校に転校が決まった。一緒の高校だってさ。さすがにあれだけ報道がされてるから、親の方も希望を聞かざるを得なかったらしい、って言ってたから、そんなに心配はいらないと思う」

「はい」黄金崎さんの表情がほころぶ。

「それと、山口唯香さんも転校が決まったみたい。山梨の県立高校で、利道さんの家から通うってさ」

　事件の報道は主に男子部についてだったが、隣接する女子部についても、いじめや体罰が常態化していたことが報じられている。山口唯香さんの母親は全く反省せず、「あなたのためを思って」と自己弁護に躍起になっているらしい、という話を金尾先生から聞いていたが、祖父の利道さんが激怒し、「あんたに孫は預けられない。うちで引き取る」と言ってくれたので、彼女は大喜びで山梨に引っ越したとのことである。「小川君と会いにくくなる、とは言ってましたけどね」という、金尾先生の苦笑交じりの言葉を思い出す。だが東京と山梨ならすぐだ。それに三人とも、今なら携帯を買ってもらえるだろう。

　縮こまっていた黄金崎さんも、唯香さんのことが一番心配だったらしい。報告するとぱっと顔を輝かせ、背筋も伸ばした。

「そうですか！　よかったです」あっという間にいつもの調子に戻り、通りがかったウェイターさんを捕まえる。「ブレンド二つとニューヨークチーズケーキと紅茶のシフォンで」

「……よく食べるね」

「いえ、片方は拓也さんの分ですよ。お詫びも兼ねて。チーズケーキと紅茶のシフォンケーキ、どっちがいいですか?」

「……じゃあ、ありがたくチーズケーキを」それなら自分で注文したかったし僕はすでに自分で頼んだカプチーノがテーブルの上にあるのだが、まあいい。

黄金崎さんはウェイターさんが離れたのを確認すると、体がこちらの真っ正面を向くようにがたがた椅子の上で動き、僕を見た。「……まず、私は篠田沙雪じゃなく、週刊パトスの黄金崎玲奈と申します」

「うん。そこまでは」そういえば彼女は加害者側の取材に回っていたらしく、僕がインタビューされている間も一度も姿を見ていなかったから、彼女と会うのは事件以来、初めてだった。

実のところ僕も、最初からおかしいなとは思っていたのだ。そもそも告別式の時、十数年ぶりに会った親戚のことを完璧に覚えていた時点で彼女は怪しかった。その後の行動も、「高校のころ新聞部にいたことがある大学生」どころではなかった。

「年上だったのも驚いたけど」しかし、なんとなく今さら敬語に変えるのも変な気がして困る。「まあこっちも、海外にいたから感覚が違うのかな、ぐらいで無理矢理納得してたんだけど……あとこの会話、録音する必要あるの?」

「あ、ないですね」黄金崎さんになっても挙動がそのままの彼女は、どうやら無意識に出していたらしきICレコーダーをバッグにしまう。

「その不同意録音、相手に対してだいぶひどいと思うけど……」

「いえ、まさか。拓也さんにしかやりませんよ」

ひどい。「……で、なんで週刊パトスの記者が？」

「編集部では、以前から恭心学園をマークしていたんです。実はあの学校、英人君の事件以前から、生徒の不審死が二件もあったので」

そのうちの一件は笛吹市の自宅で利道さんから聞いたやつだろう。「それ、当時騒がれなかったの？　子供が学校で死ねば、たとえ事故死がはっきりしていてもニュースになると思うけど」

「学校外だったんです。二件とも、一時帰宅最終日の自殺。一件目の方は今回同様、親が動かなかったので、どうにもなりませんでした」黄金崎さんは記者の目になった。「私は当時まだいませんでしたけど、四年前に起こった二件目の自殺についてはひどかったみたいですね。佐川彰紀君というグラスホッケー部の一年生が自殺したんですが、不審に思った親が教育委員会に訴えたら、逆に親の方がデマを流していると言われ、保護者会で袋叩きに遭ったようです。その後ネット上では、佐川夫妻に関する中傷が飛び交っていました」

だがそれは記事になっていない。僕がそう思ったのを察したようで、黄金崎さんは頷いた。

「うちは取材の申し入れをしたんですけど、親の方が萎縮してしまって取材に応じてもらえず、記事にするだけの材料が揃わなかったんです」

思わず顔をしかめる。「……そういうのが一番、許せないな」

「ネット上での佐川家に対する攻撃なんかは完全にいじめですね。何の根拠もなく生活保護の不正受給をしていただの、死んだ彰紀君に対しても虐待していただのと、ひどいものでしたよ。あげく、当時、遺族の姫御さんが女子高生だと分かると、個人情報を晒して猥褻な電話をかける奴までいたそうです。いじめ化している炎上に正義なんて欠片もないっていう、いい証拠ですよ」

その理不尽さに関しては僕よりはるかに実感的なのだろう。テーブルに載せられた黄金崎さんの右手が、握られたり開いたりしている。「ただ、私が入った頃に編集長も替わって、リベンジだ、ってなったんです」

彼女はそのための尖兵だったわけだ。英人君の死について、彼女は最初、いじめ自殺の可能性も挙げていたが、本当は分かっていたのだ。英人君は恭心学園の「三人目の」被害者だということを。「……それで、篠田さんに？」

「はい。藤本咲子は以前からＳＮＳで松田美昭への『信仰』を発信していました。彼女の『布教活動』はだいぶ有名だったらしくて、同窓会名簿なんかを通じて中学高校の同窓生まで勧誘していたようです」

「……マルチ商法か宗教だな」だいたい、長く疎遠にしていた同級生が突然連絡をとってくる時はろくな用件じゃない、というのをうちの父が言っていた。

「篠田沙雪さんの母親……拓也さんのおばさんでもある篠田友季子《ゆきこ》さんは藤本咲子と高校が一緒で、部活の先輩だったんですね。で、藤本咲子が最近、当時の部のメンバーでつながっていたSNSに入ってきたらしいんです。入ってきた途端に宣伝と勧誘を始めた。篠田友季子さん自身はそのSNSはやっていなかったようなんですが、今は親戚になっていることもあって、困った元部員たちが彼女に相談してきた。それで状況を知ったようです。そこにきて、英人君が不審死した」

黄金崎さんの使う「布教」という単語には、頷かざるを得ない。マルチ商法、カルト、怪しげな自己啓発セミナーにスピリチュアル関係。こうしたものは、口コミのネットワークを使って「信者」を増やすことで商売を成り立たせている。受験期の子供を持つ親同士は学校についての情報をネットワークで交換するから、同じやり方ができるというわけだ。

「編集部では『布教活動の被害者』を探していまして、藤本咲子の周辺もマークしていましたから、友季子さんに私が、メールで取材申込をしたんです。……そうしたら提案してくれたわけでして」

「『篠田沙雪を名乗って藤本家を取材してはどうか』？」

「私から提案したんじゃないですよ？　あくまで友季子さんの方から、『親戚ってことにしてもいい』と」

黄金崎さんは弁解する口調だが、強引な取材で知られる週刊パトスのことだから、実際のところは分からない。

とはいえ、そのおかげでここまで来れたのだ。何か言う筋合いもない。「……沙雪ちゃん本人は承諾してるんだよね？」

「それはもう。……ただ、私一人ですとボロが出るかもしれませんし、何より他人だけで勝手に、というのはさすがにまずすぎますから」

それで僕を同行させた、ということらしい。確かに一応これで「親族の了解は得た」と言い張れるわけだ。

ケーキとコーヒーが運ばれてきたので、二人で小さいテーブルのスペースをあれこれと工夫する。

「……一応、本物の沙雪さんからは条件を出されました。一つは、取材が済むか半年が過ぎたら、正体を明かすこと」黄金崎さんはなぜかポケットを探り、手帳を出した。「あと『拓也さんを危ない目に遭わせたら殺す』だそうです」

「……そう」では殺されるではないか。

「で、沙雪さんの伝言も預かってきました。『会いたいです』」

黄金崎さんは読み上げるように事務的に言うが、こちらは「大学生になった沙雪ちゃん」

を想像しているのでどきりとする。しかしマレーシアは遠い。飛行機は往復でいくらかかるのだろうか。

「嬉しそうですね」黄金崎さんは上目遣いに僕を見つつ、手帳のページを繰る。「沙雪さんのアドレスも伺ってきましたので」

アドレスを携帯に登録する。さてしかし、まずどういうメッセージを送ればいいだろうかと悩むが、今はそれよりも先にすべき話題があった。

「……英人君の事件、立件できそう？」

「なんとかなりそうですね。遺体がないのがきついですけど、柔道部員十一人の証言はとれてますし、そこの記事にも書いた通り、富市医院の院長も逮捕されました」黄金崎さんはテーブル上の雑誌を指さす。「富市の方はすぐ落ちるでしょう。そうなれば芦屋たちの自白もたぶん取れます」

「……そうか」

「対して、過去の二件の方は難しいみたいですね。証拠が少なすぎます」

頷く。そちらの方に関してはまだ「指導関連死の疑惑」に過ぎず、しかも自殺となれば、警察としてはせいぜい業務上過失致死に問えるかどうか、というところだろう。だが少なくとも週刊パトスは徹底的に調べてくれるつもりのようだった。

「それでもう一つ。お断りしておかなければならないことがあるんです」

黄金崎さんの表情がまた硬くなる。僕は背筋を伸ばして頷いた。

「週刊パトスとしてはこの事件、ただの『教育現場の暴走』で終わらせるつもりはありません。真に光を当てなければならないのは一部の教育関係者にある『信仰』です。体罰に対する信仰、『スパルタ教育で子供が強くなる』という信仰、さらには学級における団結信仰など」

黄金崎さんはさらに続ける。

「その信仰は、一部の親たちにもあります。そして多くの場合、そうした親たちはまともな親ではありません。虐待をする親は自覚があるだけまだましかもしれません。子供を搾取し、自分の欲望のためにコントロールしておきながら『子供のためにやっている』『自分はいい親』と思い込むいわゆる毒親、さらに、そこまでいかなくとも、子供を自己実現のための道具としか思っていない親たちは、自分が子供を苦しめている、という認識すらありません。そういう親たちにも問いかけなければいけません」

黄金崎さんは、一拍置いてから言った。

「『その教育、本当に子供のためですか？』――と」

僕は頷く。結局のところ、そこだった。恭心学園の「五戒」が一番よく表していると思う。子供に対してはとにかく自分たちを敬い、奉仕しろと言う。それで一番得をするのは自分たち大人だ。それなのに「子供のためだ」と言えるだろうか。

「まだ取材の途中ですが、恭心学園の生徒に話を聞く限り、本当に自分の意思であの学校に入った生徒はほとんどいないようです」

黄金崎さんはコーヒーを口に運び、それからカップに視線を落とす。

「多くの生徒が、学園の厳しいしつけや高い進学実績に目がくらんだ毒親に強制されてここを受けさせられていました。親が毒親でなかった場合でも、やはり過干渉などがあり、それにより子供に生じた不登校や家庭内暴力で、親の方が悩んでいる、というケースが大半でした。不登校や家庭内暴力などがある子供は、親の希望で『それを治してもらうために』恭心学園に入れられていました」

「……治す、っていうのがそもそも違うだろう」

「当然です。ですがそういった親たちにはその常識がありません。頭が古く、不登校、家庭内暴力、あるいは無気力や親への反抗心を持つ子供たちを『治療すべき出来損ない』と見る親は、現代でもたくさんいるんです。当然、そんな見方をしている親には問題の解決などできません。なぜならこうした親は、子供たちの問題を『親としての自分の実績』の危機だとしか考えないからです。世間体を気にするので相談機関に行かない。非行や家庭内暴力で悩んでいる、叩き直してもらいたい、と言いながら刑事事件にしない。ＡＤＨＤやＬＤ等の疑いがあっても医療機関にかからない。家庭内暴力などは自分の教育態度にも原因があることが多いのに、そちらの方を改める気は微塵もなく、とにかく『いくら出してもいいから、世間にばれないように子供を治してほしい』と考える」

黄金崎さんはコーヒーを一口飲み、静かにカップを置く。

「そうした自己中心的な親たちに、こういう学校が近付くわけです。『お宅のお子さんを預けてください。あなたはただ預けて待つだけです。数年後にはまともな子供にしてお返ししますよ』とね。そして進学実績や『治療』の実績をちらつかせる。進学実績はそれ用の生徒を学費免除などで釣って入学させればいいですし、そうでない生徒も朝から晩までガリ勉させればある程度は作れます。『治療』の実績はもっと簡単です。暴力で恐怖を与えれば教師の前では従順になるし、家に帰ってからも『親を怒らせるとまた学園に戻されるかもしれない』という恐怖で従順になりますから、それをもって『治った』と言えばいい。……もっとも『治療』の過程で子供が何人か死ぬわけですけど、もともと『出来損ない』の子供が死んだところで、親はろくに騒ぎませんからね」

黄金崎さんの言い方から、彼女がいかに怒っているかは分かった。僕は知らないが、おそらくずっと前から取材を通じて、この理不尽を見せつけられ続けてきたのだろう。

「で、『治療』の恩恵にあずかった親たちが、松田のような教育者を崇拝し、『信者』になって、こうした学校の素晴らしさを他の親たちに広めるわけです。それで学校側はますます高い学費をふんだくれるようになる。……『子供たちには贅沢を覚えさせてはいけない』と言っている松田の車、何千万するか知ってますか？　それにあの男、うちですでに確認しているだけでも中目黒と東雲《しののめ》に一人ずつ愛人囲ってますね。これはこれで一号使って特集組みますけど」

黄金崎さんは手帳をめくりながら言う。有名人や権力者の「下半身」を暴露して評判を落とさせるのは週刊パトスのいつものやり方だが、聖人君子を装って子供たちに我慢を強いていた人間が相手となると、ただ単に「下品な記事」では片付けられない気もする。

「つまり、そういうビジネスモデルなんです」黄金崎さんは言う。「一番近いのはやはりカルトですね。問題を抱えて藁にもすがる思いの人間に近付き、『あなたの問題はすべてこれが原因なんです』『あなたは悪くありません。あなたは何の努力も反省もしなくていい』『ただいくらいくら払うだけで、たちどころにその問題を解決してあげますよ』と囁く。そして根拠の不明な高額の料金を請求する。『教育カルト』というビジネスモデルです」

「……追いつめられた人を嗅ぎつけて弱みにつけこむ、か」

「厳密に言えば、教育カルトの利用者は別に追いつめられてなどいませんけどね」黄金崎さんは一片の躊躇いもなく言いきった。「不登校や引きこもりで悩んでいるなら原因がいじめなのか、学校になじめない何かがあるのか、それとも隠れた疾患があるのか……原因を探ればそれぞれに相談機関があります。家庭内暴力や非行があって『叩き直してもらいたい』なら、少年事件として普通に扱えば少年院もあるじゃないですか。あるのに、彼らはやらないんです。世間体が悪いと思っているから。そして怪しげな教育理論を唱える教育カルトに大金を出す。他にどうしようもなくて、とか、藁にもすがる思いでと言いましたけど、実際のところ、彼らは藁の横に梯子やザイルが用意されているのにそれを無視しているんです。結局、本気で子供の問題に向きあう気なんかないんですよ。だからつけこまれるんです」

厳しい言い方だが、確かにそうなのだ。結局、自分の世間体を優先し、そのツケを子供に負わせている。

僕も調査の過程で関連する事件をいろいろ調べたから、だいたいのところは把握している。実際に多いのは学校よりむしろ、フリースクールを名乗る怪しげな私塾だろう。特に必要がないのに全寮制で、理屈のよく分からない教育理論を掲げ、すべてはそれでうまくいく、と煽る。事件になった「不動塾」も、あるいは「風の子学園」も「戸塚ヨットスクール」も、皆そうだった。

「主犯はもちろん学校関係者です。ですが、従犯は親です。したがって、週刊パトスでは親の犯罪も厳しく糾弾していくつもりです」

そこまで言うと、黄金崎さんは僕をじっと見た。「ですから、申し訳ありませんが……」

彼女の話を注意して聞いていた僕は、彼女が何を言いたいのかも分かっていた。はっきりと意識して頷く。

「……好きにしていい。咲子おばさんや浩二叔父さんがどんな書かれ方をしようが、それは自業自得っていうやつだ」

咲子おばさんは、英人君が殺されたのに怒りもしなかった。悲しんでいたかどうかすら、今となっては怪しい。彼女が考えていたのは、ただひたすらに自分の世間体だけだったのではないか。父親の浩二叔父さんはどうだ。ただの面倒事だと思っていたのではないか。

「……ひどい話だ」

親が悲しまないとしたら、英人君の死を本気で悲しむ人間はこの世にいるのだろうか。親の自己実現のために行きたくもない学校に入れられ、毎日殴られ、いじめられ、そして殺された。どこにも訴えられず、誰も聞いてくれないまま。英人君はどれほど苦しかったことだろうか。僕は気付いてあげられなかった。恭心学園の体育祭に行って、ただ「厳しい学校なのだな」と、むしろ感心している部分すらあったのではないか。

できることなら英人君に謝りたい。気付かなくてごめん、と。誰も君の苦しみに気付いてあげなかった。君が殺されるのに、何もしなかった。謝りたい。だが英人君はもういない。

目のあたりに熱いものが溜まってきて、自分が泣いていることに気付いた。黄金崎さんが差し出してくれたハンカチを断り、自分のものをポケットから出して涙を拭う。洟をすする。それでもまだ涙が出てきた。下を向いて顔を隠し、袖で無理矢理に涙を押さえる。

「……ごめん。いきなり」

黄金崎さんにも詫びたが、彼女は黙って首を振った。

僕は気付いた。告別式から三ヶ月。僕はようやく、英人君の死を悲しんでいる。

恭心学園事件　学園長らに実刑判決

昨年十一月、＊＊市の私立恭心学園高等学校で生徒が体罰死しており、それを告発しようとした生徒も今年二月に監禁暴行されていた事件に関し、＊＊地裁は九日、傷害致死及び監禁致傷罪で学園長の松田美昭被告（61）に懲役五年六ヵ月、主犯格の芦屋正親容疑者（40）に同四年、その他二人の教員に同二年六ヵ月の実刑判決、さらに死亡した男子生徒の死因を偽った医師の富市孝太郎被告（60）に虚偽診断書作成罪で禁錮一年執行猶予二年の判決を言い渡した。判決では「被告人らの行為は完全な虐待であり、教育の名に値するものではない」と厳しく指摘、松田被告に対しては、起訴後の態度にも全く反省した様子が見られないとして――

（毎朝新聞　七月十日朝刊）

事件は終わった。

松田美昭らは控訴せず、七月に刑が確定した。「恭心学園事件」は大きくニュースに取り上げられ、教師による理不尽な暴力や寮内でのいじめの常態化、性的暴行が日常茶飯事であったことなどまでを、週刊パトスが先頭になって明らかにした。二月中はあの高い塀の外を常にマスコミと野次馬がうろつき、学校のＨＰは批判のコメントが殺到して閉鎖され、一時は通常の授業もできない状態だったらしい。この年の入試は通常通りなされたが、男子部では入学希望者の八割以上が、女子部でも半分以上が辞退、さらに翌年度も入学希望者の数が十数名にまで落ち込んだため募集を中止、という状態になった。「殺人学園」「暴力学園」という形容が定着した恭心学園は二年後、閉校することになる。保健室の金尾先生は「渦中にある生徒を最後まで守る」と言って勤務を続けていたが、閉校後は隣県の公立高校に勤めることになった。

だがその時にはもう被告人の一部は刑期を終えて出所しており、その翌々年には芦屋正親が、さらにその一年半後には松田美昭が出所することになった。

事件から六年。現在では、大衆の中のその記憶はすでに薄れかけている。

33

――恭心学園の時は、刑事事件という結果になったわけですが。

あれは私としても痛恨事でした。一部教師の中に指導の行きすぎがあったことに関しては反省しております。

ただ現代では、子供と真摯に向き合い、熱意を持った指導をすれば、どうしたって事故が生ずるリスクはあるわけですね。そのリスクを恐れていてはまともな指導などできない。その点では、芦屋君たちは大変立派だったと思いますよ。もちろん私も、自分の信念は間違っていないと確信しております。その証拠に、学園――つまり現在のフリースクール「MGS」は開校時から入学希望者が殺到し、現在では抽選を行っている状態です。

——MGSの方針についてはここまで伺ってきたわけですが、基本的に恭心学園と一緒ですね。というより、ここまでのお話を聞く限り、恭心学園についてのインタビューだと勘違いをしてしまうほどに似ています。これは意図的なことですか。

当然です。もともと私がMGSを設立したのも、恭心学園時代に支持を頂いた保護者の方々の強い要望があってのことですから。収監中も、支持者の皆さんが応援に来てくださり、私は感動いたしました。良心の捕囚になってしまったが、分かる人は分かるものだな、と。正直、私はもう教育事業から引退しようと思っていたんですよ。ですがそれだけ大勢の支持者がいる以上、ここで投げ出すわけにはいかないと奮起したわけです。そうである以上、ぶれないことが大事でしょう。

違うのはMGSが引きこもりや不登校、家庭内暴力の治療と「人間力」そのものの育成に特化した、つまり恭心学園の時より純化されたという点です。学校法人としての認可がおりないためフリースクールという形になりましたが、これはかえって、学校教育法の規制に縛られない形で、最適な教育を自由に実践できるという利点になりました。

——恭心学園の時よりさらに徹底する、と。

そうです。私が社会から離れていた間に、日本の凋落はますます進んでいる。もう待ったなしです。

――ああした事件があったにもかかわらず、その方針を支持する保護者が多い、ということですね。

むしろ報道によって私の教育論が全国的に注目を集め、認知されるようになったわけですから、マスコミの皆さんには感謝している部分もありますよ。皮肉でなしにね。

私はお上からは睨まれていますからね。今後はＭＧＳの理念を広く普及させることだけに専念します。それに恭心学園は閉校してしまいましたが、学校法人という枠組みの中でも、同じように教育再生を志す人間が、また出てくるとも思うんです。

それを望む保護者がいる限り、恭心学園が閉校しても、第二、第三の恭心学園が必ずや現れるでしょう。私はそう確信していますよ。

（Ｐａｒａ－ｎｅｔニュース　四月四日配信）

携帯の画面をタップし、俺は溜め息をついて車窓の外に目をやる。富士山はさっき過ぎているから、そろそろ関東地方に入るのだろう。新幹線の車内は音も振動もないので、なんだか車外の景色だけ早送りされているようで、移動している実感がない。

「どうしたの？」隣の唯香が自分の携帯から視線を上げて俺を見る。

「……いや、やれやれだな、と思って」

見せたものかどうか迷ったが、心配性なところのある彼女に気をもませるよりはいいかと携帯を示した。「例の記事、読んでたんだ。このＭＧＳとかいうフリースクール、恭心学園と全く同じことやってるんだな。……最後のところ以外、まるで六年前に書かれたみたいな記事だ。全然反省してない」

「ああ」嫌な顔をするかと思った唯香は意外にも、嘲笑うように口角を上げただけだった。

「わたしも見たよそれ。コメントも酷いよね。他人の痛みなんて、ニュース見てるだけの人にとっては所詮その程度のものなんだって」

唯香はこちらを気にするようなそぶりを見せる。「……ごめん。ジャーナリストの前で」

「いや、謝るのこっちだから。ごめん。めでたい日に嫌なこと思い出させて」

「今日はしょうがないよ。やっぱり思い出しちゃうって。……希理人こそ大丈夫？　最近は夜、うなされなくなってきたと思うけど」

「うん。そこは。……席替わる？」

「あー……いいや。富士山過ぎたし。ありがと」

なんとなく沈黙し、俺はまた携帯を見た。ウェブインタビューの記事には匿名のコメントが数十件寄せられており、その内容は新しいものから順に表示されている。

高田吉田（十五分前）
▽こいつぜんぜん反省してないな

KAZUTO（十五分前）
▽人殺しが五年半で娑婆戻るとか日本の刑法甘すぎ

Shiroh Kishimoto（十五分前）
▽理念は間違ってない　ただ死人が出たのはやりすぎ

幸運機（二十分前）
▽これに子供預ける親とかいんの？　なんで経営成り立ってんの

氷川丸（三十分前）
▽松田先生には是非日教組が腐らせた学校を叩き直してもらいたいです

Ｎｉｃｏ（三十分前）
▽また殺すんじゃね？

Ｋｅｎｔａ Ｎｏｂｕｒｉ（三十分前）
▽このくらい厳しくていいと思うよ。体罰は必要だし。リスクはどうやっても消せないわけだから、一件くらいでギャーギャー騒ぐのはおかしい

すし（四十分前）
▽マジで今のガキは叩き直すべき　根性なさすぎる

花菱敦（四十分前）
▽事実誤認が多すぎる。若者のマナーとかこいつ絶対なんとなくの印象で言ってるだろ。言ってる理屈も根拠が全くない

そそう（五十分前）
▽たまたまひ弱な奴が一人死んだからって教育理論まで全否定とかお前ら頭悪すぎ

⋯⋯⋯⋯⋯⋯⋯⋯

結局、こうなのだった。六年前、俺たちがリンチを受け、人が死に、松田美昭が犯罪者として収監された。なのに無関係な人間たちの間では「賛否両論」なのだ。俺は溜め息をつき、携帯をシャットダウンする。

現実がこうだということは知っている。体罰の加害者は数年で刑期を終え、何も反省することなく再び教育現場に戻ってくる。二〇〇五年、私立おかやま山陽高等学校の野球部顧問池村英樹は部員たちに暴行し、全裸で屋外を走らせるなどして逮捕された。だが二〇〇七年に執行猶予付有罪判決を受けた後、この男は愛知県の野球チームの監督になり、そこでも暴力をふるう様がテレビで放送されて問題になった。二〇〇二年、訓練生三名に対する傷害致死・監禁致死で実刑判決を受けた戸塚ヨットスクールの戸塚宏は二〇〇六年四月に出所後、再びヨットスクールに戻ったが、同年十月に訓練生が自殺。その後二〇〇九年から二〇一二年までの間に訓練生二名が相次いで自殺、もう一名が自殺未遂。いずれも寮の三階から飛び降りるというケースであり、立件はされていないが不審がられている。要するに、彼らは逮捕されても裁判で有罪になっても、なぜかまた教育現場に戻れるのだ。そしてまた同じ犯罪を繰り返す。恭心学園でも、体罰を問題視され他の学校を辞めた人間を教員として雇っていた。

窓の外、流れていく景色を見る。これがこの国の現実なのだった。間違いなく、松田美昭のMGSではまた似たような不審死が発生するだろう。社会に支持者がいて、子供を入れる親がいる限り、また子供が殺されるだろう。

この国には「しつけ」と「行きすぎ」という魔法の言葉がある。たとえ子供に、死んでもおかしくないような暴力を振るっても――それどころか殺しても、加害者が親や教師であるというだけで、すべて「行きすぎたしつけ」で片付けられてしまう。スポーツ界における暴力も深刻だった。被害者はたとえ自由に発言できる立場になっても、指導者から受けてきた暴力を悪く言えない。暴力を振るう点以外は優秀な指導者だった、というケースも多いし、受けてきた指導を批判すると、自分のそれまでの努力まで否定するような気分になるからだ。だから指導の現場からは、いつまで経っても暴力がなくならない。

俺は軽く拳を握ってみる。俺たちの戦いはまだ終わらない。松田美昭については「被害者の会」のようなものができ、奴の行動は常に監視されている。某社の記者になった俺も、関西方面での似たケースを現在、取材しているところだ。

「……でも、とりあえず今日は」

そこまで言い、肩の力を抜こうと背もたれに体を預け、息を吐いた。とりあえず今日は、めでたい日だ。藤本拓也さんの結婚式である。

俺は関西の大学を卒業後、大阪で就職した。唯香も就職は決まっている。拓也さんから招待状をもらい、はるばる関ヶ原を越えて東京に向かう最中だった。

「……『今日は』？」

言葉の続きを促してくる唯香に答える。「……結婚式、だしさ」

「うん」

唯香の方も手際よく気持ちを切り替えたようで、携帯をしまうと明るい声で応えた。肘かけに乗せていた俺の手を、温かい彼女の手がそっと包む。

「……結婚式だな」

前の座席の背もたれを見ながら言う。

「……結婚式だね」

唯香も言う。俺は前を見ているので、彼女の表情は分からない。だがなんとなく、空気の揺れのようなもので、彼女が微笑んでいるのが分かった。「……どうしたの？」

「いや、その……結婚か、って思って」

どう続けたものかもごもごしていると、右手を包んでいる唯香の手に少し、力がこもった。

松田美昭は変わらないだろう。うちの親は最近になってようやく反省しているようなそぶりを見せ始めたが、本質はそのままだと思う。唯香の親にいたってはまだ何も変わっていないらしい。だが俺たちは前に進む。受けた傷と、時折見る悪夢と、すっきりしない親との関係を抱えたまま、それでも進む。新幹線のようなスピードは出ないが、徒歩の速さでも前進は前進だ。

トンネルを抜け、窓の外がぱっと明るくなる。車内の電光掲示板に「まもなく新横浜」の表示が現れた。差し込む日射しの温かさに、俺は目を閉じた。

似鳥鶏　著作リスト

〈創元推理文庫〉
『理由《わけ》あって冬に出る』（二〇〇七年）
『さよならの次にくる〈卒業式編〉』（二〇〇九年）
『さよならの次にくる〈新学期編〉』（二〇〇九年）
『まもなく電車が出現します』（二〇一一年）
『いわゆる天使の文化祭』（二〇一一年）
『昨日まで不思議の校舎』（二〇一三年）
『家庭用事件』（二〇一六年）

〈文春文庫〉
『午後からはワニ日和』（二〇一二年）
『ダチョウは軽車両に該当します』（二〇一三年）
『迷いアルパカ拾いました』（二〇一四年）

〈幻冬舎文庫〉
『パティシエの秘密推理　お召し上がりは容疑者から』
（二〇一三年）

〈河出文庫〉
『戦力外捜査官　姫デカ・海月千波《うみづきちなみ》』（二〇一三年）
『神様の値段　戦力外捜査官』（二〇一五年）

〈河出書房新社〉
『ゼロの日に叫ぶ　戦力外捜査官3』（二〇一四年）
『世界が終わる街　戦力外捜査官4』（二〇一五年）

〈光文社文庫〉
『迫りくる自分』（二〇一六年）

〈光文社〉
『レジまでの推理　本屋さんの名探偵』（二〇一六年）

〈KADOKAWA〉
『青藍病治療マニュアル』（二〇一五年）

〈講談社タイガ〉
『シャーロック・ホームズの不均衡』（二〇一五年）

似鳥鶏（にたどり・けい）
一九八一年千葉県生まれ。二〇〇六年『理由あって冬に出る』で第十六回鮎川哲也賞に佳作入選し、創元推理文庫でデビュー。魅力的なキャラクター、ユーモラスでリズミカルな文章、精緻なトリックとフェアな作品が幅広い層に受けている、今最も注目される若手ミステリ作家。シリーズ化される作品も多く、デビュー作から続く「市立高校シリーズ」（創元推理文庫）や、映像化され話題となった『戦力外捜査官 姫デカ・海月千波』（河出文庫）をはじめとする「戦力外捜査官シリーズ」（河出書房新社）、『午後からはワニ日和』から続く「楓ヶ丘動物園シリーズ」（文春文庫）などがある。他著書に『レジまでの推理 本屋さんの名探偵』（光文社）、『シャーロック・ホームズの不均衡』（講談社タイガ）など。

一〇一《いちまるいち》教室《きょうしつ》

二〇一六年一〇月二〇日　初版印刷
二〇一六年一〇月三〇日　初版発行

著　者　似鳥鶏
装　幀　坂野公一＋吉田友美（welle design）
発行者　小野寺優
発行所　株式会社 河出書房新社
東京都渋谷区千駄ヶ谷二―三二―二
電話　〇三―三四〇四―一二〇一［営業］
　　　〇三―三四〇四―八六一一［編集］
http://www.kawade.co.jp/
組版　KAWADE DTP WORKS
印刷　株式会社暁印刷
製本　小泉製本株式会社

Printed in Japan　ISBN 978-4-309-02503-2